사자의 아들
칸의 여행

사자(獅子)의 아들: 칸의 여행 6

허담 新무협 판타지 소설

초판 1쇄 찍은 날 § 2021년 4월 22일
초판 1쇄 펴낸 날 § 2021년 4월 29일

지은이 § 허담
펴낸이 § 서경석

총괄팀장 § 노종아
편집책임 § 강서희
디자인 § 스튜디오 이너스

펴낸곳 § 도서출판 청어람
등록번호 § 제387-1999-000006호
등록일자 § 1999. 5. 31
어람번호 § 제2-2868호

주소 § 경기도 부천시 부일로 483번길 40 서경B/D 3F (우) 14640
전화 § 032-656-4452 팩스 § 032-656-4453
http://www.chungeoram.com
E-mail § chungeorambook@daum.net

ⓒ 허담, 2020

ISBN 979-11-04-92340-1 04810
ISBN 979-11-04-92295-4 (세트)

도서출판 청어람

허담 무협 판타지 소설

6

사자의 아들

칸의 여행

FANTASTIC ORIENTAL HEROES

겨울 대륙
(빙하의 땅)

북해

무산열도

대마협

서북빙해

오죽의 섬

열화산

곤모산

녹대섬

석림

봄섬

무산해협

사형군도   수호자들의 섬

마제안협

다청

아롱섬

시타림

오사성   포구 허민

소비창

백림

욱동창

사령반도

궁산

북창성

육주
(천섬, 천록의 땅)

파나류
(검은 대륙)

신대제아성

임라창

사자의 섬

육주의 바다
(천해)

읍하

송창

화림

선악

다렵산

타연창

사해
상가

천록의 성

대아창

타사막

고해
(잊혀진 바다)

왕의 섬

도산

백령

룹의 바다
(야수해)

남하성

부산

열시의 섬

남대해

해산성

사자의 아들

칸의 여행

창해

목차

제1장.   늪 … 7

제2장.   폭우 ·· 39

제3장.   파국(破局) ·· 71

제4장.   바람이 전하는 소식들 ·· 101

제5장.   떠나는 사람들 ·· 133

제6장.   조우(遭遇) ·· 165

제7장.   칸…전설의 작은 시작 ·· 197

제8장.   작은 해전 ·· 227

제9장.   어둠에서 살아난 자 ·· 259

제10장.   각자의 귀향 ·· 289

룡대산맥

동전호

신화산맥

제1장

늪

두두두두!

마갑(馬甲)을 걸친 전마(戰馬)들이 광활한 초원을 가로질러 질
주했다. 그들이 질주하는 방향을 따라 태풍이 몰아치는 것 같은
바람이 일어났다.

그 바람이 초원의 북서쪽 끝 작은 구릉에 이를 때까지 전마들
이 쉬지 않고 내달렸다.

전마들이 걸음을 멈춘 것은 북서쪽에 우뚝 선 거대한 산, 소
악산이 보이는 초원의 끝 구릉의 정상에 올랐을 때였다.

그리고 전마가 움직이는 소리가 사라지자 갑자기 세상이 고요
해졌다. 그 고요 속에서 말 위에 탄 전사들은 석상처럼 굳어졌다.

"후우……!"

누군가 길게 한숨을 내쉬었다. 그 한숨 속에 수많은 감정이 묻어났다.

그중에서도 가장 강하게 느껴지는 것은 막막함이었다.

그런데 그 막막함이 단지 그들의 시야를 가로막는 거대한 소악산의 봉우리들 때문만은 아니었다.

또한 소악산 아랫자락에 자리 잡은 우악스러운 검은 성 때문만도 아니었다.

산과 성은 아직 그들을 위협하기에는 먼 거리에 있었다.

그래서 전사들의 깊은 한숨을 이끌어낸 답답함은 산과 검은 성이 아니라, 그들이 올라선 바로 맞은편 구릉을 가득 메우고 있는 검은 전사들 때문이었다.

"함정… 이라고 할 수는 없겠고."

오사성의 대전사 구검인이 중얼거렸다.

"어쩌면 좋겠소? 이대로 진격하는 것은 위험할 것 같은데……."

어깨를 나란히 하고 서 있던 백련성의 대전사 장승봉이 물었다.

그들은 오룡의 회랑을 돌파한 이후 줄곧 원정대의 선봉에서 육주의 기마 전사들을 이끌고 있었다.

이런 거대한 전쟁의 선봉에 서는 것은 전사라면 누구나 원하는 명예로운 일이었다. 그래서 선봉에 대한 경쟁이 이왕사후들 사이에 치열할 것 같았지만, 사실 두 사람은 어떤 경쟁도 없이 기마 전사대를 이끄는 선봉으로 결정되었다.

이유는 분명했다. 두 사람이 기마전에서만큼은 타의 추종을 불허할 만큼 뛰어난 능력을 가지고 있기 때문이었다.

그런 두 사람에게 오룡의 회랑을 돌파하고, 이어지는 거대한 초원 분지를 관통해 적의 본거지인 소악산 입구까지 기마 전사 대를 이끌고 진격하는 일이 맡겨진 것은 자연스러운 결정이었다.

그런데 그 노련한 대전사들이 소악산으로의 진격을 망설이고 있었다.

단지 반대편 구릉을 덮고 있는 적들의 숫자가 문제는 아니었다. 그보다는 그들의 기세, 검은 갑옷으로 온몸을 가린 적들의 기세가 그들의 발길을 막는 주된 이유였다.

검은 투구로 얼굴의 반을 가린 적들의 강력한 마기는 수백 장 떨어진 이쪽 편까지 전해지고 있었다.

"지금까지 상대한 자들과는 확실히 다르구려. 일단 이곳에 진격을 멈추고 이왕사후님을 기다립시다."

구검인이 말했다.

"그렇게 합시다. 후우. 오룡의 회랑을 지나면 단번에 신마성까지 돌파할 것 같았는데. 저 구릉들… 쉽지 않겠구려."

장승봉이 그들과 거대한 신마성 사이에 불쑥불쑥 솟아 있는 구릉들을 보며 중얼거렸다.

초원 분지가 끝나는 지점부터 신마성까지는 여러 개가 이어지는 구릉들 사이로 길이 이어져 있었다. 만약 그 구릉들을 방패로 적이 반격을 가하면 진격이 결코 쉽지 않을 상황이었다.

"전력이 큰 차이가 나니 약간의 어려움이 있어도 성을 공격하는 것이 불가능하지는 않을 것이오. 다만… 원정대의 손실도 적지 않을 것 같소."

구검인이 어두운 얼굴로 말했다.

"장기전을 벌이는 것도 한 방법인 것 같소."

장승봉이 신중한 표정으로 말했다.

"장기전이라면……?"

"우리가 지나온 초원의 분지에 원정대의 대진영을 구축하고 신마성으로 이르는 모든 길을 차단하는 것이오. 다행이 오룡의 회랑을 장악했으니 원정대의 보급에도 문제가 없고, 보급품 역시 사해상가의 지원으로 충분하니 말이오."

"음, 그것도 한 방법이구려. 처음부터 이 원정의 목적이 신마성을 무너뜨리는 것뿐 아니라, 파나류에 이왕사후님의 새로운 영지를 구축하는 것도 포함되어 있었으니, 신마성을 고립시키면서 한편으로 근방의 작은 성이나 마을들을 정복해 나가는 것도 좋을 듯하오."

"그렇기는 하지만, 그래도 전력을 분산시키는 것은 험한 일일 것 같소이다만."

근방의 마을들 정복을 병행하는 것이 조금 성급하다고 느낀 장승봉이 말했다.

"그 일이야 달리 할 사람들이 있지 않소?"

"누굴 말씀하시는 건지……? 아! 후군에 남은 대전사들을 말하는 것이오?"

"그렇소. 그 사람들은 사실 보급품 운송이나 맡기에는 너무 아깝지 않소?"

구검인이 말했다.

"그렇기는 하구려. 그들이 움직이는 전력이 막강하기도 하고, 일차 원정대에 속한 전사들은 육주에서도 고르고 고른 전사들이 아니오."

"그러니까 하는 말이오."

구검인이 대답했다.

"그런데 과연 고타이 대전사 등이 달가워할지 모르겠소. 지금도 신마성 공격에서 자신들이 배제된 것에 화가 나 있을 텐데……."

"물론 그렇긴 하지만, 그래도 이왕사후께서 명을 하면 따라야지 않겠소? 그리고 이미 그들은 충분한 전공을 세웠으니 뒤로 물러나 다른 일을 하는 것이 그리 억울한 일이라고는 할 수 없을 것이오."

구검인이 냉정하게 말했다.

"그렇기는 하지만 사람의 마음이라는 것이……."

"그래서 더더욱 그들에게 근방 지역의 정복을 맡기는 것이 좋다는 것이오. 아무것도 하지 않는 것보다는 나을 테니까. 일차 원정대의 전력이라면 오룡의 회랑 주변은 물론 삼선산과 소악산 일대를 장악하는 것이 어렵지 않을 것이오. 일단 그렇게 되면 이 일대에 이왕사후님의 거대한 영지가 구축되어 향후 파나류 전체를 정복해 나가는 데 중요한 근거지가 될 것이오. 금하강이 있어 육주와의 교통도 편하고……."

"그렇구려. 크게 보자면 그것도 신마성을 정벌하는 것만큼이나 중요한 일이구려. 이왕사후께 말씀드려 봅시다."

장승봉이 구검인의 생각에 동의했다.

　그때 남동쪽 초원에서 요란한 소리가 들려왔다. 두 사람이 자연스럽게 남쪽 분지의 초원으로 시선을 돌렸다.

　사슴이 그려진 화려한 깃발들, 그리고 그 뒤를 따라 각양각색의 깃발을 세운 기마 전사들이 밀물처럼 초원으로 들어오고 있었다.

　그 숫자와 위세가 구검인과 장승봉이 이끄는 선봉 기마대와는 비교할 수 없이 장대해 보였다. 이왕사후가 이끄는 원정대의 본군이 도착한 것이다.

　"가서 뵙시다. 그리고 우리의 생각을 말씀드립시다."

　구검인이 말했다.

　"그럽시다."

　장승봉이 대답을 하고는 자신이 먼저 말을 몰아 구릉을 달려 내려가기 시작했다.

　이왕사후는 구검인과 장승봉의 제안을 즉시 받아들였다. 오룡의 회랑을 뚫은 이후, 그들은 이 원정에서 완전히 승기를 잡았다고 확신하고 있었다.

　그들은 왕이나 제후로 불리는 한 성의 성주이기 이전에 흑라의 시대를 이겨낸 노련한 전사들이기도 했다. 그래서 오만한 만큼 전세를 읽는 눈도 탁월했다.

　특히 그들은 전쟁의 속성을 누구보다 잘 알고 있었다. 향후 신마성의 저항이 극렬할 수도 있다. 어쩌면 신마성을 점령할 때까지 한두 번의 전투에서 패배할 수도 있었다.

그러나 그래도 대세는 변하지 않을 것이다. 육주의 모든 역량을 동원한 원정이다. 이 강대한 전력을 지금까지 경험한 신마성의 힘으로 감당할 수 있을 거라 생각지 않는 이왕사후였다.

더군다나 가장 위험할 것 같았던 오룡의 회랑이라는 천험의 요지를 장악했다.

이런 상황에서는 패배하는 것이 오히려 이상한 일이었다. 그래서 이왕사후는 이제 신마성의 정벌 이후를 생각하고 있었다.

검은 대륙 파나류에 자신들의 영지를 구축하는 일, 이 검은 땅에 천년 이상 이어질 영지를 세우게 된다면 그들은 위대한 정복자의 이름으로 역사에 기록될 것이다.

전생의 과실에 대한 달콤한 유혹은 그들의 관심을 자연스럽게 영지를 확보하는 쪽으로 이끌었다.

그래서 비록 여전히 전쟁 중이기는 하지만, 이왕사후는 일차 원정대에 속한 대전사들을 영지를 확보하는 일에 투입하자는 구검인과 장승봉의 제안을 즉시 수락했다.

영지를 확보하는 일에 비하면 원정대에 보급품을 운송하는 일은 그리 중요한 일이 아니었다. 그런 일 정도는 사해상가의 무사와 일꾼만으로도 충분히 할 수 있다고 생각하는 이왕사후였다.

구검인과 장승봉이 이왕사후를 만난 직후 신마성이 보이는 초원의 분지에는 거대한 원정대의 숙영지가 구축되기 시작했다

그리고 여섯 명의 전령들이 후방에 남아 있는 고타이 등 여섯 명의 대전사를 향해 달려갔다.

싸움이 장기전으로 들어서기 시작한 것이다.

세상일이란 것이 처음에는 모두 자신들의 계획대로 진행되는 것처럼 느껴지게 마련이다.

이왕사후와 후방에 남은 여섯 명의 대전사, 그리고 사해상가의 대공자 노만 역시 마찬가지였다.

오룡의 회랑이 격파된 이후 모든 일은 각자가 원하는 대로 진행되고 있는 것 같았다.

이왕사후는 신마성 점령을 목전에 두고 있었고, 고타이 등 후방에 남은 여섯 명의 대전사들은 이왕사후의 명에 따라 파나류 내에 이왕사후의 영지를 확보하기 위해 전사들을 이끌고 사방으로 흩어졌다.

그들은 언젠가는 자신들이 점령한 땅이 자신들의 영지가 될 것이라 생각했기에 새로운 영지를 점령하는 데 최선을 다했다.

그 덕분에 이왕사후는 앉은 자리에서 하루가 다르게 넓어지는 자신들의 영토를 지켜볼 수 있었다.

그 축제 같은 상황을 원정대에 속한 모든 사람들이 즐기고 있었다.

이왕사후는 물론, 그들을 따라 종군한 전사들 그리고 고타이 등 대전사와 사해상가의 상인들까지… 그들은 한때 두려움의 대명사였던 검은 대륙 파나류에서 자신들이 욕망이 실현되어 가는 것을 눈으로 보고 있었던 것이다.

그리고 그렇게 육주 원정대가 미처 끝나지도 않은 전쟁에서 얻어지는 막대한 전리품에 취해가고 있을 때, 신마성의 전사들은 은밀하게 이 전쟁의 흐름을 완벽하게 바꿀 준비를 하고 있었다.

*　　　*　　　*

소악산 남동쪽 초원 분지에 이왕사후의 진영이 구축되는 와중에도 원정대의 싸움은 매일 이어지고 있었다.

그들은 느리지만 끊이지 않고 그들과 신마성 사이에 있는 구릉들을 공략해 나가고 있었다.

물론 결코 쉬운 공격이 아니었다. 예상대로, 아니, 그들이 느낀 대로 구릉을 지키는 신마성 전사들은 사나웠다.

강력한 무공을 지닌 자들도 있었고, 무공이 없는 자들조차도 도검을 다루는 데 능숙했다.

특히 거칠고 독한 심성은 이왕사후의 전사들에게 강한 두려움을 안겨주었다.

백병전이 벌어지면 신마성의 검은 전사들은 피에 굶주린 늑대들처럼 싸웠다.

동료의 죽음은 그들을 더욱 사납게 만들었고, 적이 흘린 피를 마시며 즐거워하는 자들까지 있었다.

그래서 고된 공격 끝에 두 개의 구릉을 점령한 이후에도 원정대 전사들은 싸움에 이겼다는 성취감보다, 적에 대한 두려움이 조금씩 쌓여가고 있었다.

그리고 그 즈음 숙영지가 얼추 완성되자 이왕사후가 다시 직접 나서서 신마성을 공격할 준비를 하기 시작했다.

각 진영에서 돌파에 능한 기마 전사들이 뽑혔고, 그들은 신마성으로의 돌격을 위해 그동안 점령한 두 개의 구릉으로 집결했다.

그리고 돌격대가 신마성이 보이는 구릉에 집결해 하룻밤 휴식을 취하고 난 그 다음 날 아침 그 일이 일어났다.

"날이 흐린가?"

대전사 구검인이 구릉 위에 임시로 만든 막사를 벗어나며 하늘을 바라봤다. 아직 해가 뜨지 않은 하늘에 구름은 없었다.

"흐린 것은 아닌데… 뭐지? 이 을씨년스러운 기분은……."

구검인이 왠지 모르게 몸을 짓누르는 듯한 공기의 압력을 이상하게 생각하며 팔을 들어 기지개를 켰다. 노숙으로 인해 몸이 굳은 것일 수도 있다고 생각했기 때문이다.

그런데 기지개를 켜던 구검인이 한순간 얼어붙은 듯 모든 동작을 정지했다. 하물며 그의 팔은 여전히 허공으로 향해 뻗어 있을 정도였다.

움직이는 것은 오직 그의 두 눈, 평소에는 그리 크지 않은 그의 눈이 지금은 화등잔처럼 커져 있었다.

"뭐냐?"

당혹스러운 기운이 그의 목소리에 묻어났다.

"이런 빌어먹을… 대체 뭐가 어떻게 된 거야?"

이번에는 욕설이 터져 나왔다.

그리고 재빨리 시선을 돌려 주변을 살폈다. 그리고 다음 순간, 그의 얼굴에 공포가 깃들었다.

"이건… 함정이었다는 건가. 이 거대한 초원을 두고?"

구검인이 믿을 수 없다는 듯 중얼거렸다.

*　　　　*　　　　*

그것은 거대한 장벽이었다. 그런데 그 장벽은 통나무나 흙, 혹은 돌로 쌓아 올린 장벽이 아니었다. 사람의 장벽, 정확하게는 검은 전사들의 장벽이었다.

물론 구검인에게 신마성 전사들의 모습은 익숙했다. 두 개의 구릉을 점령했지만, 여전히 여러 개가 남아 있는 신마성까지의 구릉들, 그 위에는 언제나 검은 갑옷 입은 신마성 전사들이 있었기 때문이었다.

하지만 오늘은 다른 때와 달랐다.

하나의 구릉에서 시작된 신마성 검은 전사들의 모습이 구릉을 지나 또 다른 구릉으로 이어졌다. 그리고 전사들의 선(線)이 서쪽과 동쪽으로 그리고 다시 남쪽으로 거대한 성벽처럼 끝없이 이어져 있었던 것이다.

그 인의 장막은 그들이 뚫고 들어온 오룡의 회랑 입구에 이르러서야 겨우 끝이 났다.

이 거대한 인의 장막은 너무 거대하고 길어서, 동쪽과 남서쪽의 경우에는 시야에 닿지도 않는 거리까지 이어져 있었다.

결국 하룻밤 사이에 형성된 거대한 인의 장막은 초원의 분지에 똬리를 튼 육주 원정대 본진의 숙영지를 완벽하게 포위하고 있었던 것이다.

"말을 가져와라. 당장!"

구검인이 급하게 소리쳤다.

그러자 구검인의 인기척에 잠에서 깬 수하가 재빨리 구검인의 말을 가져왔다.

"모두 깨워라! 경계를 강화하라 전하고! 난 이왕사후님을 뵈러 간다."

구검인이 그 말을 남기고 말에 올라 질풍처럼 구릉을 달려 내려가기 시작했다.

"대체… 저것들은 뭐지? 일이 어떻게 돌아가는 거야?"

구검인의 명을 받은 수하가 그제야 사방으로 이어진 거대한 신마성 검은 전사들의 장벽을 보면서 두려운 얼굴로 중얼거렸다.

둥둥둥둥!

북소리가 새벽을 깨웠다. 아직은 잠자리에서 일어나기에는 이른 시간, 하지만 다급한 북소리가 잠들어 있던 육주 원정대를 깨웠다.

북소리에 잠을 깬 사람들 중에는 당연히 이왕사후도 있었다.

뿌우우 뿌우우!

북소리에 이어 뿔 나팔 소리도 길게 퍼져 나갔다. 그리고 숙영지 중앙에 위치한 거대한 금장 천막 앞에 세워진 사슴 문양의 육주 깃발이 좌우로 크게 움직이기 시작했다.

이왕사후의 소집을 요청하는 신호였다.

급하게 금장 천막에 모여든 이왕사후는 적지 않게 당황한 얼굴로 구검인을 바라봤다.

새벽부터 구검인이 전방의 구릉에서 본진으로 달려온 이유는 말하지 않아도 알고 있었다. 그들도 금장 천막으로 오면서 사방을 장벽처럼 에워싼 적들을 보았기 때문이었다.

그럼에도 불구하고 그들은 묻지 않을 수 없었다.

"대체 무슨 일이 일어난 것이오?"

구검인의 주군이자 오사성의 주인인 사중산이 물었다.

사중산의 나이는 오십을 넘겼지만, 그래도 이왕사후 중에서 가장 나이가 어렸다. 당연히 위급한 때가 되면 자신의 역전의 노장인 구검인에게 의존하는 경향이 있었다.

"적이… 이 초원 분지를 포위한 것 같습니다."

구검인이 대답했다.

누구나 알고 있는 대답이다. 하지만 일이란 것은 모두가 알고 있는 사실이어도, 하나씩 사람의 입으로 확인해 가면서 해결해야 하는 법이다.

"포위의 범위는?"

북천성의 성주 천무확이 짧게 물었다. 마치 구검인이 자신의 수하라도 되는 것 같은 말투다.

그럼에도 구검인은 불쾌한 빛을 보이지 않았다. 적어도 이왕사후는 누구나 자신을 그렇게 대할 자격이 있었다.

"남쪽 오룡의 회랑까지 이어진 것 같습니다."

"완벽한 포위라는 건가? 한 방향도 열리지 않고?"

천무확이 되물었다.

"그렇습니다."

구검인이 대답했다.

"경계를 게을리한 것이 아닌데, 어떻게 하룻밤 사이에 이런 일이 벌어질 수 있소?"

구검인의 말을 듣고 있던 백련성의 성주 화검유가 물었다. 마치 이 일의 책임이 구검인에게 있는 것 같은 물음이다.

그러나 그런 느낌으로 묻고 있는 그조차도 이 일이 구검인의 잘못이 아니라는 것은 알고 있었다.

"저로서는 전방의 구릉들 공격에만 신경 쓰고 있던 터라……."

구검인이 말꼬리를 흐렸다.

그러자 남화성의 성주 적인황이 침착한 목소리로 말했다.

"아마도 저들이 처음부터 치밀하게 준비를 했던 것 같소. 이렇게 되면… 결국 저들이 우리를 이곳까지 끌어들인 것이라는 말이 되는데."

섬뜩한 예상이다. 만약 그렇다면 그들이 완벽한 함정에 빠진 것이기 때문이었다.

"그건 아직 확신할 수 없지 않소?"

해신성의 성주 궁마천이 침착한 말투로 적인황의 말에 반문했다.

"그럼 해신성주께서는 지금 이 일을 어떻게 보시오?"

적인황이 되물었다.

"물론 남화성주님의 말씀이 맞을 수도 있소. 하지만 다른 경우도 생각할 수 있소. 예를 들면 허장성세 같은……."

"음… 물론, 그것도 가능성이 있소. 하지만 만약 그렇다면 적어도 퇴로 한두 곳 정도는 열어두지 않았겠소?"

적인황이 다시 물었다.

"그렇기는 한데. 그래도 그간 조사한 신마성의 전력으로 이 넓은 초원 분지를 완벽하게 포위한다는 것은……"

해신성주 궁마천이 고개를 갸웃하며 대답했다,

"하긴… 설혹 우리 육주 원정대 전부를 동원한다 해도 이 넓은 땅을 완벽하게 포위하기는 불가능하지. 그럼 의도야 어쨌든 저들의 포위망이 보기와 달리 튼튼하지 않을 수도 있겠구려."

북천성의 천무확이 여유를 되찾은 표정으로 말했다.

"맞소이다. 어떤 목적이든 이 넓은 땅의 포위망은 결코 단단할 수 없소."

화림성의 성주 전광도 긴장이 풀어지는 표정으로 말했다.

"시험해 볼 필요가 있겠군."

천무확이 중얼거렸다.

"그렇게 합시다. 기습적으로 한 곳을 공격해 봅시다. 그럼 포위망의 강도를 알 수 있을 것이오. 대책은 그 이후에 세우도록 합시다."

화검유가 전광의 말에 동조했다.

"제게 맡겨주십시오. 앞쪽의 구릉 하나를 다시 공략해 보겠습니다."

구검인이 말했다.

그러자 천무확이 고개를 저었다.

"거기 말고, 우리가 지나온 오룡의 회랑 출구를 공격해 보시오. 신마성 쪽이야 당연히 강한 전력을 구축해 놓았을 테니까. 오룡의 회랑 출구는 신마성에서 가장 먼 곳이니 그곳의 포위망을 시험해 보면 이 포위의 강도를 알 수 있을 것이오. 물론 우리로서도 당장 보급로를 확보하기 위한 반드시 회복해야 하는 곳이고."

천무확이 공격 지점을 변경해 주었다.

그러자 구검인이 사중산을 바라봤다. 어쨌거나 구검인의 주군은 사중산이기 때문이었다.

구검인의 시선을 받은 사중산이 고개를 끄덕였다.

"그럼 정오에 공격하겠습니다."

사중산의 허락이 떨어지자 구검인이 말했다.

"무리하지는 마시오. 포위망의 허실을 알아보기 위한 것이니까."

사중산이 구검인에게 주의를 줬다. 괜히 무리했다가 오사성의 대전사를 잃을 것을 걱정한 것이다.

"걱정 마십시오. 일의 목적을 알고 있습니다."

구검인이 대답했다.

"그럼 가보시오."

사중산이 말하자 구검인이 이왕사후를 향해 고개를 숙여 보이고는 금장 천막을 벗어났다.

사중산이 떠나자 해신성의 성주 궁마천이 혼잣말처럼 중얼거렸다.

"그러고 보니 이제야 새삼스럽게 일차 원정대를 이끌었던 대전사들의 충고가 생각나는구려. 어쩌면 생각보다 힘든 공격일 수도 있다는… 함정이 우리를 기다리고 있을 수도 있다고 했었 지요."

"그렇다 한들 변하는 것은 없소. 이 원정대의 전력은 유례가 없을 만큼 강하오. 결코 신마성 한 곳의 힘으로 무너질 원정대 가 아니오. 특히 금하강 유역에 강력한 후군이 있으니, 보급로를 회복하고 공세에 나서는 것은 시간문제일 뿐이오."

천무확이 단언하듯 말했다.

하지만 궁마천은 여전히 지금의 상황에 대해 걱정을 풀지 못 했다.

"북천성주님의 말씀이 맞기는 한데……."

궁마천이 말꼬리를 흐렸다.

"또 다른 걱정이 있단 것이오?"

천무확이 물었다.

"일단 우리의 전력이 강하기는 하지만 이곳의 위치가… 초원 이 넓어 체감하지 못하지만 사실은 분지이지 않소. 분지라는 곳 은 결국 그 주변이 산이나 절벽으로 막혀 있다는 뜻이오. 다시 말해 적들이 지형을 이용해 포위망을 조절하면 적은 숫자로도 우리를 위협할 수 있소. 또한 금하강의 일차 원정대는 영지 확 보를 위해 사방으로 흩어졌소. 단시간에 다시 모으기가 쉽지 않 소. 만약 오룡의 회랑을 회복하지 못해 보급이 늦어지면 전사들 이 동요할 것이오."

궁마천이 침착하게 지금 상황의 위험성에 대해 설명했다.

그러자 천무확도 마냥 낙관만 할 수는 없었다.

"듣고 보니 그런 면이 있기는 하구려. 그럼 일단 영지를 얻기 위해 사방으로 흩어진 일차 원정대를 금하상 량산으로 귀환시 킵시다. 그리고 구검인 대전사의 공격 결과를 보고 나서 다시 한 번 향후의 행보를 논의합시다."

천무확의 말에 이왕사후가 걱정스러운 표정으로 고개를 끄떡 였다.

*   *   *

두두두두!

기마대의 진격 소리가 마치 거대한 용이 울음을 터뜨리는 것 같았다.

구검인이 이끄는 육주의 기마 전사대가 오룡의 회랑 출구을 향해 돌격했을 때, 그곳을 막고 있던 신마성의 전사들은 기다렸 다는 듯이 회랑 안쪽으로 후퇴했다.

구검인은 그대로 적을 추격해 회랑 안으로 밀고 들어갔다.

물론 역습에 대한 걱정을 하지 않은 것은 아니었다. 하지만 오 룡의 회랑 출구를 공격한 것은 신속한 결정이었고, 공격하기 전 에 이미 회랑 위쪽에 몇몇의 적 말고는 어떤 위험한 무기도 없다 는 것을 확인했기에 반격에 대한 걱정을 떨쳐 버리고 맹렬하게 적을 추격해 들어간 구검인이었다.

그런데 그의 판단은 완벽하게 어그러졌다. 회랑의 양 옆 절벽 위에는 예상대로 반격을 위한 어떤 준비도 없었지만, 놀랍게도 회랑 그 자체가 무너지기 시작했던 것이다

구르릉!

절벽에서 떨어져 나온 거대한 바위들이 회랑으로 떨어져 내렸다.

누구도 이 거대한 회랑의 절벽이 무너질 거라고는 생각지 못했기에 육주의 전사들은 당황할 수밖에 없었다.

"후퇴! 퇴각하라!"

구검인이 급하게 명을 내렸지만, 채 말 머리를 돌리기도 전에 무너진 절벽의 바윗덩이에 깔린 육주 전사들의 비명 소리가 회랑을 가득 메웠다.

"악!"

"살려줘!"

바위에 깔린 말과 전사들의 비명을 들으며 구검인은 떨어지는 바위들 사이로 말을 몰았다.

그의 뒤쪽에서 수많은 수하들이 죽어갔지만, 지금은 그 자신의 목숨 하나 부지하는 것도 힘겨운 상황이었다.

그를 따라 공격에 나섰던 기마 전사들도 죽을힘을 다해 회랑을 벗어났다.

쿠쿠쿵!

어느새 회랑은 거대한 바위로 가득 찼다. 완전히 길이 막힌 것이다.

그런데 그것이 끝이 아니었다.

쿠두두두!

구검인을 비롯한 육주의 전사들이 구사일생으로 무너진 회랑을 벗어났을 때, 갑자기 서쪽에서 검은 갑옷과 검은 말을 탄 신마성의 전사들이 나타났다.

그리고 그들은 어떤 경고도 없이 사지(死地)에서 살아나온 육주 전사들을 공격하기 시작했다.

숫자는 일백여 명 정도였지만, 중장의 병기로 무장한 신마성 기마대는 일천의 병력에 못지않은 기세를 가지고 있었다.

특별하게 고른 말들 역시 검은 갑주를 씌워 화살 공격에 대비하고 있었다. 중장의 마갑을 걸쳤음에도 신마성의 전사들을 태운 말들은 초원의 야생마처럼 광풍처럼 초지를 질주했다.

퍼퍼퍽!

장창을 앞세운 선두의 신마 전사들이 육주전사들을 원거리에서 찌르며 길을 내자, 그 뒤를 따라 돌격한 신마성의 전사들이 말 위에서 대검을 휘둘러 혼란에 빠진 육주 전사들을 갈대처럼 베어버렸다.

"진형을 갖추고 버텨라. 구원대가 오고 있다. 방패를 들어 대항해!"

"말의 발목을 노렷!"

육주의 전사들 사이에서 구검인을 비롯한 우두머리들이 다급하게 소리쳤다.

그러나 그의 명을 따르기에는 육주 전사들의 충격이 너무 컸다.

그나마 다행인 것은 구검인의 말처럼 원정대 본진에서 구원대가 빠르게 달려오고 있다는 것이었다.

그사이 신마성의 기마 전사들이 광풍처럼 육주의 전사들을 관통해 동쪽으로 빠져 나갔다.

"이놈들! 모두 죽여 버리겠다. 서둘러 진형을 갖춰라!"

적들이 아군의 진영을 단번에 뚫고 나가자 구검인이 이를 갈며 소리쳤다. 그제야 살아남은 전사들이 급히 모여들어 진형을 갖춰 적을 상대할 준비를 하기 시작했다.

그리고 마침 구원대 역시 거의 장내에 도착하고 있었다. 다시 격돌한다면 좀 전에 진 빚을 갚아줄 수 있는 상태가 된 것이다.

그런데 그런 구검인의 전의는 허무하게 흩어지고 말았다. 한 번의 질주로 순식간에 육주 전사들을 유린한 신마성의 기마 전사들이 더 이상의 공격을 하지 않고 그대로 초원을 가로질러 동쪽 산비탈 사이로 사라져 버렸기 때문이었다.

쿵쿵쿵!

북소리라기에는 너무 무겁고, 그렇다고 바위가 떨어지는 소리라기엔 너무 가벼운 소리가 오룡의 회랑을 이루는 절벽 위에서 들려왔다.

그리고 마치 절벽 속에서 솟아난 것처럼 검은 갑옷을 입은 신마성 전사들이 오룡의 회랑 위쪽에 늘어서기 시작했다.

거대한 철궁은 든 전사부터, 언제든 절벽 아래로 던질 수 있는 장창을 든 전사까지. 여러 종류의 병기로 무장한 중장의 전사들은 얼굴의 반을 가리는 검은색 투구까지 쓰고 있어 한층 더 위압적으로 보였다.

그렇게 괴상한 북소리에 맞춰 나타난 신마성의 전사들이 절벽 위에 가득 찰 때까지 육주 원정대는 아무것도 할 수 없었다.

이런 상황에서는 그들이 할 수 있는 일 자체가 없었다.

오룡의 회랑 출구가 무너진 바위로 막혔으므로 안으로 진격해 들어갈 수도 없었고, 일진광풍처럼 육주의 전사들을 유린하고 사라진 적을 추격할 수도 없었다.

그렇다고 공성전에 쓰기 위해 가져온 병장기들을 가지고 와 절벽 위 신마성의 전사들을 공격하는 것 역시 지금은 생각할 수 없었다.

그래서 그들은 두려운 눈으로 절벽 위에 늘어서는 신마성의 전사들을 바라보는 것 외에 아무것도 할 수 없었다.

그리고 그사이 오룡의 회랑을 완벽하게 장악한 신마성 전사들 틈으로 검은 구름을 몰고 온 듯한 사내가 모습을 드러냈다.

우우우!

사내가 모습을 드러내자 신마성의 전사들이 묵직하면서도 경건함까지 느껴지는 소리를 내어 사내에 대한 충성심을 표시했다.

사내는 다른 신마성 전사들과 마찬가지로 검은 전복을 입고 있었고, 투박한 검은색 망토가 바람에 휘날려 그의 몸의 반을 가리고 있었다.

머리에는 다른 전사들과 마찬가지로 검은 투구를 쓰고 있었다. 투구가 얼굴의 반을 가리고 있어서 가까이서 보아도 그의 실제 얼굴을 확인하기 어려운 상황이었다.

그래서 더더욱 그의 모습은 신비롭고 거대하게 느껴졌다. 그의 주변으로 번져 나가는 검은 기운은 사실 실체가 없는 것이었다. 그의 옷차림 때문에 그런 기운이 느껴진다는 착시가 생긴 것일 수도 있었다.

그럼에도 불구하고 그의 검은 아우라는 강렬하고 거대했다.

사내는 신마성 전사들의 충성스러운 마음이 깃든 함성을 들으면서 묵묵히 절벽 아래 늘어선 육주 전사들을 바라봤다. 그 모습이 마치 정복자의 모습과 같았다.

그는 초원 분지의 육주 원정대를 완벽하게 정복한 사람처럼 행동했다.

그리고 육주의 전사들 역시 그런 느낌을 받고 있었다. 그들은 사내와 신마성의 전사들에게 패해 그 처분을 기다리고 있는 듯한 기분을 느끼고 있었다.

이제 겨우 첫 번째 전투였다. 절벽이 무너지면서 돌격했던 전사들 중 절반이 죽었지만, 그래도 전체 원정대의 전력을 생각하면 전력의 손실은 극히 미미한 것이었다.

또한 원정대 본진에는 강력한 무공을 지닌 전사들과 뛰어난 무기들이 있었다.

수십 년 동안 전쟁터를 누빈 노련한 전사들, 그리고 육주의 지혜와 기술이 총동원된 뛰어난 병장기들이 즐비한 원정대였다.

그것뿐인가. 비록 무너진 절벽의 잔해로 막혀 있지만, 오룡의 회랑 반대편 입구, 금하강 상류 량산에는 또 다른 원정대의 진영이 있었다.

영지를 차지하기 위해 흩어진 일차 원정대의 전사들이 돌아오면 수천 명의 강력한 전력을 구성할 수 있었다.

이런 정황들을 살펴보면 육주 원정대의 전력은 여전히 신마성을 압도하고 있다고 할 수 있었다.

그런데 그럼에도 불구하고 육주 원정대 전사들은 패배감을 느끼고 있었다.

단지 검은 기운을 몰고 온 사내 한 명의 등장만으로.

"들어라!"

갑자기 들려온 사내의 목소리가 신마 전사들의 함성을 뚫고 육주 전사들 귀에 전해졌다.

그렇다고 사내의 목소리가 신마 전사들의 함성보다 큰 것은 아니었다.

사내의 목소리는 굵었지만 낮았고, 우울함이 느껴질 만큼 공허하기도 했다. 그럼에도 불구하고 사내의 목소리는 육주의 전사들 한 명 한 명의 귀에 화살처럼 명확하게 꽂혀들었다.

그것이 사내의 가진 강력한 무공의 힘이라는 사실을 모를 리 없는 육주의 전사들이다.

그래서 그의 목소리를 듣는 순간, 육주의 전사들은 다시 한번 두려움에 몸을 떨었다. 그리고 자연스럽게 사내의 말에 귀를 기울이게 되었다.

"이곳은 신마성의 땅이다. 그러므로 신마성의 적들에게는 죽음의 땅이다. 이 초원에 들어온 자는 누구도 살아갈 수 없다. 따라서 너희들 역시 단 한 명도 살아 돌아가지 못할 것이다!"

사내의 무심한 말 속에서 느껴지는 강력한 의지, 그 의지에 육주 전사들은 모골이 송연해졌다.

사내의 말은 오만했지만 정말 그에게 그럴 능력이 있는 듯이 느껴졌기 때문이었다.

두려움에 침묵하는 육주의 전사들에게 다시 사내의 말이 들려왔다.

"너희들이 살아 돌아갈 수 있는 방법은 오직 둘뿐이다. 이왕 사후가 스스로 내 앞에 와서 무릎을 꿇는 것, 아니면 너희들이 그들을 내 앞으로 데려와 무릎 꿇리는 것이다. 선택은 너희들의 몫이다! 스스로의 운명을 결정하라! 이미 너희들은 지옥으로 들어왔고, 이 지옥을 나가는 방법은 그뿐이다!"

사내가 말을 끝내고 잠시 절벽 아래 육주의 전사들을 바라보고 있다가 거짓말처럼 절벽 위에서 사라졌다.

"헉!"

"후우……!"

사내가 사라지자 그제야 육주의 전사들이 제대로 숨을 쉬기 시작했다.

개중에는 너무 긴장했던 나머지 헛구역질을 하는 사람도 있었다.

"그… 인 것 같소?"

구검인의 곁에서 백련성의 대전사 장승봉이 물었다.

"그가 아니라면 누가 저런 위압감을 만들어내겠소."

구검인이 여전히 긴장한 표정으로 대답했다.

"하긴… 후우! 정말 무서운 자구려."

장승봉이 솔직한 심정을 말했다.

신마성주에 대한 적의나 혹은 과장된 두려움도 느껴지지 않은 목소리다. 그는 진심으로 신마성주를 두려워하는 것 같았다. 육주의 지배자 이왕사후도 존중하는 대전사로서의 자존심 같은 것은 전혀 느껴지지 않았다.

"대단한 자인 것은 맞는 것 같소. 물론… 그렇다고 그의 말대로 모든 일이 흘러가지는 않겠지만."

구검인은 좀 더 침착했다. 그는 신마성주에게 두려움을 느끼고 있긴 하지만, 냉정하게 전력을 분석하면 여전히 이왕사후의 육주 원정대가 신마성보다 우위에 있다고 판단하는 것 같았다.

"그야… 그렇지요."

뒤늦게 장승봉도 신마성주에 대한 순수한 두려움을 떨쳐 버리며 대답했다.

"일단 돌아갑시다. 어쨌거나 저들의 포위망이 허술하지 않은 것을 확인했으니 앞으로 일은 좀 더 신중하게 판단해야 할 것이오."

"퇴각까지 논의될 것 같소?"

장승봉이 물었다.

이 일로 신마성에 대한 공격을 중지하고 금하강 유역으로 물러나는 일이 논의될 수 있는지를 물은 것이다.

"글쎄. 그건 나도 모르겠소. 하지만 내 생각에는 퇴각은 쉽지 않을 것 같소. 이왕사후께서 이곳까지 친정하신 이상 후퇴는 선택하기 어려운 결정이오. 그분들은 어떤 희생이 있어도 신마성을 정복하려 하실 것이오. 이 원정을 통해 그분들이 얻으려는 게 무엇인지 아시지 않소."

구검인이 어두운 표정으로 말했다.

"그렇겠구려. 하지만 그렇게 되면……."

장승봉이 말꼬리를 흐렸다.

"어쩌면 이 초원 분지가 피의 호수가 될지도 모르겠소."

장승봉이 하지 않은 말을 구검인이 대신했다.

*   *   *

구검인과 장승봉의 예상대로 이왕사후에게 후퇴는 선택지가 아니었다.

그들도 신마성 포위망의 견고함은 인정했지만, 그럼에도 불구하고 소악산 자락에 위치한 신마성의 정복에 대한 욕망은 버리지 않았다.

그래서 그들은 퇴로를 찾는 대신 공격을 선택했다. 최선의 공격이 최고의 방어라는 말을 하면서…….

그리고 그건 필연적으로 막대한 희생을 가져올 수밖에 없는 결정이었다.

길게 이어진 포위망의 단점은 한곳에 전력을 집중할 수 없다는 것이란 건 어린애도 알고 있는 사실이었다.

그럼에도 불구하고 육주 원정대의 강력한 전사들로 구성된 돌격대는 초원 분지에서 신마성에 이르는 길을 뚫지 못했다.

몇 개의 구릉에 걸쳐 세워진 신마성의 방어막은 돌로 쌓은 성벽보다 견고했다.

그리고 그곳에 배치된 신마성 전사들 역시 강력했다. 신마성에 그렇게 강한 전사들이 있다는 것이 놀라울 정도였다.

이왕사후는 여러 번의 공격이 실패로 돌아가자, 차선책으로 포위망 곳곳으로 전사들을 보내 한곳이라도 신마성의 포위망을 허물려 했지만, 그것 역시 여의치 않았다.

신마성의 포위망은 결코 하루아침에 만들어진 것이 아니었다.

아주 오랜 시간 동안 땅을 파고 목재와 석재를 이용해 단단하게 구축된 포위망이었다.

그로 인해 그들은 아주 적은 숫자의 전사들만으로도 육주 원정대의 기습적인 공격을 어느 곳에서든 막아냈다.

그리고 일단 그렇게 초기의 공격을 막아내면, 반시진도 지나지 않아 강력한 기마 전사들로 구성된 신마성 구원대가 나타나육주 원정대에 반격을 가했다.

전투가 반복될수록 육주 원정대의 피해는 커져갔다. 하지만 원정대의 실질적인 피해보다 더 심각한 것은 전사들의 사기였다.

연전연패, 게다가 고립의 시간이 길어지면서 느껴지는 막막한 답답함. 그런 것들이 원정대 전사들의 신경을 날카롭게 만들고 있었다.

그리고 그런 불안정한 심리 상태는 이왕사후의 능력에 대한 의심과 원망으로 이어졌다.

특히 보급이 끊김으로서 원정대 전사들에게 주어지는 식량이 줄어들기 시작하자 전사들의 불만은 점점 크기를 키워갔다.

당연히 그 즈음에는 이왕사후도 그들이 심각한 위기에 빠졌다는 것을 깨닫고 있었다.

　그래서 결국 그들이 기대하는 것은 결국 금하가 상류 량산에 있는 일차 원정대의 구원이었다.

　그러나 그 일도 그리 녹록치 않았다.

　애초에 사방으로 흩어진 일차 원정대와 고타이 등 대전사들을 빠른 시간 내에 불러 모으려면 이왕사후의 명이 그들에게 전해져야 했다.

　그런데 신마성의 포위망이 너무 촘촘해서 이왕사후의 명을 전하러 가는 전령들은 하나같이 죽거나 혹은 포위망을 뚫지 못하고 돌아오고 있었다.

　물론 그럼에도 불구하고 량산의 후군 역시 이왕사후에게 문제가 생겼다는 것은 알고 있었다.

　당장 그들이 도맡아 오던 보급품의 보급로가 막혔기에 이왕사후가 포위당했다는 사실을 모를 리 없었다.

　하지만 그렇다고 이왕사후의 명령 없이 영지를 확보하기 위해 떠난 대전사들과 일차 원정대를 불러 모으는 것은 신중할 수밖에 없었다.

　물론 그럼에도 결국 보급로가 막힌 지 사오일 후에는 고타이 등 대전사에게 전령을 보내 복귀를 요청할 수밖에 없기는 했지만.

　그러나 전령을 보냈어도 대전사들의 복귀가 즉시 이뤄지지는 않았다.

일단 이왕사후의 직접적인 명이 없는 것도 없는 이유였지만, 영지를 차지하기 위해 떠난 대전사들 각자의 마음속에 미래에 자신들의 왕국이 될 수도 있는 영지 획득을 중단하는 것이 그리 쉽지 않은 결정이기 때문이었다.

그래서 후군의 움직임은 느렸고, 신마성을 목전에 두고 초원 분지에 고립된 이왕사후의 위기는 생각보다 깊고 빠르게 진행되고 있었다.

제2장

폭우

며칠째 우울하게 흐린 날씨가 계속되었다. 사방을 에워싼 신마성의 포위망 때문에 느끼는 우울함이 아니었다.

정말로 하늘이 한바탕 큰 비를 뿌릴 것 같은 검은 구름을 품고 있었다. 그리고 그건 곧 원정대의 또 다른 위기를 뜻한다.

원정대가 진영을 구축한 곳은 거대한 분지를 이루는 초원, 사방으로 소악산 줄기에서 뻗어 나온 능선과 구릉들이 둘러서 있었고, 남동쪽으로는 오룡의 회랑에 이르는 거대한 절벽들이 늘어서 있었다.

이런 지형에서 폭우는 치명적인 위험 요소다. 모든 빗물이 분지를 이루는 초원으로 흘러들어 올 것이기 때문이었다.

애초에 뛰어난 전략가라면 절대 이런 곳에 장기전을 위한 숙영지를 구축하지 않는다. 평평하고 너른 초지라 진지를 구축하고 생활하기는 편할지 모르지만, 비가 오면 대책이 없기 때문이었다.

또한 이미 일어난 위험이지만, 분지 형태의 모양을 가진 초원은 포위를 당할 위험성도 처음부터 내포하고 있었다.

그럼에도 이왕사후가 이곳에 진영을 구축한 것은 그들이 이런 초보적인 병법을 모르기 때문이 아니었다.

방심.

단지 그들의 실수는 적과 아군의 전력 차를 제대로 판단하지 못한 것이라고 할 수 있었다.

위험을 감수하고라도 분지형 초원에 진영을 구축한 이유는 그들이 사나흘 정도면 충분히 신마성을 함락시킬 수 있을 거라 판단했기 때문이었다.

오래 머물 곳이 아니고, 적의 세력이 약하다고 생각했으므로 그들은 이곳에 임시 진영을 세운 것이었다.

그런데 그들이 가장 중요한 전제가 무너졌다. 신마성의 전력이 그들을 포위할 수 있을 만큼 강력했던 것이다.

한번 틀어진 예측은 그들에게서 시간을 뺏어갔다.

그리고 그 시간이 그들을 최악의 위기로 몰아넣고 있었다. 흐린 하늘이 끝내 비를 뿌린다면 결국 그들은 시간의 덫에 걸린 사냥감이 되어 비참한 상황을 겪어야 할 수도 있었다.

그리고 보통 운명이라는 놈은 사람들이 가장 원하지 않는 쪽으로 흘러간다.

결국 그들이 가장 바라지 않던 상황이 시작된 것이다.

쿠르릉!

쩌저적!

천둥이 치고 번개가 내리꽂혔다. 구릉 앞쪽에 서 있던 거목 하나가 번개를 맞아 쪼개졌다.

쿵!

거목이 쓰러지며 일으킨 진동이 육주 원정대의 진영까지 느껴지는 것 같았다.

하지만 육주의 전사들은 쓰러진 거목을 보지 않았다. 그들은 그 위, 거목을 쓰러뜨린 벼락이 떨어진 하늘을 보고 있었다.

후두둑!

한순간 천막 위에서 굵은 흙이 뿌려지는 소리가 들리기 시작했다.

"젠장! 결국!"

누군가 욕설을 내뱉었다. 그리고 곧 그 목소리를 집어삼키며 세찬 빗줄기가 육주 원정대의 숙영지에 쏟아지기 시작했다.

콰아아!

한번 쏟아지기 시작한 비는 하늘에 구멍이라도 난 것처럼 거세게 내렸다. 빗줄기가 아니라 물통으로 들어 물을 들이붓는 것 같았다.

순식간에 구릉(丘陵)과 절벽 사이에 물길이 만들어졌다. 그리고 그 물길은 낮은 곳을 찾아 흐르기 시작했다. 초원으로 이뤄진 분지를 향해 흐르기 시작한 것이다.

너른 초원 곳곳에 말라 있던 물길들이 생명을 되찾았다. 작은 개울들이 수십 개가 생겨났다. 그리고 그 개울들은 여지없이 육주의 원정대 숙영지를 물바다로 만들었다.

두두둑!

검은 기운을 뿜어내는 사내, 신마성주 전마 치우는 빗줄기가 북처럼 소리를 내는 천막 아래에 앉아 묵묵히 물에 잠겨드는 초원을 바라보고 있었다.

그의 뒤쪽으로 신마후 룬과 갈단, 그리고 검은 승려 아불이 서 있었다.

그들 역시 시선은 고스란히 폭우를 맞고 있는 육주 원정대 진영을 향해 있었다.

"얼마나 내릴 것 같은가?"

문득 신마성주가 입을 열었다.

폭우로 인해 완벽한 승기를 잡았음에도, 그의 목소리에는 어떤 감정도 느껴지지 않았다.

"근방의 원주민들 말로는 우기가 시작되면 적어도 한 달 이상 이어진다고 합니다. 물론 중간중간 개는 날도 있겠지만, 겨우 하루 이틀 정도라고 합니다."

신마후 룬이 대답했다.

"한 달… 충분하군."

"그대로 놓아두는 것도 한 방법인 것 같습니다. 결국 병이 돌고, 식량이 떨어져 아사하게 될 것입니다. 후방의 지원군을 막는 것은 오룡의 협곡을 장악한 이상, 어려운 일이 아닐 것입니다."

갈단이 자신의 의견을 말했다.

"나쁘지 않지. 하지만 저들에게도 그렇듯 우리에게도 시간은 언제나 변수를 만든다."

"변수라고 하시면……?"

파나류 동북부의 거의 모든 요지를 장악하고 있다고 자부하는 신마성이었다. 특히 이렇게 장마가 시작된 시기에 특별한 변수가 있을 거라고 생각지 않는 갈단이었다.

"예를 들면… 은갑전사단이나 독안룡 탑살, 혹은 육주에서 또 다른 구원대가 증파될 수도 있겠지. 한 달… 너무 길지 않은가? 사람의 뜻대로 모든 일이 이어지기에는."

신마성주가 여전히 무감정한 목소리로 말했다.

"은갑전사단… 그렇군요. 그들이라면 움직일 수도 있겠군요. 하지만 독안룡의 묵룡대선은……."

갈단이 말꼬리를 흐렸다.

"그는 오지 않을 것 같은가?"

"그와 이왕사후는 아무래도……."

갈단은 아마도 독안룡 탑살과 이왕사후의 사이가 좋지 않아 독안룡이 이 싸움에 관여하지 않을 것이라고 생각하는 모양이었다.

"그대는 그를 제대로 모르는군."

"……?"

신마성주의 말에 갈단이 대답 없이 신마성주의 다음 말을 기다렸다.

그러자 신마성주가 무거운 음성으로 말했다.

"독안룡 탑살은 영웅이다. 영웅은 사사로운 감정으로 대사를 그르치지 않는다. 그래서 만약 이곳에서 육주원정대 전체가 몰

살당할 위기에 처했다는 것을 알게 된다면 그는 반드시 묵룡대
선을 몰고 파나류로 올 것이다. 그게 위대한 독안룡의 모습이
다."

신마성주가 확신했다.

그의 말이 너무 확고해서 갈단도 더 이상 반론을 제기하지 못
했다. 대신 그는 이후의 일을 물었다.

"그럼 공격하시겠습니까?"

갈단이 물었다.

"저들의 진영이 완전히 물에 잠기는 것은 사나흘이면 족하지.
보급이 끊긴 지 오래이니 식량도 거의 떨어져 갈 것이고. 그리고
인간의 정신력이 버텨내는 사나흘을 더 더하면. 열흘 정도 뒤에
공격하면 큰 손실 없이 승리할 것이다. 다만 그 경우 적을 공격
하기 위해 전사들을 모으면 포위망이 헐거워지는 위험이 있지.
그 틈으로 이왕사후가 도주할 가능성이 있으니까."

신마성주가 덤덤하게 말했다.

"시간이 마냥 우리 편은 아닌 것이군요."

갈단이 혼잣말처럼 말했다.

"지금 이 정도 상황만 해도 우리에겐 큰 행운 아닌가?"

신마성주가 되물었다.

"맞습니다. 제 욕심이 과했습니다."

갈단이 자신의 실수를 깨닫곤 신마성주의 말에 수긍했다.

"아무튼 공격 준비를 한다. 그리고 공격의 목표는 적의 전멸이
아니다. 오직 이왕사후, 그들을 제압하는 것이 이 싸움의 목적이
다. 그들을 놓친다면 저들을 전멸시켜도 진 싸움이고, 저들 모두

를 살려줘도 그들을 제압할 수 있다면 이 싸움은 우리의 승리다. 모두 명심하도록!"

"예, 성주!"

신마후들이 일제히 대답했다. 그들의 눈에 강렬한 전의가 넘실대고 있었다.

강렬한 전의가 느껴지는 신마후들의 대답을 들은 신마성주가 잠시 쏟아지는 빗속에 고립된 육주 원정대의 진영을 주시했다.

그러다가 문득 신마후 룬에게 물었다.

"석중귀에 대한 소식은?"

신마성주의 질문을 받은 신마후 룬이 어두운 표정을 지었다.

"아무래도……."

신마후 룬이 말꼬리를 흐렸다.

"찾지 못했나?"

"파나류 서북의 열화산으로 가는 길에 청류산이 있습니다."

"알고 있다."

"그 근방은 지금 야왕성의 관할하에 있습니다."

"그 살수들? …그래서?"

"야왕성이 성주님을 따르겠다며 충성을 맹세한 이후 그들은 청류산을 장악하기 위해 움직이고 있었습니다. 그런데 그러다가 한 곳에서 그들의 행보가 저지되었습니다."

"그 잔혹한 살수들을 상대할 자들이 청류산이 있었다는 이야기인가?"

"그것이… 산장이 하나 있는데, 청류산을 여행하는 여행자들에게 잠자리를 내주는 객관 같은 산장입니다."

"보통 산장이 아닌 모양이군."

"아마 그런 듯합니다. 산장을 접수하러 갔던 야왕성의 살객들이 돌아오지 못했다고 합니다. 그즈음 석 신마후가 그곳에 도착했습니다. 그리고 야왕성의 사객 중 한 명인 추상이란 자를 데리고 산장으로 간 듯합니다."

"그리고 돌아오지 못했다?"

"야왕성으로는 돌아오지 않았답니다. 물론 그곳에서 묵룡대선의 소룡들 행선지를 파악하고 계속 서쪽으로 갔을 수도 있겠지만……."

"그럼 연락이 끊겼을 리 없겠지."

신마성주가 여전히 무심하게 말했다.

일곱 명의 신마후들은 신마성의 수천 전사들 중 신마성주가 유일하게 믿는 사람들이 사람들이었다.

그러므로 신마후 석중귀가 살아 있는 한 반드시 연락이 왔을 거란 확신을 가지고 있는 신마성주였다.

"그렇습니다. 그래서 결국……."

"그 작은 산장이 문제라는 거군."

"일단 그곳부터 시작해야 하는 것은 분명합니다."

"그대가 보낸 자들이 산장을 찾아갔나?"

신마성주가 물었다.

"아닙니다. 만약 정말 그곳에서 일이 벌어졌다면 제가 보낸 자들이 아무리 뛰어난 전사들이라 해도 석 신마후를 해한 자들을 상대할 수는 없을 것이기에 동정만 살피라 했습니다."

"잘했군. 하지만… 참 곤란하군. 이왕사후를 전력으로 상대해야 하는 이때에……."

"일단은 이곳의 싸움에 전력을 기울이는 수밖에 없을 것 같습니다. 이 싸움이 끝나면 제가 직접 그 산장에 가보겠습니다."

신마후 룬이 말했다.

그러자 곁에서 두 사람의 이야기를 듣고 있던 불승 아불이 침착하게 말했다.

"혹시 다얀과 반융이 돌아오고 있다면 그들에게 이 일을 맡기시면 어떻겠습니까?"

"음… 그렇군. 그들이 있었군. 다행인지 불행인지 모르겠지만 그들이 추격한 묵룡대선의 소룡들에게선 큰 소득이 없었던 모양이더군. 그래서 죽은 자들의 섬으로 간 반융에게는 은갑전사단의 행보를 살피는 일을 이미 맡겼으니, 결국 다얀에게 이 일을 맡겨야겠군."

"파나류에 도착했을까요?"

"아직, 다얀이 간 곳은 무산열도 북방이어서 시간이 좀 걸리지. 그래도 무산해협을 건너고는 있을 테니 그에게 이 일을 맡기는 것으로 하겠다."

신마성주이 말에 신마후들이 대답 없이 조용히 고개를 숙여 대답을 대신했다.

그러자 신마성주가 자리에서 일어서며 명을 내렸다.

"사납고 빠른 정예 전사 일천을 뽑는다. 기마 전사를 중심으로 경장으로 무장한다. 비가 오고 있으니 중장은 불편하다. 공격 시점은 열흘 후, 룬은 후방을 맡는다. 나머지 신마후들은 모두 이 싸움에 참전한다. 말했지만 이 싸움의 목표는 이왕사후다."

"명대로 시행하겠습니다."

신마후들이 일제히 고개를 숙이며 대답했다.

그러자 신마성주가 고개를 한 번 끄떡이고는 천천히 걸음을 옮겨 천막 밖으로 나왔다.

쏴아아!

여전히 화살처럼 비가 쏟아지고 있었다. 그런데 그 빗줄기가 신마성주의 몸에는 닿지 않았다. 그의 몸에서 일어나는 검은 기운이 빗줄기가 그의 몸에 닿기 전에 밖으로 튕겨내고 있었다.

그렇다고 신마성주가 특별하게 공력을 사용하는 것 같지도 않았다.

놀라운 모습이었다. 마치 태어날 때부터 자연스럽게 진기를 발산하는 사람처럼, 신마성주는 숨 쉬는 것처럼 자연스럽게 진기를 흘려내고 있었다.

그러니 애초부터 신마성주에게는 비를 막을 천막은 필요 없는 물건이었다.

저벅저벅!

신마성주가 빗방울을 튕겨내며 폭우 속으로 걸음을 옮겼다.

그러자 어디서 나타났는지 그의 호위무사들이 신마성주를 에워쌌다. 그리고 그중 한 명이 우산을 들어 신마성주를 향해 쏟아지는 비를 막았다.

신마성주는 그런 모든 움직임들을 자연스럽게 받아들이며 절벽을 떠났다.

그가 떠난 후, 그 모습을 보고 있던 갈단이 중얼거렸다.

"어쩌면 애초에 이 전쟁은 필요가 없었을지도 모르겠소."

"그게 무슨 말이오?"

아불이 되물었다.

그러자 갈단이 두려운 목소리로 대답했다.

"성주님의 힘이라면 이왕사후를 이 파나류로 불러들이지 않고도 홀로 그들을 찾아가 그들의 목을 벨 수도 있으셨을 거란 생각이 드는구려. 성주님의 저 모습… 인간의 경지가 아니지 않소?"

갈단의 말에 신마후 룬과 아불이 같은 생각이 드는지 고개를 끄떡였다. 그리고 빗속으로 사라진 신마성주의 흐릿한 뒷모습에 다시 한번 시선을 주었다.

*   *   *

쏴아아!

번쩍!

새벽의 빛이 아직 어둠 속에 머물러 있는 시간, 폭우 속이라 더더욱 짙은 어둠 속에서 한줄기 빛이 번쩍였다.

그리고 그 순간 거대한 검은색 구름들이 하늘로 솟아오르기 시작했다.

쿠오오오!

그 검은 구름은 빗소리에 섞여 명확하게 구분되지는 않았지만, 빗소리와는 완연히 다른 소음을 일으키며 한순간 육주 원정대 숙영지 위로 몰려왔다.

그리고 다음 순간 하늘에서 돌덩어리들이 떨어지기 시작했다. 그렇게 파국이 시작됐다.

쿵쿵쿵쿵!

"악!"

"뭐냐!"

강력한 소리에 놀란 자들은 천막을 뛰쳐나오며 소리의 정체를 찾았고, 하늘에서 떨어진 돌덩어리에 직격된 자들은 비명도 못 지르고 그 자리에서 즉사했다.

"적이닷!"

"놈들이 석포를 쏘고 있다. 모두 몸을 피해!"

폭우 속에서 원정대 우두머리들의 경고가 쏟아졌다.

우두머리들의 경고대로 원정대 전사들이 당황한 마음을 다잡으려는 찰나, 이번에는 돌덩어리에 섞여 불화살들이 날아들기 시작했다.

도통 이해할 수 없는 공격이었다. 폭우가 쏟아지는데 화공이라니, 이미 원정대의 막사는 오랫동안 내린 비로 흠뻑 젖어 있었다. 불화살의 불길이 옮겨 붙을 수 없었다.

당연한 일이지만 화공을 위해 날린 불화살들은 원정대 진영에 어떤 피해도 입히지 않았다.

그런데 불화살의 불꽃이 다른 곳으로 옮겨붙지는 않았지만, 화살에서 타오르는 불꽃은 꺼지지도 않았다.

특별한 재료를 써서 만든 화살인 듯, 막사와 땅에 꽂힌 화살들은 화살대가 다 타들어갈 때까지 폭우 속에서 불꽃을 피워 올렸다.

그렇게 꺼지지 않는 화살의 불꽃은 폭우와 어둠 속에서도 신마성의 전사들에게 그들이 공격할 지점을 알려주는 데 충분한 역할을 했다.

쿠우우!

여전히 돌덩어리와 불화살이 날아드는 가운데, 사방에서 묵직한 진동이 일어나기 시작했다.

그리고 낮게 깔리는 중저음의 말발굽 소리와 함께 육주 원정대 진영을 향해 신마성의 전마들이 달리기 시작했다.

번쩍!

폭우 속에서 날카로운 광채가 번뜩였다.

다른 때와 달리 중장의 갑옷이 아니라, 경장의 무복을 입은 신마성의 기마 전사들이 섬뜩한 광채를 뿜어내는 장창을 앞세우고 폭풍처럼 육주 원정대의 진영을 급습한 것이다.

"악!"

"큭!"

육주 원정대 진영에서 새로운 비명들이 터져 나오기 시작했다.

원정대 전사들은 물론 이왕사후조차도 신마성 전사들의 진격은 예상하지 못한 일이었다.

비 오는 어둠 속에서 석포와 화살 공격은 가능하지만, 기마대를 이용한 돌격은 불가능하다고 생각했기 때문이었다.

늪지로 변한 초원은 기마전술을 사용하기에는 너무 불리한 환경이었다. 말의 속도는 느려지고 기마대의 방향 전환도 쉽지 않았다.

그런데도 불구하고 신마성은 기마 전사를 동원해 기습을 감행했다. 앞서 날린 불화살들은 기마 전사들에게 좋은 길잡이가 되고 있었다.

그래서 원정대 수뇌들은 뒤늦게 신마성에서 날린 불화살들이 어떤 의미를 지닌 것인가를 깨달았지만, 그 깨들음은 너무 늦은 것이었다.

그들이 신마성의 공격 전술을 이해할 때쯤에는 벌써 신마성 전사들이 혼란에 빠진 육주 원정대 진영을 유린하고 있었기 때문이었다.

이왕사후는 금장 천막에 모여 있었다. 황금빛으로 번쩍이는 갑옷을 차려입은 이왕사후였으나, 그 화려한 갑옷이 무색할 만큼 어두운 표정을 짓고 있었다.

그들 주변은 육주 최고의 전사들이 물샐틈없는 방어막을 형성하고 있었다.

하지만 사방에서 들려오는 비명 소리와 고함 소리, 그리고 점점 다가오는 말발굽 소리가 그들의 마음을 불안하게 만들고 있었다.

"어찌 되어가는가?"

천무확이 물었다.

폭우 속에서 자신의 두 눈으로 전황을 확인하는 것은 불가능하다. 그래서 이왕사후는 사방으로 보내놓은 전령들의 소식을 기다릴 수밖에 없었다.

"적들이 이곳을 향해 빠르게 진격하고 있습니다. 처음부터 이곳을 목표로 한 것 같습니다. 다른 곳으로 전력을 분산시키지 않고 있습니다."

"숫자는?"

적인황이 뒤를 이어 물었다.

"죄송합니다. 정확한 숫자는 파악하지 못했습니다. 폭우와 혼란으로 인해서……."

전령에게 전장의 소식을 전해 받아 이왕사후에게 보고하는 자가 고개를 숙이며 대답했다.

그런데 그때 육주의 전사들을 지휘하는 대전사 중 한 명인 남화성의 대전사 항가이가 온몸이 피와 땀으로 범벅이 된 채 금장 천막 앞으로 달려왔다.

대전사 항가이는 금장 천막에 도착하자마자 한쪽 무릎을 꿇고 다급한 얼굴로 말했다.

"전황이 좋지 않습니다. 아무래도 퇴로를 찾으셔야 할 것 같습니다."

"후퇴? 말이 되는가? 수천 명이나 되는 육주 최정예 전사들이 신마성의 마졸들을 상대하지 못한다는 것이?"

남화성주 적인황이 화를 내며 소리쳤다.

"워낙 갑작스러운 기습이고, 폭우로 인해 시야를 확보할 수 없는 상황이라… 일단 물러나 전열을 정비하심이."

항가이가 변명하듯 말했다.

"사방이 포위되어 있소. 어디로 간단 말이오?"

오사성의 사중산이 물었다.

그러자 항가이가 침착하게 대답했다.

"정확하지는 않지만 그들의 숫자가 일천 이상입니다. 또한 무공 역시 강력합니다. 그건 신마성주가 신마성의 정예들을 모두이 기습에 투입했다는 의미일 것입니다. 당연히 포위망이 허술해져 있을 겁니다."

"음……."

항가이의 말에 이왕사후들의 표정이 변했다.

듣고 보니 그의 말도 일리가 있었다. 최근까지 그들은 포위망을 뚫고 후군과 연락을 취하는 데 모든 힘을 쓰고 있었다.

하지만 신마성의 포위망이 워낙 강력해서 그들이 보낸 전령중 살아서 량산의 후군 본진까지 간 사람이 없는 상황이었다.

그런데 적이 기습을 하느라 정예 전사들을 끌어냈다면 당연히 포위망은 약해졌을 것이다.

당장 이 한 번의 싸움은 큰 위기지만, 포위망을 뚫고 이곳을 벗어나기에는 오히려 지금이 더 쉬운 상황인 것이다.

물론 그 경우도 한 가지 문제는 남는다.

패배 그리고 도주. 이런 결과는 그들이 결코 감수하고 싶지 않은 말들이었다.

그들이 안락한 육주를 떠나 파나류에 직접 원정을 온 것은 과거 흑라의 시대를 거치면서 얻지 못한 전사로서의 명성, 철사자 무곤과 독안룡 탑살, 혹은 수호자들의 섬에 모여 있는 은갑전사단이 가지고 있는 그 전사로서의 명성을 얻기 위함이었다.

그런데 이곳에서 물러난다면, 그들에게는 어쩌면 흑라의 시대 이후 그들이 은연중에 가지고 있던 자괴감 이상의 불명예를 얻을 수도 있었다.

그건 결코 쉽게 선택할 수 있는 문제가 아니었다.

할 수 있다면, 설혹 원정대 전사들 모두가 죽는다 해도 신마성주의 목을 벨 수 있다면 그렇게 하고 싶은 이왕사후였다.

그래서 그들은 일 보 후퇴가 최선의 선택임을 알면서도 쉽게 그 결정을 쉽게 내리지 못하는 것이었다.

일말의 기대, 여전히 강력한 전력인 원정대가 이곳에서 혼란을 수습할 수 있다면 전세를 역전시킬 수도 있다는 일말의 기대가 그들의 마음속에 도사리고 있었다.

그런데 그런 일말의 기대마저 저버리는 일이 벌어졌다.

"성주님!"

항가이와 마찬가지로 온몸이 피와 땀으로 젖은 한 명의 중년 전사가 달려와 해신성주 궁마천 앞에 고개를 숙였다.

해신성의 대전사 황검충이다.

"말하라."

궁마천이 침착하게 말했다. 이왕사후 중 그나마 침착함을 유지하고 있는 궁마천이다.

"서둘러 후퇴하셔야 할 것 같습니다."

황검충도 항가이와 같은 말을 했다.

"좋지 않은가?"

궁마천이 물었다.

"놈들이 이왕사후님들을 목표로 하고 있습니다. 이곳을 육주의 전사들로부터 분리시키려는 움직임을 보이고 있습니다. 이미 절반 정도는 길이 끊겼습니다."

황검충이 우울한 전황을 전했다.

"전세를 돌릴 만한 가능성은?"

궁마천이 다시 물었다.

"특별한 계기가 없다면……."

황검충이 말꼬리를 흐렸다. 불가능하단 뜻이다.

"후퇴합시다."

황검충의 대답을 들은 궁마천이 다른 이왕사후들을 보며 말했다.

"후우… 정말 그 길밖에 없는가!"

적인황이 한숨을 쉬며 중얼거렸다.

"만약 우리가 죽기를 각오하고 적들과 싸운다면 전사들의 사기가 돌아와 전세를 역전시킬지도 모르겠소. 하지만 그렇게 하면 우리 중 몇 명은 죽음을 각오해야 할 것이오. 그러시겠소?"

궁마천이 냉정한 표정으로 이왕사후에게 물었다.

그의 질문에 이왕사후 누구도 대답을 하지 못했다.

비록 그들이 원한 목적, 전사로서의 명성을 얻지 못할지라도 목숨을 버릴 생각은 추호도 없는 그들이었다.

흑라의 시대에도 그렇게 불명예를 안고도 살아남아 육주를 가진 이왕사후였다.

그들의 성정을 알고 있는 궁마천으로서는 사실 쓸데없는 질문을 한 것이나 다름없었다.

"기왕 떠날 것이면 서두릅시다."

북천성의 성주 천무확이 자리에서 박차고 일어나며 말했다.

그러자 궁마천이 물었다.

"한 가지는 결정하고 떠나야 할 것이오."

"무엇을 말이오?"

떠나기로 결정했는데 더 무슨 말이 필요하냐는 듯 천무확이 물었다.

"함께할 것인지, 아니면 각자 떠날 것인지 그걸 결정해야지 않겠소? 함께 가면 강한 전력을 유지한 채 움직일 수 있겠지만 적들의 추격도 쉬워질 것이오. 반면 따로 가면 그 반대의 경우가 될 것이고… 무엇을 선택하시겠소?"

궁마천이 물었다.

그러자 천무확이 쉽게 대답하지 못했다. 천무확뿐 아니라 다른 이왕사후도 궁마천의 질문에 쉽사리 대답을 내놓지 못했다.

어느 경우든 운이 좋지 않으면 최악의 상황에 이를 수 있었다.

"성주의 생각은 어떻소?"

약간의 침묵 끝에 천무확이 궁마천에게 되물었다.

그러자 궁마천이 망설이지 않고 대답했다.

"난 따로 가는 쪽을 택하겠소."

"음… 그게 낫겠소?"

천무확이 다시 물었다.

"저들이 악천후를 무릅쓰고 우릴 공격한 것은 그들에게도 시간이 없기 때문일 것이오. 시간이 지나면 결국 량산의 후군이 외곽에서 저들의 포위망을 공격할 것이고, 또한 이곳의 소식이 알려지면 우리가 원하는 원하지 않든 은갑전사단이나 독안룡 탑살 등 파나류 인근의 전사들이 이곳으로 올 테니 말이오."

"후우… 그들이 과연 오겠소?"

궁마천의 말을 듣고 있던 백련성주 화검유가 비관적인 표정으로 말했다.

그러자 궁마천이 고개를 저으며 대답했다.

"비록 그들이 우리와 좋은 관계는 아니지만, 그렇다고 이곳에서 육주 원정대가 전멸하는 것을 두고 볼 사람들은 아니지 않소? 아마 그 사실을 신마성주 역시 알고 있을 것이오. 그래서 시간을 끌어 우릴 고사시키는 대신 기습적인 공격을 선택했을 것이오. 그런 의미에서 우리가 흩어지면 그의 전력도 분산될 것이고, 그만큼 시간을 벌 수 있을 것이오. 그 정도 틈이라면 우리 각자의 힘으로 이곳을 벗어나지 못할 이유가 없지 않겠소? 물론… 운이 나쁜 사람은 신마성주나 그 주력을 만날 수도 있겠지만……."

궁마천이 우울한 경우에 대한 경고를 하면서 말을 끝냈다.

그러자 이왕사후의 고민이 다시 시작되었다.

그러나 사람들은 결국 그나마 확률이 높은 쪽을 선택하게 마련이었다.

"각자 자신의 운명을 시험해 봅시다."

천무확이 결심한 듯 말했다.

"좋소이다. 그렇게 합시다. 모두 량산에서 무사히 봅시다."

화검유가 굳은 표정으로 말했다.

그러자 궁마천이 다시 입을 열었다.

"난 북쪽으로 가겠소."

"량산이 아니고 말이오?"

"그렇소. 위험한 길이지만… 만약 우리 모두가 량산 방향으로 움직인다면 그들의 추격도 한결 쉬워질 것이오."

"그러나 그쪽으로 가면 결국 바다인데……."

천무확이 걱정스러운 표정으로 말했다.

"파나류 북부 해안에 도착하면 오히려 안전할 수도 있을 것이오. 말했지만 은갑전사단이든 독안룡이 움직였다면 신마성도 조심하지 않을 수 없을 테니까. 무사히 무산해협에 도착하면 어떻게든 배를 구해 금하강 하구나 혹은 육주로 이동하겠소. 그곳에서 다시 뵐 수 있기를 바라겠소."

궁마천이 다른 이왕사후들을 보며 가볍게 고개를 숙여 보였다.

"후우… 어쩌다 일이 이 지경이 되었는지. 우리가 이 일을 너무 쉽게 생각했던 것 같소. 일단 무사히 돌아들 갑시다. 그리고 다시 옵시다. 그때는… 정말 신마성의 주춧돌 하나, 개미 새끼 한 마리 살려두지 않을 것이오."

천무확이 차가운 살기를 내며 뇌까렸다.

*   *   *

쿠쿠쿵!

금장 천막이 무너졌다. 화려한 천막이 더러운 초원의 물구덩이에 처박혔다. 그리고 그 위를 전마(戰馬)의 말발굽이 짓밟았다.

"도주했습니다."

이왕사후가 머물던 금장 천막을 무너뜨린 신마성의 기마 전사 한 명이 뒤를 돌아보며 소리쳤다.

"도주! 과연 교활하구나. 겨우 도주라니. 그 대단한 이왕사후 께서!"

"추격합니까?"

"당연히! 하지만 먼저 놈들의 도주 방향을 찾아야 한다. 만약 흩어져서 도주했다면 그들 모두를 추격할 수는 없다. 일단 그들 의 흔적이 발견될 때까지 재정비한다."

"옛! 신마후님!"

이왕사후의 막사를 향한 공격을 지휘한 자는 신마후 마도한 이었다. 대도를 쓰는 그는 신마후들 중 백병전에서는 최고의 능 력자로 꼽히는 인물이었다.

"난 성주께 간다. 모두 전열을 정비하고 이곳에서 기다려라."

마도한이 급히 말 머리를 돌렸다.

"도주?"

신마성주 전마 치우가 덤덤한 목소리로 되물었다.

"그렇습니다. 일단 그들의 흔적을 찾도록 했습니다. 적들이 사 방으로 흩어지고 있습니다. 대부분 포위망에 걸려 죽거나 항복 할 테지만 기습을 위해 전사들을 동원하느라 포위망은 이전보 다 느슨해졌습니다. 탈출하는 자들이 제법 있을 겁니다. 그들 모 두를 막을 수는 없으니⋯⋯."

"이왕사후를 찾는 데 집중해야겠지. 그런데 함께 갔을까?"

신마성주가 여전히 무심한 어조로 중얼거렸다.

"아마 각자 생로를 찾아 흩어졌을 겁니다. 함께 가면 자신들의 행적이 쉽게 노출된다는 것을 노련한 그들이 모를 리 없습니다."

"그렇겠군. 조금… 일이 번거로워졌는가?"

"최대한 빨리 그들을 찾아내겠습니다."

마도한이 말했다.

"좋아. 추격의 방향을 오룡의 회랑 외곽의 산악 지역으로 집중한다. 그들은 반드시 량산으로 돌아가려 할 것이므로. 그리고 오룡의 회랑을 단단히 지켜라. 적의 후군이 오면 전세가 변할 수도 있으니."

"예, 성주!"

신마후들이 일제히 대답했다.

"좋아. 사냥을 시작하자."

*　　　　*　　　　*

이왕사후의 우두머리를 자처하는 북천성의 성주이자 이왕 중 한 명인 천무확은 가파른 산비탈을 따라 이동하며 깊은 우울감에 빠졌다.

마치 오래 전 그날 그가 평소 질투와 존경을 함께 했던 누군가의 죽음을 뒤로하고 육주로 돌아올 때와 비슷한 느낌이 들었기 때문이었다.

그러나 그래도 그때보다 불쾌한 기분은 아니었다. 적어도 그

스스로 자신에 대해 모멸감을 가질 정도까지는 아니었기 때문이었다.

이 퇴각은 그저 전쟁터에서 흔히 일어날 수 있는 한 번의 패배에서 기인한 것이었다. 그러므로 누군가의 죽음을 일부러 방치하고 도주하던 시간과 비교할 수는 없었다.

그럼에도 불구하고 기분이 불쾌한 것은 그때와 비슷한 날씨 탓일 수도 있었다.

"후우……."

천무확이 길게 한숨을 내쉬었다.

그러자 그를 따르던 대전사 파곤이 위로하듯 입을 열었다.

"전쟁의 승패는 늘 있는 일 아닙니까? 너무 상심하지 마십시오."

천무확의 속내를 알지 못하는 파곤이다. 천무확이 오래전 모멸스러웠던 자신을 떠올리고 있다는 것을 그는 상상조차 하지 못할 것이다.

"승패… 그렇지. 전쟁의 일상이지. 그런데 참 오랜만이지? 이런 패배란……."

천무확이 말했다.

"그렇기는 하지요. 사실 흑라의 시대가 끝난 이후에는 제대로 된 전쟁조차 없었지요. 육주의 패권이나 영지를 두고 일어난 싸움들이야 소소한 것들이고, 감히 본 성의 권위에 도전할 자들은 없었으니까요."

파곤이 대답했다.

그의 말대로 흑라의 시대가 끝난 이후 제대로 된 전쟁은 없었다. 도적들 소탕하고, 다른 성주들과 영역에 대한 분란으로 작은 싸움들이 일어나기는 했지만, 그런 다툼을 전쟁이라는 이름으로 부를 수는 없었다.

"그래서 익숙지가 않군. 패배의 상황이. 아무튼 좋아. 다시 와서 받은 만큼 돌려주면 되니까. 그런데 추격은 확실히 따돌린 건가?"

천무확이 뒤를 돌아보며 물었다.

느슨해진 적의 포위망을 뚫은 것이 반시진 전이다.

그 와중에 그를 따르는 백여 명의 친위대 전사들 중 절반을 잃었지만, 그는 무사히 포위망을 뚫고 금하강 상류, 량산을 향해 이동하고 있었다.

물론 포위망을 뚫었다고 해도 오룡의 회랑을 따라 이동할 수는 없었다. 금하강까지 가는 가장 편하고 빠른 길이지만, 오룡의 회랑에는 신마성의 전사들이 가득 차 있을 것이기 때문이었다.

그래서 선택한 것이 오룡의 회랑 동쪽에 거대하게 자리 잡은 삼선산 서쪽 능선을 따라 이동하는 것이었다.

길이 험하고, 거리도 멀었지만, 그래도 오룡의 회랑을 들어가는 것보다는 안전하다고 판단한 것이다.

"감히 더 이상 추격하지 못할 겁니다. 포위망을 돌파한 우리의 힘을 보았고, 또 금하강에 가까워질수록 후군의 구원대가 가까워진다는 것을 저들도 알고 있을 테니 말입니다. 그리고 아마도 저들은 신마성을 내주지 않고 육주의 원정대를 퇴각시킨 것에 만족할 것입니다. 전력으로 보자면 신마성은 여전히 열세이니 사방으로 흩어져 포위망을 뚫은 이왕사후님들을 추격하지는 못할 겁니다. 포위망 안에서라면 몰라도……."

파곤이 신중하게 말했다.

그리고 그 말이 천무확에게 어느 정도 마음의 안정을 주는 듯했다.

"그대의 판단이 옳은 것 같군. 그나저나 모두 무사할지 모르겠군."

천무확이 다른 곳으로 향한 이왕사후의 안전에 대한 궁금증을 드러냈다.

"다들 포위망을 뚫을 만한 능력은 있지 않습니까?"

파곤이 되물었다.

"그런가? 그렇긴 하지. 하지만 세상일이란 게 꼭 예정대로 되는 것이 아니라서……."

순간 파곤은 천무확의 내심을 읽었다.

이 와중에도 천무확은 이왕사후 중 일부가 신마성의 포위망을 뚫지 못하고 잡히거나 혹은 죽기를 바라고 있었다.

그렇게 되면 향후 육주에서 그의 힘은 더욱 강해질 것이기 때문이었다.

특히 그와 같은 이왕의 반열에 있는 남화성의 적인황에게 일이 생긴다면 그는 어쩌면 이 싸움이 끝난 후 과거 위대했던 육주의 왕조, 천록의 왕국의 뒤를 이을 수도 있었다.

왕 중의 왕, 육주의 황제로 불리던 천록의 왕들이 누렸던 그 화려한 군림의 시간을 차지할 수 있다면, 천무확은 무엇이라도 할 수 있는 인물이었다.

그런 그가 이왕사후 중 일부가 이 싸움에서 끝내 살아 돌아가지 못하기를 은연중에 바라는 것은 당연했다.

"신마성 주력의 추격을 받는 쪽은 위험할 수도 있겠지요. 우리를 추격하지 않았다면 다른 곳을 추격했을 것입니다."

파곤이 주군의 마음을 헤아려 대답했다.

"그렇겠지? 음… 걱정스러운 일이군. 만약 신마성주의 본인이 직접 추격에 나섰다면 그걸 견딜 사람들이 있을… 저건 뭔가?"

한순간 천무확이 말을 끊고 당황한 표정으로 물었다.

가파른 비탈길을 줄지어 이동하는 오십여 명의 북천성 전사들 앞을 검은 그림자들이 막아서고 있었다.

후두둑!

젖은 나무에서 물방울들이 쏟아졌다. 폭우의 빗줄기가 가늘어지기는 했지만 여전히 비는 내리고 있었다.

오랫동안 폭우를 견딘 나뭇가지들이 그 무게를 이기지 못하고 부러져 내리기도 했다.

그리고 나뭇가지와 함께 쏟아진 물을 흠뻑 맞은 북천성 전사들은 소름끼치는 느낌을 받았다. 아마도 그건 그 순간 앞을 막은 자들의 존재를 현실로 받아들였기 때문일 것이다.

"웬 자들이냐?"

북천성의 대전사 파곤이 앞을 막아서며 물었다. 그의 손에 들린 검은 언제든 적을 칠 준비가 되어 있는 듯 빗속에서 번뜩였다.

서서히 아침이 밝아오고 있었지만, 흐린 하늘과 그치지 않는

비로 인해 어둑한 기운은 여전했다. 그래서인지 그 속에서 번뜩이는 파곤의 검광이 더욱 강렬하게 느껴졌다.

"그대가 북천성의 왕인가?"

길을 막아선 검은 그림자들 사이에서 누군가가 물었다.

"감히 성주께 그런 불손함이라니. 어디서 온 자들이냐?"

파곤이 다시 물었다.

"말이 많은 자군. 우리가 누군지 이미 알고 있을 텐데……."

"역시 신마성의 마졸들이군."

파곤이 중얼거렸다.

"후후후, 마졸… 그렇겠지. 너희들의 눈에는 그렇게 보이겠지. 그리고 물론 우린 오늘 너희들에게 마인이 되는 것을 마다치 않을 것이기는 하다. 북천성의 왕, 천무환은 앞으로 나서라. 이제 너의 시간은 끝났다!"

빗속에 장대처럼 서 있는 신마성의 전사들 사이에서 강렬한 외침이 터져 나왔다.

그러자 파곤이 대꾸를 하려는데, 어느새 앞으로 나온 천무환이 파곤의 말을 막았다.

"누가 너희들의 우두머리인가? 앞으로 나서라."

천무환의 말에 신마성의 전사들 사이에서 거대한 체구의 사내가 앞으로 걸어 나왔다.

"후후, 오늘 내가 운이 좋군. 가장 큰 사냥감을 내가 차지하게 되었으니."

거대한 체구의 사내, 신마성의 신마후 마도한이 대도를 어깨에 걸치며 말했다. 어찌 보면 신마성의 전사가 아니라 산적에 더 어울리는 모습이다.

"이름이 뭐냐?"

천무확이 검을 빼들고 가볍게 손목을 움직이며 물었다.

싸우기 전 몸을 푸는 그만의 버릇이다. 그가 이렇게 직접 검을 들어 적을 상대하는 경우는 극히 드문 경우였다. 그만큼 지금의 상황을 안 좋게 보고 있는 천무확이었다.

"난 대신마성의 신마후 마도한이라고 한다. 아마 모를 거야. 하지만 오늘 이후 내 이름은 천하에 알려지겠지. 북천성의 왕 천무확을 죽인 위대한 전사로서… 후후!"

마도한이 무거운 웃음을 흘렸다.

"놈! 신마성주도 아니고 겨우 마졸 따위가……."

천무확이 중얼거렸다.

마도한에 대해 화를 내는 것보다, 겨우 마졸 따위에게 협박을 듣고 있는 자기 자신에 대해 자괴감을 느끼는 듯 보였다.

"마졸 따위… 훗, 비겁하고 비열한 야심가 따위가 할 말은 아닌 것 같은데……."

마도한도 읊조리듯 중얼거렸다.

순간 천무확의 눈에서 불꽃이 일어났다. 더 이상의 수모를 참을 수 없다는 뜻이다.

팟!

천무확의 몸이 빗속을 뚫고 앞으로 튕겨 나갔다. 강력한 내공을 바탕으로 최고의 속도를 뽑아낸 것이다.

그리고 그의 검에서 뻗어 나온 검기가 그의 몸보다 훨씬 빨리 신마후 마도한의 가슴을 찔렀다.

파파팟!

작은 빗방울들이 천무확의 검기에 잘려 나가면서 날카로운 파열음을 만들어냈다.

그러자 신마후 마도한도 어깨에 메고 있던 대도를 강하게 내려쳤다.

콰아아!

마도한의 대도가 수직으로 떨어져 내리면서 거대한 폭포수 같은 굉음이 울려 퍼졌다.

그리고 그렇게 벼락처럼 강렬하고 빠른 검과 산처럼 무거운 도가 허공에서 격돌했다.

제3장

파국(破局)

왕(王)은 왕(王)이다.

흑라의 시대를 이겨내고, 치열한 육주의 권력 다툼에서 살아남은 자, 그래서 이 시대 최고의 권력을 차지한 자가 북천성의 성주이자 이왕 중 한 명으로 불리는 천무확이다.

누군가는 그의 권력이 능란한 처세술에서 비롯되었다고 폄하하기도 하지만 적어도 그가 살아온 시대는 처세술 하나만으로 군림할 수 있는 시절이 아니었다.

힘이 없다면 그 어떤 재능도 꽃피우기 힘든 시절을 살아낸 천무확이었다. 천무확은 신마성의 신마후 마도한을 상대로 자신의 그 힘을 증명하고 있었다.

당장 전멸할 것 같았던 북천성 전사들의 분위기가 천무확 혼자의 힘으로 변하고 있었다.

천무확의 무공은 확실히 마도한을 능가했다.

대도를 마른 나무처럼 가볍게 휘두르는 마도한의 힘은 강력했지만, 천무확은 그동안 드러내지 않았던 강력한 내공의 힘과 능란한 검술, 그리고 오랜 경험이 완성시킨 노련한 움직임으로 마도한을 곤경에 밀어 넣었다.

강하지 않지만 빠르고 부드러운 천무확의 검은 빗방울들을 쪼갤 만큼 세밀하게 마도한의 급소만을 노렸다.

마도한 역시 강력한 도기(刀氣)로 천무확의 공세에 대항했지만, 아주 작은 틈을 파고드는 천무확의 날카로운 공격에 밀려 가끔씩 위험한 순간에 빠지곤 했다.

천무확의 강력한 무위는 북천성 전사들의 사기도 끌어올렸다.

그들은 천무확이 곧 신마성의 대마인 중 한 명인 신마후 마도한의 목을 자르고 퇴로를 열어 줄 것이란 기대에 차 있었다.

그러나 그런 북천성 전사들의 마음과 달리 천무확은 유리한 싸움을 하면서도 점점 더 마음이 무거워졌다.

싸움이 유리한 것은 사실이지만, 상황이 점점 그가 기대했던 것과 다르게 변해가고 있었던 것이다.

천무확이 대전사 파곤을 앞세우지 않고 자신이 전면에 나선 것은 단번에 적의 우두머리를 베어, 수하들의 사기를 끌어올린 후 일거에 적진을 뚫기 위해서였다.

그런데 상대의 무공이 생각보다 강했다. 적어도 이 거대한 체구의 마인은 단번에 자신에게 머리를 내놓을 정도로 약하지 않았던 것이다.

시간은 결코 천무확의 편이 아니었다. 이렇게 속절없이 시간이 흐르면 더 많은 신마성의 추격자들이 몰려올 것이다.

특히 그 자신이 북천성의 성주라는 사실이 드러난 이상, 신마성 전사들은 자신을 잡기 위해 모든 전력을 기울일 것이 분명했다.

그래서 빠른 승부가 필요했던 천무확이지만, 상대는 여러 번 위기에 처하면서도 결정적인 허점을 드러내지는 않고 있었다.

그리고 그가 우려하던 상황이 벌어졌다.

두두두!

가파른 산비탈을 타고 수십 명의 기마 전사들이 두 사람이 대결을 벌이고 있는 곳으로 빠르게 질주해 왔다.

"후우!"

천무확의 입에서 자신도 모르게 깊은 한숨이 흘러나왔다. 추격대가 몰려오고 있다는 사실이 심리적으로 그를 압박했다.

반면 신마후 마도한의 기세는 강경해졌다.

추격대가 더해지면 설혹 그가 패한다 해도 천무확이 빠져나갈 가능성이 줄어들기 때문이었다.

"계속하자!"

마도한이 힘을 내 천무확을 공격했다.

"운이 좋구나!"

천무확이 대도를 휘두르며 달려드는 마도한을 보며 중얼거렸다.

차앙!

천무확이 검을 비스듬히 갈라 쳐 자신을 내리찍는 마도한의 대도를 한쪽으로 흘려보냈다.

쿵!

마도한의 대도가 땅에 깊이 박히며 커다란 웅덩이를 만들었다. 그 충격으로 튀어 오른 흙들이 두 사람 사이를 안개처럼 메웠다.

그 순간 천무확이 훌쩍 뒤로 물러나며 소리쳤다.

"각자 길을 뚫는다. 량산에서 본다!"

천무확으로서는 최후의, 그리고 최선의 명이었다.

이제 북천성의 전사들은 각자 자신의 운명을 스스로의 능력과 운에 맡겨야 한다. 함께 움직이면 반드시 전멸을 면치 못할 것이었다.

그리고 가장 먼저 움직인 사람은 명을 내린 천무확이었다.

쐐애액!

천무확의 검이 무섭게 회전하기 시작했다. 그가 지금까지의 유려한 검법과 달리 강력한 검기를 뿜어내며 앞으로 전진했다.

그리고 그 검의 상대는 신마후 마도한이 아니었다.

"억!"

"헛!"

천무확은 자신의 전사들에게 개별적인 탈출을 명하고, 그 자신이 먼저 산비탈 남쪽 아래로 무서운 속도로 달려 내려갔다.

그가 뿌려대는 강력한 검기에 대응하지 못한 신마성의 전사들 몇이 속절없이 쓰러졌다.

강력한 천무확의 기세에 밀린 신마성 전사들이 본능적으로 좌우로 물러났다.

그렇게 만들어진 틈 사이로 천무확이 검을 휘두르며 달리기 시작했다.

"뭣 하는 거냐? 호랑이를 놓아줄 생각이냐?"

갑작스러운 천무확의 도주에 놀란 마도한이 소리쳤다.

그러자 퍼뜩 정신을 차린 신마성의 전사들이 천무확을 향해 달려들었다.

그 순간 갑자기 고함을 터뜨리면서 북천성의 전사들이 사방으로 흩어지기 시작했다.

"가자!"

"성주님을 도와라!"

북천성의 전사들이 천무확을 향해 달려드는 신마성의 전사들을 향해 몸을 던지며 소리쳤다.

한순간에 장내가 아수라장이 됐다. 목숨을 도외시한 북천성 전사들의 돌격으로 인해 신마성 전사들 역시 전열을 흩어지면서 백병전이 시작되었던 것이다.

"젠장!"

마도한이 어느새 포위망을 뚫고 산 아래로 달려 내려가는 천무확을 보며 쓴 소리를 토해냈다.

"서둘러 추격해야 합니다. 이러다가 놓치겠습니다."

신마성의 전사 한 명이 마도한에게 달려와 소리쳤다.

"서둘 것 없다. 일단 다른 북천성 놈들을 모두 제압한 후에, 천천히 추격을 시작해라."

마도한은 생각보다 침착하게 말했다. 어찌 보면 마치 천무확을 포기하는 것 같은 느낌이다.

"그냥 보내는 겁니까?"

신마성의 전사가 아쉬운 표정으로 물었다.

"나야 그냥 보낼 수밖에 없지만, 저자의 운도 그리 좋지는 않을 거다."

"……?"

신마성의 전사가 마도한이 한 말을 이해하지 못하고 멀뚱하게 마도한을 바라봤다.

"성주께서 근방에 계신다. 이미 소식은 전했고. 다만 내 손으로 북천성의 왕을 잡지 못한 것이 아쉬울 다름이지."

"아!"

마도한의 말을 들은 신마성 전사가 나직하게 탄성을 흘렸다.

*   *   *

"빌어먹을!"

천무확의 입에서 욕설이 터져 나왔다.

그의 명을 따르지 않고 목숨을 도외시하고 그를 따라온 다섯 명의 북천성 전사들은 침묵을 지켰다. 지금은 천무확에게 그 어떤 말도 위로가 되지 않는다는 것을 알고 있기 때문이었다.

비는 여전히 부슬부슬 내리고 있었다. 폭우는 끝나가는 것 같기도 했다. 하지만 부슬거리며 내리는 비는 오히려 폭우보다도 더욱더 사람의 마음을 우울하게 만든다.

보슬비에 젖은 세상의 모든 생명들이 힘이 빠진 듯 보였다.

축 처진 나뭇가지와 땅에 깔린 잡초들, 그리고 여전히 푸른빛을 보이지 않는 하늘까지.

우울한 날의 저녁은 또 조금 빠르게 찾아왔다. 폭우로 인해 노을빛을 본 게 언제인가 싶지만 그래도 구름 뒤에서 해는 뜨고 졌다.

"적의 추격은 없는 것 같습니다. 잠시 쉬어가시지요. 요기도 하시고……."

그나마 대전사 파곤이 천무확에게 말을 건넬 수 있는 유일한 인물이었다.

"얼마나 남았지?"

천무확이 물었다.

"이틀 안에는 금하강을 볼 수 있을 것입니다. 량산에서는 조금 떨어진 곳이겠지만……."

파곤이 대답했다.

"그럼 놈들의 세력권은 벗어난 것 같군."

"아마도 그런 듯합니다. 그리고 그 전에 후군을 만날 수도 있을 겁니다."

"글쎄. 후군은 오룡의 회랑을 뚫는 데 집중하고 있지 않을까?"

천무확이 되물었다.

"이미 적의 포위망이 뚫렸습니다. 원정대의 소식을 후군도 접했을 겁니다. 그럼 량산의 대전사들이 오룡의 회랑을 뚫는 대신 전사들을 사방으로 보내 퇴각하는 원정대 전사들을 보호하려 할 겁니다."

"그렇군."

천무확이 다행이라는 듯 고개를 끄떡였다.

"저쯤이 좋을 것 같습니다."

파곤이 손을 들어 바위들이 작은 계곡을 만들어 하늘을 가리고 있는 곳을 가리켰다.

그 주변에 수십 그루의 나무가 자라 작은 숲을 만들고 있었기에 비가 바위 아래까지 닿지 않은 장소였다.

그래서 그런지 어둑한 저녁임에도 불구하고 마른 땅이 보이는 것 같기도 했다.

"좋군. 아직은 안심할 수 없으니 자고 갈 수는 없겠지만 잠시 쉬기에는 나쁘지 않은 장소인 것 같아."

"가시지요."

천무확의 허락을 받은 파곤이 앞서서 작은 숲을 향해 달려갔다.

숲이 가린 계곡은 생각처럼 아늑했다.

특히 바위 군락 아래는 최근에는 보기 드물어진 마른땅을 가지고 있었다. 아마도 우기가 지나면 이곳은 오히려 메마른 황무지처럼 보일 것 같았다.

그러나 어쨌든 이런 우기에는 쉬어가기 안성맞춤인 장소였다.

"좀… 드시지요."

파곤이 눅눅해진 육포를 천무확에게 건넸다.

평소라면 거들떠보지도 않을 음식이다. 원정 중에도 이왕사후는 그들의 성에 머물 때처럼 화려한 식사를 했다.

그들을 위해 종군한 요리사만도 십여 명에 이를 정도였다.

그런 천무확에게 습기를 머금은 육포는 모욕이나 다름없었다.

그러나 천무확은 파곤이 건네는 육포를 말없이 받아 들고 묵묵히 씹기 시작했다.

사실 그리고 이런 하품의 육포를 경험해 보지 않은 것은 아니다.

북천성의 성주가 되기 전 젊은 시절의 수련 여행, 그리고 성주가 된 이후에도 흑라의 시대 벌어진 여러 전투에 참여했을 때는 그도 이런 육포로 기꺼이 요기를 했었다.

그러나 흑라의 시대가 끝나고 이왕 중 한 명으로 불리며 육주를 호령하던 지난 십여 년의 시간 동안에는 다시 이런 육포를 먹어야 하는 상황이 올 거라고는 꿈에도 생각지 못한 천무확이었다.

"오랜만에 먹어보니 그런대로 맛이 있군. 이 맛을 잊고 있었어."

천무확이 육포를 눈앞에 들어 보이며 말했다.

"죄송합니다. 이런 누추한 음식을……."

"아니야. 전장의 전사가 어찌 음식을 가릴까. 사실 그동안 너무 편하게만 살았지. 그래서 야성을 잃어버렸던 것 같군. 덕분에 이런 대가를 치르는 것이고."

천무확은 신마성에게 패한 것이 적의 함정에 빠진 것도 이유지만, 그보다 이왕사후와 그들의 전사들이 야성을 잃어버려서라고 생각하는 것 같았다.

어쩌면 맞는 생각일 수도 있었다.

기습을 당했다고 하지만 초원 분지에 모였던 원정대의 전력은 신마성을 훨씬 능가했었다.

그런데 기습을 당하자 원정대 전사들은 순식간에 오합지졸로 변했다. 개개인이 지닌 무공을 생각하면 어이없는 일이었다.

"전화위복이 될 수도 있습니다. 이런 패배… 는 전사들에게 좋은 약이 될 것입니다."

"나도 그러길 바라네. 하지만… 피해가 너무 크군. 교훈을 얼었다고 위로하기에는."

천무확이 눈살을 찌푸렸다.

"그래도 돌아가면 전력을 추슬러 반격을 해야지 않겠습니까?"

파곤이 물었다.

그러자 천무확이 잠시 생각에 잠겼다가 고개를 저었다.

"우린… 육주로 돌아가야 할 수도 있네."

"예?"

파곤이 놀란 눈으로 천무확을 바라봤다.

그가 전혀 예상치 못한 대답이기 때문이었다. 비록 패배했다
고는 해도 초원 분지에서 탈출한 전사들이 량산에 모이고, 애초
에 후군으로 머물던 일차 원정대의 전력을 합치면 충분히 반격
할 수 있는 힘이 있기 때문이었다.

그런데 천무확은 반격이 아니라 육주로의 후퇴를 생각하고 있
었다. 파곤으로선 이해할 수 없는 생각이었다.

"물론 이곳에서 다시 힘을 모아 신마성과 싸울 수도 있겠지.
운이 좋으면 승리할 수도 있을 것이고. 하지만 그러자면 꽤 많은
시간이 걸릴 거야."

"그렇겠지요. 전력을 추스르는 데만도 한 달 이상의 시간이
필요할 겁니다."

파곤이 대답했다.

"그 이후에도 신마성과 승부를 보는 데는 더 많은 시간이 필
요하겠지. 이번에는 신중하게 접근해야 할 테니까. 당연히 육주
에서 좀 더 많은 전사들을 불러와야 할 것이고. 그런데 그렇게
되면 육주는 어떻게 되겠는가?"

천무확에 파곤에게 물었다.

"육주라시면……?"

파곤이 말꼬리를 흐렸다.

"이 원정대의 칠 할이 이왕사후의 전력이네. 원정의 과실을 이
왕사후가 모두 가져가기 위한 우리의 결정이었지. 덕분에 이번
패배로 가장 큰 손해를 본 것 역시 우리 이왕사후일세. 또한 신
마성과 다시 전쟁을 치른다면 우리 이왕사후의 피해는 더욱 커
질 것이네. 그렇게 전력의 손실을 입다 보면……."

"육주가 위험하겠군요."

파곤이 한순간 표정이 굳어지며 대답했다.

"맞네. 비록 이왕사후의 위세에 눌려 쉽게 드러나지 않았지만,
육주에는 수많은 야심가들이 이왕사후의 자리를 노리고 있네.
그들에게 이번 패배는 야심을 드러낼 좋은 기회를 제공해 줄 걸
세. 그러니……."

그런데 그때 갑자기 천무확이 말을 끊었다. 대신 앞쪽에 있는
숲을 뚫어지게 바라봤다.

갑작스러운 천무확의 행동에 파곤이 의아한 표정을 지으며 천
무확을 따라 시선을 돌렸다.

순간 그의 눈에 어둑해지기 시작한 숲의 어둠보다 더 짙은 어
둠에 휩싸인 검은 갑옷의 사내가 보였다.

"누구냐?"

파곤이 재빨리 자리에서 일어나 일행의 앞을 막아서며 물었다.

어두운 숲속에서 그 어둠보다 더 짙은 어둠의 향기를 뿜어내

는 사내가 말없이 서 있었다.

천무확도 일어나 검을 움켜쥐었다. 그 역시 어둠 속에서 서 있는 자가 지금까지 그가 만났던 어떤 적보다도 강한 자라는 것을 본능적으로 깨달았기 때문이었다.

"검을 버리는 자는 살려준다. 어느 때라도. 나머지는… 정리하라."

검은 기운의 사내가 짧게 말하고 명을 내렸다.

그러자 그가 뿜어내는 어둠의 기운에 가려 보이지 않던 검은색 전복을 입은 자들이 죽음의 사자처럼 천무확을 따라온 다섯 명의 북천성 전사들을 향해 일직선으로 달려들기 시작했다.

카카캉!

벼락같은 충돌이었다.

말이 필요 없는 격돌이기도 했다. 묻는 말에 답하지 않았지만 파곤도 혹은 그 뒤에 있던 천무확도 이들이 신마성의 전사들임을 이미 알고 있었다.

그래서 더 이상의 대화가 필요 없었다. 검은 기운의 사내 말처럼 도검을 버리고 항복하지 않는 이상, 한쪽이 죽어야 끝날 싸움이기 때문이었다.

북천성의 전사들에게 극히 불리한 싸움이 분명했다.

천무확을 따르는 자들이 숫자가 겨우 다섯인데 반해, 그들을 공격해 온 신마성의 전사들은 십여 명에 이르렀다.

더 절망적인 것은 신마성의 전사들 무공이 북천성 전사들의 무공에 못지않다는 것이었다.

그래서 대전사 파곤이 놀라운 투지를 보이며 목숨을 버릴 각오로 적을 상대했지만, 전세는 순식간에 절망적으로 변해갔다.

그 절망적인 싸움을 지켜보던 천무확이 한순간 입술을 깨물었다. 그리고 다음 순간 망설이지 않고 몸을 날렸다.

그런데 그가 향한 곳은 전멸의 수렁 속에 빠져드는 자신의 전사들이 있는 곳이 아니라, 거대한 바위 아래 그늘을 따라 이어진 남쪽 숲이었다.

그는 다시 한번 도주를 선택한 것이다.

스스스!

사람은 없고 그림자만 있는 것 같았다.

그림자가 검은 안개를 일으키는 듯도 했다. 그 안개가 나무와 나무 사이를 채우며 검은 그림자를 따라 천무확이 이동하는 방향으로 흘러갔다.

그리고 치열한 싸움이 벌어지고 있는 바위 아래에서 오십여 장 떨어진 곳에서 검은 안개가 천무확을 덮쳤다.

"놈!"

천무확이 한마디 괴성을 터뜨리며 검은 안개에 휩싸인 사내를 향해 검을 휘둘렀다.

팟!

그의 검에서 일어난 검기가 눈에 보이지 않을 만큼 빠른 속도로 검은 갑옷의 사내의 급소를 찔렀다.

하지만 그 순간 사내의 신형이 정말 안개인 것처럼 흩어져 갔다.

팟!

천무확의 검기가 허공을 갈랐다.

천무확이 재빨리 검을 회수해 바람개비처럼 회전시키기 시작했다. 어느새 자신을 향해 다가오는 검은 기운을 막아내기 위해서였다.

우우웅!

천무확의 검이 강력한 진기를 머금고 회전하며 둥근 방패 모양의 검막을 형성했다. 그러자 검막에 막힌 검은 기운이 더 이상 앞으로 전진하지 못하고 머뭇거렸다.

천무확은 일단 검은 기운을 막아낸 후 재빨리 뒤로 물러나 검은 기운의 사내와 거리를 벌렸다.

"후우!"

천무확의 입에서 깊은 호흡 소리가 흘러나왔다. 공격과 수비 모두에 자신의 모든 진기를 쏟아부었기 때문에 그의 호흡은 거칠 수밖에 없었다.

그러면서도 천무확은 한편으로는 자신감이 생겼다. 상대가 자신의 검막을 뚫지 못했다는 것은 보이는 것과 달리 상대의 무공이 그렇게 압도적이지는 않다는 의미기 때문이었다.

그렇다면 기회는 여전히 있었다. 적을 쓰러뜨리지 못한다고 해도, 최소한 이곳을 벗어날 수는 있을 거라는 자신감이 생겼다.

자신감이 생기자 천무확의 움직임이 가벼워졌다.

탁!

그가 강하게 땅을 차며 검은 기운의 사내를 향해 날아갔다.

콰아!

그의 검이 머리 위에서 일직선으로 떨어지며 강력한 파공음을 만들어냈다.

그리고 그 소리보다 빨리 검에서 뻗어나간 검기가 검은 기운의 사내를 수직으로 갈랐다.

스스!

예상대로 다시 상대의 형체가 안개처럼 흩어졌다.

천무확의 검은 다시 허공을 갈랐다. 그런데 그 순간 안개처럼 갈라지는 상대의 그림자 사이로 천무확이 망설이지 않고 뛰어들었다.

팟!

천무확의 몸이 검과 함께 검은 안개를 뚫고 지나갔다. 그리고 그 기세 그대로 숲을 향해 달리기 시작했다. 또다시 도주를 시도한 것이다.

그 순간 천무확을 통과시킨 검은 안개가 빠르게 한 지점으로 모여들더니 순식간에 검(劍)의 모양을 만들어냈다.

그리고 그 와중에도 검은 사내의 그림자도 천무확을 따라 바람 흐르듯 전진하고 있었다.

그러다 한순간 검은 기운이 완벽하게 검의 모양을 이루자, 사내가 그대로 검을 앞으로 뻗어냈다.

팟!

사내의 검에 모였던 검은 기운이 송곳처럼 날카롭게 앞으로 뻗어나갔다.

그 속도가 빛보다 빨라서 도주하던 천무확이 미처 사내의 공격을 알아챌 사이도 없이 검기에 한쪽 허벅지를 관통당했다.

"욱!"

허벅지에서 느껴지는 극심한 통증에 천무확이 자신도 모르게 신음 소리를 토했다. 그리고 본능적으로 자신의 허벅지를 바라봤다.

"이… 이건!"

천무확의 눈이 더 이상 커질 수 없을 만큼 커졌다. 그의 얼굴이 경악으로 물들었다.

그의 놀람은 허벅지를 타고 흐르는 붉은 피 때문이 아니었다. 그의 시선은 허벅지를 관통한 검은 기운이 그의 피부를 검게 물들여 가는 모습에 고정되어 있었다.

그 순간 다시 한번 검은 기운이 그를 덮쳤다. 그리고 천무확은 혼백이 나간 사람처럼 아무런 저항 없이 그 검은 기운에 자신을 맡겼다.

턱!

검은 기운 속에서 투박한 손이 나와 천무확의 목울대를 잡았다.

"컥!"

혼이 나간 사람처럼 서있던 천무확이 숨이 막힌 듯한 신음 소리를 흘렸다.

그리고 그 순간 그의 두 발이 땅에서 떨어졌다.

"끄으으……."

천무확의 입에서 숨이 끊어져 가는 소리가 흘러나왔다.

그러면서도 그는 부릅뜬 눈으로 검은 기운에 휩싸인 투구 안의 얼굴을 뚫어지게 바라봤다. 마치 그 투구 속에 있는 얼굴의 주인을 보지 못하면 죽어서도 눈을 감을 수 없다는 듯한 표정이었다.

그런 천무확을 검은 기운의 사내가 냉정한 눈으로 응시했다. 그 눈빛이 너무 차가워서 천무확의 몸을 통째로 얼어붙게 만들 것 같았다.

"흑… 라……?"

천무확이 중얼거렸다.

그가 놀란 것은 바로 이것이었다.

자신을 공격한, 그리고 상처로부터 퍼지기 시작해, 이제는 그의 얼굴까지 침범한 이 전율적은 검은 기운은 그가 알고 있던 한 절대마인의 기운과 너무 흡사했다.

검은 마종 흑라. 천무확은 그 외에 이런 기운을 뿜어내는 자를 만나본 적이 없었다.

그래서 그는 이 순간 죽은 것으로 알려진, 아니, 그 자신의 눈으로 죽는 것을 보았던 흑라가 다시 살아온 것이 아닌가 하는 의혹을 갖지 않을 수 없었다.

"궁금한가?"

검은 기운의 사내가 그의 눈빛만큼이나 차가운 말투로 물었다.

"정말 흑라… 인가?"

목을 잡혀 겨우 숨을 쉬면서도 천무확이 물었다. 죽음의 공포보다 상대의 정체에 대한 궁금증이 앞서는 천무확이었다.

상대가 정말 온 세상을 어둠의 그늘에 잠기게 했던 검은 마종 흑라라면 죽음을 앞서는 강렬한 호기심은 당연한 것일지도 모른다.

파나류 동북부를 장악하고 사해상가를 공격한 신마성의 근원에 대해서는 지금까지도 그 의견이 분분했다.

그중에서 과거 흑라를 따르던 세력의 일부가 부활한 것이라는 의견이 가장 많은 지지를 얻고 있었다.

그러나 그런 주장을 하는 사람들조차 신마성주가 흑라일 거라고 생각하는 사람은 없었다.

그런데 지금 천무확의 눈앞에 과거 흑라의 모습을 한 자가 나타난 것이다.

"그일 수도, 아닐 수도 있겠지……."

천무확의 목을 움켜쥔 사내가 말했다.

그리고 뜻밖에도 천무확의 눈앞에서 자신의 투구를 살짝 들어 올렸다.

그러자 심연처럼 깊고, 어두운 밤하늘처럼 무한한 검고 깊은 동공이 나타났다.

"헉!"

천무확의 입에서 경악스러운 음성이 흘러나왔다.

목을 잡혀서인지 아니면 너무 놀라서인지 그는 더 이상 말을 입 밖으로 내뱉지도 못했다.

"나로서도 알 수 없는 일이다. 아마도 조금 더 시간이 필요하겠지. 내가 흑라인지 아닌지 알게 되려면……. 아무튼! 아쉽게도 천무확 네게는 그걸 확인할 시간이 남아 있지 않다. 혀를 뽑고 두 팔을 자른 후 널 신마성의 노예로 삼을까도 생각해 봤지만. 역시 그냥 널 죽이는 게 좋겠다는 생각이다."

"끄으으!"

천무확이 신음 소리를 냈다.

목숨을 구걸하는 듯한 모습이기도 하고, 최후의 힘을 모아 사내의 손에서 벗어나려는 모습 같기도 했다.

"역시 두려워하는군. 그래 너희들 이왕사후는 죽은 후의 명예보다는 살아서의 굴욕을 택하는 자들이니까. 그래서 네가 죽는 것이다. 너희들에게 가장 큰 공포는 죽는다는 것이니까. 아마도 넌 나의 노예로 살지언정 죽고 싶지는 않을 것이다. 그 비굴한 삶에 대한 너의 욕망이 결국 널 죽게 만드는 것이다. 너도… 내게 네 목숨을 요구할 자격이 있다는 걸 인정할 테니 억울하지는 않겠지."

쿡!

"크아악!"

어디를 어떻게 했는지 천무확이 밤하늘을 뒤흔들 만큼 강하고 처절한 비명을 내질렀다.

그 비명 소리는 몇 리 밖 먼 숲에서 홀로 도주를 시도하고 있는 북천성 전사들에게도 들렸다.

당연히 가장 가까운 곳에서 신마성 전사들을 상대하고 있던 파곤등 다섯 명의 천무확 호위 전사들은 더욱더 처절하게 그 비명 소리를 들었다.

비명 소리가 너무 처절하고 끔찍해서 그들과 싸우던 신마성의 전사들조차 비명이 터져 나온 곳으로 시선을 돌렸다.

그러자 그들의 시야에 신마성주의 손에 목이 잡힌 채 축 늘어져 죽은 천무확의 모습이 보였다.

"서… 성주!"

"우욱!"

천무확의 죽음에 놀란 북천성의 전사들이 너무 강렬한 충격에 토악질을 해댔다.

그 순간 신마성주가 천무확의 목을 놓았다.

쿵!

천무확의 몸이 사냥당한 사냥감처럼 맥없이 땅에 떨어졌다.

육주의 지배자로 살아온 자의 최후는 결코 장엄하지 않았다. 검은 대륙 파나류의 한 산자락에서 비참하게 목이 꺾여 죽은 천무확은 사람이 아닌 사냥당한 짐승에 가까운 모습이었다.

그 비참한 모습이 북천성 전사들의 혼을 뺏어버렸다.

그들은 적과 싸우고 있다는 사실도 잊은 채, 지금 도주하지 않으면 죽고 말 상황임을 잊은 채, 그리고 그들의 주군이었던 자의 시신을 수습하러 달려가지도 못한 채 영혼이 사라진 석상처럼 굳은 듯이 서 있었다.

그런 북천성의 전사들을 보며 천무확을 죽인 신마성주가 무겁게 입을 열었다.

"그중 한 명쯤 살려 보내라. 그를 통해 세상에 그의 죽음을 전하라. 가서 나의 말을 전하라. 천무확을 죽인 것은 내가 아니라 그의 탐욕이었다고! 나머지는 모두 죽여라. 검을 버리지 않았으므로. 전사답게!"

*   *   *

소식이 어둠처럼 번져 나갔다.

사방으로 흩어져 도주하는 이왕사후의 원정대 전사들에게 북천성의 성주이자 이왕 중 일인인 천무확의 죽음이 빠르게 전해졌다.

믿기 힘든 소식, 그럼에도 본능적으로 믿을 수밖에 없는 소식이었다. 그리고 그 충격은 강력했다.

원정대 전사들은 그들을 덮쳐오는 어둠의 기운에서 벗어나기 위해 필사적으로 도주했다.

이제 그들에게 목적지는 없었다. 금하강 상류 량산을 목적지로 두었던 대부분의 전사들은 더 이상 량산 방향을 고집하지 않았다.

천무확까지 죽을 정도라면 량산으로의 후퇴를 고집하는 것은 포악한 적의 입안에 자신의 머리를 들이미는 것과 같다는 것을 알기 때문이었다.

이럴 때는 정말 메뚜기 떼가 흩어지듯 사방으로 흩어져 각자 자신의 목숨을 챙기는 것이 우선이었다.

그리고 얼마나 걸릴지 모르겠지만, 스스로 배를 구해 육주로 돌아가는 것, 그것이 최선의 방법이라는 것을 원정대 전사들은 본능적으로 깨닫고 있었다.

아마도 금하강 상류, 량산에 진영을 구축한 일차 원정대 역시 천무확의 죽음이 알려지는 순간, 안전한 퇴각을 최우선 목표로 삼을 것이다.

그래서 도주한 전사들이 설혹 신마성의 포위망을 뚫고 량산에 도착해도 그곳이 텅 비어 있을 가능성이 큰 상황이었다.

량산은 더 이상 도주하는 원정대 전사들에게 안전한 땅이 아닌 것이다.

그래서 갑자기 파나류 동북부 전 지역으로 이왕사후의 원정대가 퍼져 나갔다. 물론 도주하는 것이지만, 그 어떤 시대에서도 없었던 일이었다.

그리고 덕분에 그들을 추격하는 신마성의 전사들 역시 그들이 세상에 나온 후 처음으로 넓은 지역을 향해 퍼져 나가기 시작했다.

흑라의 시대 이후 다시 검은 어둠의 바람이 파나류 동부를 뒤덮기 시작한 것이다.

*   *   *

"후욱후욱!"

거친 숨을 몰아쉬며 한 무리의 전사들이 작은 산봉우리에 올라섰다.

시원한 바람이 불어오는 산봉우리에 오른 전사들의 몰골은 말이 아니었다.

제대로 된 갑옷을 걸치고 있는 자는 겨우 몇 명뿐, 나머지 전사들은 갑옷과 몸이 함께 찢어지고, 얼굴에는 여정의 고단함이 여실히 드러나 있었다.

당장에라도 주저앉을 것 같은 전사들이었지만, 그래도 산 정상에 올라서자 힘든 몸을 움직여 주위를 살피기 시작했다.

그리고 자신들을 위협할 적들이 없다는 것을 확인한 이후에야 그들은 바위에 엉덩이를 붙이고 앉아 휴식을 취하기 시작했다.

"여기가 어디쯤인가?"

화려한 금으로 장식한 갑옷을 입고 있는 자가 물었다.

물론 그의 갑옷 역시 여러 곳이 찢기고 베여 있었지만, 그래도 워낙 귀한 재질로 만든 것이어서인지 그 형태는 온전히 유지하고 있었다. 빛나는 금장식 역시 화려한 빛을 잃지 않고 있었다.

이왕사후 중 이왕의 한명으로 추앙받는 남화성의 성주 적인황이었다.

적인황의 물음에 그의 오래된 가신이자 남화성을 대표하는 대전사 중 한 명인 항가이가 무겁게 입을 열었다.

"정확한 위치는 알 수 없지만, 이대로 가면 파나류 북동쪽 해안이 나올 것입니다."

"파나류 북동쪽이라……."

적인황이 중얼거렸다.

"해안까지만 도착하면 안전할 것입니다. 그곳은… 수호자들의 섬과 가까우니까요."

항가이가 약간의 망설임 끝에 말했다.

이왕사후에게 수호자들의 섬에 똬리를 틀고 있는 은갑전사단이 어떤 의미인지 잘 알고 있기 때문이었다.

육주 사람들에게는 흑라의 시대 최고의 영웅들이지만, 이왕사후에게는 열등감과 수치심을 안겨주는 존재들, 마땅히 이왕사후가 누려야 할 명예를 모두 독차지한 상대가 은갑전사단이었다.

그래서 이왕사후 앞에서 은갑전사단이나 그 창시자인 철사자 무곤을 언급하는 것은 금기에 가까운 일이었다.

그러나 상황이 상황인 만큼 지금은 은갑전사단이 그들에게 거의 유일한 구원 세력이라는 사실을 모르지 않는 적인황이었다.

"그들이… 파나류에 들어왔을까?"

적인황이 화를 내는 대신 은갑전사단의 행보에 대해 궁금증을 드러냈다.

파나류 대원정에는 참여하지 않았지만, 그래도 은갑전사단은 육주를 대표하는 정의의 전사들이었다. 그들이라면 이왕사후와 불편한 관계에도 불구하고 육주 원정대를 구원하기 위해 출병했을 가능성이 컸다.

"적어도 해안가까지 배를 몰고 오기는 했을 겁니다. 파나류로의 진입은 정확한 사정을 파악하기 전에는 쉽지 않은 일이니……."

"어쨌든 해안가까지는 가야 한다는 말이군."

"그렇습니다."

"음… 얼마나 되었지? 신마성의 마졸들을 마지막으로 본 것이?"

"이틀째입니다. 어쩌면 더 이상의 추격은 없을 수도 있습니다. 이렇게 오래 모습을 보이지 않는다면……."

말을 하던 항가이가 갑자기 입을 닫았다. 그리고 검을 잡은 손에 힘을 주며 주춤거리며 자리에서 일어났다.

갑작스러운 항가이의 행동에 뜨악한 표정을 짓던 적인황이 불길한 느낌을 받은 듯 고개를 돌렸다.

그러자 그의 눈에 삼십여 장 너머의 거리에 나타난 신마성의 전사들이 보였다.

그런데 그들 앞에 나타난 신마성 전사들의 모습이 지금까지 그들을 추격하던 자들과 조금 달랐다. 아니, 정확하게는 신마성의 전사들을 이끌고 나타난 우두머리들의 모습이 특별했다.

신마성 전사들 앞쪽에서 그들을 이끌고 있는 자들은 세 명이었다. 그중 한 명은 차가운 인상의 여인이었고, 다른 한 명은 승려의 모습을 하고 있었다. 그리고 마지막 한 명은 검고 깊은 눈을 가지고 있으면서 머리에는 검은 투구를 쓴 자였다.

한눈에 보기에도 신마성의 다른 전사들과는 확연히 구분되는 모습의 인물들, 육주를 호령하는 적인황조차도 두려움을 느끼게 만드는 강자들이 분명했다.

"결국… 이렇게 되는군."

적인황이 나직하게 중얼거렸다. 그는 마치 도주를 포기한 사람 같았다.

여전히 그를 따르는 남화성의 전사들이 수십 명 있었지만, 그는 본능적으로 깨닫고 있었다. 이 작은 산봉우리 주변으로 신마성의 전사들이 켜켜이 포위망을 형성하고 있을 거라는 것을.

도주할 방법을 찾기도 힘들었다.

아마도 그의 능력과 상관없이 홀로 포위망을 뚫는 것 역시 불가능할 것이다. 아무리 능력이 출중해도 지형이 너무 좋지 않았다.

이런 작은 봉우리에 고립되어서는 어떤 방법으로도 도주하기 쉽지 않다.

애초에 적의 추격이 멀어졌다는 판단으로 이런 장소에서 휴식을 취한 것이 잘못이었다. 그 짧은 순간에 적들이 소리 없이 포위망을 갖춘 것이다.

"길을 열겠습니다."

대전사 항가이가 다부진 표정으로 말했다.

"쉽지 않을 것이네."

"그렇다 한들 이대로 죽을 수는 없는 일 아닙니까?"

항가이가 되물었다.

그러자 적인황이 문득 눈빛을 빛내며 고개를 끄떡였다.

"그렇군. 아무것도 하지 않고 앉아서 죽을 수는 없지. 모두 들어라!"

"예, 성주님!"

남화성의 전사들이 적인황의 말에 일제히 대답했다.

"최악의 상황이다. 그리고 최후의 순간이 될 수도 있다. 그러나 죽고 사는 문제를 떠나면 우리에겐 최고의 기회가 될 수도 있다. 지난 세월 난 흑라의 시대에 얻은 불명예 속에 살았다. 죽은 자들의 시신 위에서 권력을 탐한 자라는 사람들의 손가락질을 받았지. 그래서 난 이 원정에서 그 불명예를 털어내길 원했었다."

적인황이 잠시 말꼬리를 흐렸다.

말을 하다 보니 스스로 감정이 격해진 모양이었다. 적인황이 잠시 감정을 가라앉힌 후 다시 입을 열었다.

"원정은 실패했다. 그러나 하나의 목적은 달성할 수 있을 것이다. 전사로서의 명예, 대남화성의 전사로의 명예는 우리의 죽음으로 되찾을 수 있을 것이다. 그러니 죽음을 위해 싸우라. 그 죽음이 남화성과 우리의 이름을 영원히 육주의 역사에 남길 것이다."

"성주의 명을 따르겠습니다!"

남화성의 전사들이 전의를 다지며 소리쳤다.

"내가 앞장선다. 적을 향해서도, 죽음을 향해서도!"

적인황이 우두머리로서의 용기를 드러내며 신마성 전사들을 향해 걸어가기 시작했다.

"어울리지 않는군."

검은빛 가사를 걸친 신마후 아불이 중얼거렸다.

"죽을 때가 되면 사람이 변한다지 않소."

투구를 쓴 자가 대답했다.

"하긴, 저런 상황이라면 명예라도 남기려 하겠지. 하지만… 저 자는 운이 없는 것 같소."

아불이 중얼거렸다.

그러자 신마후 룬이 물었다.

"왜, 성주께서 저자를 살려서 데려오라 하신 걸까요? 굳이 그 럴 이유가……?"

아불이나 투구를 쓴 전사, 신마후 갈단은 그 이유를 알고 있지 않느냐는 듯 룬이 물었다.

갈단이 대답했다.

"아마도 성주께서는 적어도 이왕은 당신의 눈앞에서 죽기를 원하시는 것 같소."

"그렇게까지 원한이 깊으신 건가요?"

"글쎄, 나도 잘 모르겠소. 예전의 성주시라면 이런 일은… 아 무튼 세월의 흐르면 사람도 변하는 법이니까."

"…그렇군요. 아무튼 살려서 데려가려면 고생 좀 하겠군요."

"뭐… 목숨만 붙어 있으면 되니까 조심할 필요는 없을 것 같소."

갈단이 냉정하게 말했다.

"그래도 왕으로 불리는 자니 그에 걸맞게 상대해 줍시다. 갈단 신마후께서는 나와 함께 저자를 상대하고, 룬 신마후께서 그의 수하들을 정리해 주시는 것이 어떻겠소?"

불승 아불의 말에 갈단이 신마후 룬을 바라봤다. 그는 아불의 의견에 동의한다는 의미다.

"그렇게 하시죠. 저야 굳이 저자를 상대할 필요는 없으니까. 두 분은 조금 다르시겠지만……."

신마후 룬이 말했다.

"후후후, 아마 저자는 절대 우리를 기억 못 할 것이오."

갈단이 씁쓸하게 말했다.

"악연이요. 시간 끌지 맙시다."

불승 아불이 쇠로 만든 선장을 들고 적인황을 향해 걸어나가면서 말했다.

그러자 갈단도 대검의 끝을 땅에 끌며 불승 아불의 뒤를 따라갔다.

제4장

바람이 전하는 소식들

쿠웅!

묵직한 파열음이 일어나며 적인황의 몸이 뒤로 밀려났다. 그런 그를 향해 아불과 갈단이 굳은 표정으로 따라붙었다.

적인황의 무공은 신마후들의 예상보다 훨씬 뛰어났다.

야심가들이라는 이왕사후에 대한 세간의 평가 때문에, 오히려 그의 무공을 가리고 있었던 것 같았다.

그래서 그를 물러나게 만든 아불과 갈단 두 신마후 역시 적지 않게 충격을 받은 상태였지만, 그래도 적인황은 신마후 두 사람이 감당하지 못할 상대는 아니었다.

"이놈들!"

내상을 입고 물러선 몸으로도 적인황이 재차 검을 부여잡으며 아불과 갈단을 향해 다시 전진했다.

"사과하리다. 당신을 비겁한 겁쟁이일 뿐이라고 생각했던 것을! 당신은 비겁한 겁쟁이일 뿐 아니라, 강한 무인이도 하오. 그러나… 그렇다고 당신이 과거에 한 일이 없는 일이 되는 것은 아니오. 또한 오늘 당신의 운명이 변하지도 않을 것이오."

갈단이 상처 입은 사자, 적인황을 향해 날아들며 대검을 휘둘렀다.

적인황이 무겁게 검을 들어 갈단의 검을 막았다.

쾅!

"욱!"

첫 번째 격돌에서 적지 않은 내상을 입은 적인황이 갈단과의 격렬한 충돌을 이기지 못하고 신음 소리를 내며 비틀거렸다.

그 순간 아불의 선장이 무서운 속도로 날아들어 적인황의 두 다리를 쳤다.

쩍!

"악!"

적인황의 두 다리에서 뼈가 부러지는 소리가 터져 나오고, 그보다 더 격렬한 비명 소리가 적인황의 입에서 토해졌다.

그 순간 벼락처럼 날아든 갈단이 두 다리가 부러진 적인황의 뒤통수를 가격했다.

쿵!

육주의 거인 이왕 적인황이 그의 명성만큼이나 무거운 소리를 내며 정신을 잃고 땅에 쓰러졌다.

*　　　*　　　*

눈부신 아침이었다. 설산 위에서 시작된 바람이 맑은 공기를 산 아래로 밀어내 산중턱의 숲은 보석처럼 영롱했다.

그 아침이 아까워서인지 무한은 일찍 잠에서 깨어나 산장 밖으로 걸어 나와 산장 주변을 산책하고 있었다.

다른 동료들은 오랜 여행의 피로를 늦은 잠으로 풀고 있었다.

그런데 이상한 일이었다. 아름다운 숲의 아침에는 산새 소리가 어울리는 법인데, 숲에서는 새소리가 들리지 않았다.

그래서 이 영롱한 아침 숲이 어딘지 모르게 스산한 느낌이 들기도 했다.

하지만 무한은 그 침묵이 좋은지, 가벼운 미소를 띤 채 천천히 숲을 산책하고 있었다.

묵룡대선의 모섬인 봄섬으로 돌아가기 위해 파나류 북부 해안으로 향하던 중 다시 들른 청류산이었고, 당연히 머물고 있는 곳은 소요산장이었다.

하지만 다시 들른 소요산장에 대한 느낌은 확연히 달랐다. 그저 며칠 쉬어가는 곳이 아닌 집에 돌아온 듯한 느낌을 받는 무한이었다.

당연한 일이었다. 소요산장이 빛의 술사의 영역에 있는 곳이므로 이곳이 그의 집이라 해도 틀린 말이 아니었다.

산장 주인 이공의 보이지 않는 배려도 무한을 마음 편하게 만들었다.

이공은 무한의 명을 받아 육주로 떠나 아버지 철사자 무곤이 찾아보라 했던 철사자의 무맥을 지키는 노인 타므즈, 육주에서는 마골이라 불리는 노인을 찾는 일을 맡았지만, 무한이 청류산 소요산장에서 떠날 때까지는 소요산장의 산장주로서 무한 곁에 머물고 있었다.

그는 무한이 소요산장을 떠나 파나류 북부 해안으로 향하면 파나류를 떠나 육주로 건너갈 것이다.

"카르르!"

조용하던 숲에 갑자기 이질적인 소리가 들렸다.

새소리를 기대하고 있던 사람이라면 실망할 수밖에 없는 짐승의 소리. 어찌 보면 늑대가 으르렁거리는 소리 같기도 하고, 또 어찌 보면 작은 고양이가 쥐를 사냥할 때 내는 소리 같기도 했다.

그런데 아름답지 않은 그 소리에 무한의 미소가 조금 더 커졌다.

무한이 재빨리 소리가 들린 곳을 향해 몸을 날렸다.

스스스!

사람들의 시선을 신경 쓰지 않는 무한의 움직임은 신비로웠다.

그는 땅이 아니라 빙판 위를 썰매로 미끄러지듯 부드럽고 빠르게 숲을 헤쳐 나갔다.

그리고 한눈에 청류산의 전경이 바라보이는 험한 산비탈에서 걸음을 멈췄다.

"거기서 뭐 해? 내려와!"

무한이 고개를 들어 하늘 높이 솟은 전나무 꼭대기를 바라보며 소리쳤다.

그러자 무성한 전나무 가지 사이에서 무엇인가가 움직이더니 갑자기 십여 장이 넘는 높이에서 뚝 떨어져 내렸다.

작은 고양이나 혹은 삵 같은 크기의 생명체가 가속도를 받아 무서운 속도로 무한에게로 떨어져 내리다가 무한의 머리 위 삼사 장 위에서 숨겨져 있던 날개를 펴며 허공으로 떠올랐다.

아니, 허공으로 떠오른 것이 아니라 허공에 멈춰선 것이었다. 다만 빠르게 떨어지고 있었기에 멈춰서는 순간 허공으로 떠오르는 것처럼 보였던 것이다.

"이리 와!"

무한이 허공에 떠 있는 풍룡에게 손짓했다. 그의 부름에 풍룡이 새처럼 부드러운 움직임으로 날아와 무한의 앞에 있는 커다란 바위 위에 내려앉았다.

"어땠어? 오랜만에 세상을 본 느낌이?"

눈앞에 내려앉은 풍룡을 보며 무한이 물었다.

"카르륵!"

풍룡이 무한과 시선을 맞추며 예의 그 익숙하지 않은 소리를 냈다.

"너무 좋다고? …다행이네. 그런데 어디까지 갔다 왔어?"

무한이 물었다.

그러자 풍룡의 눈에서 장난기가 사라지고 푸덕거리던 날개 역시 차분하게 내려 몸에 붙었다. 순간 풍룡의 몸이 작은 고양이만 한 크기로 줄어들었다.

그 순간 무한은 자신의 질문을 들은 풍룡이 그 어느 때보다 강한 기운을 뿜어내고 있다는 것을 느낄 수 있었다.

"무슨 일이 있어?"

무한이 심각해진 풍룡에게 다시 물었다.

"카르르!"

풍룡이 다른 때와 달리 신중하게 소리를 냈다. 그리고 그 순간 무한이 놀란 표정을 지었다.

"원정대가 패했다고?"

"카룽!"

"이왕사후도 흩어지고?"

"카르룽!"

풍룡이 조금 고조된 듯한 소리를 냈다.

"그들의 소식은 모르겠지?"

"카르룽!"

"그래, 그래. 하늘에 떠 있는 네가 알 수 있는 일은 아니지. 그런데 참 대단하군. 원정대가 패할 것이라고는 생각지 못했는데. 신마성의 세력이 생각보다 강력하구나."

무한이 걱정스러운 표정으로 말했다.

신마성은 어떻게 보면 묵룡대선에게도 적이라고 할 수 있었다. 그들이 북창을 공격했기 때문이었다.

과거 북창과 묵룡대선은 석림도까지 포함해 하나의 느슨한 연대 세력을 형성하고 있었다.

파나류 북쪽 바다, 무한해협을 사이에 두고 있는 세 세력의 연대는 강하지는 않았지만 그래도 무산해협을 지키는 중요한 연결 고리였다.

그런데 그중 하나인 북창을 신마성이 공격했으니 묵룡대선에게 신마성은 잠재적인 적이나 마찬가지였다.

그래서 육주 원정대를 격파한 신마성의 전력은 무한에게도 걱정스러운 일이었다.

"카르릉!"

그런데 신마성의 강한 세력을 걱정하는 무한에게 풍룡이 조금 더 무거운 소리를 냈다.

"더 중요한 게 있다고? 그게 뭔데?"

"카릉!"

"뭐? 흑종의 힘이 느껴져?"

"카르릉!"

풍룡이 고개까지 끄떡였다.

"설마… 흑종이 현재까지 이어지고 있다는 건가?"

무한이 두려운 표정으로 중얼거렸다.

"카르릉!"

풍룡이 다시 소리를 냈다.

"두렵냐고? 당연히 두렵지. 세상에 흑종의 존재를 아는 사람치고 흑종을 두려워하지 않을 사람이 있겠어? 다만 그의 존재를 사람들이 모를 뿐이지. 후우… 아무튼 그럼 신마성을 예의 주시할 수밖에 없겠구나. 그들 중에 누군가가 흑종의 술을 이어받았다는 뜻이니까. 신마성… 참 껄끄러운 존재네."

"카르르!"

무한의 말에 풍룡이 다시 소리를 냈다.

그러자 무한이 고개를 끄떡였다.

"하긴 차라리 잘된 일인지도 모르지. 어차피 흑종의 힘은 회수해야 하는 것이니까. 다만 지금은 시기가 아니야. 내가 좀 더 강해져야 해."

"카르릉!"

"알고 있어. 시간이 해결해 준다는걸. 벌써 삼분지 일은 흡수했으니까."

"카릉!"

"뭐? 똑똑하다고? 이게 정말! 내가 네 제자냐? 그런 소리를 하게. 누가 뭐래도 넌 내 수호 영물이야. 서로 지킬 건 지키자!"

무한이 손을 들어 풍룡을 때리려는 듯한 자세를 취했다.

그러자 풍룡이 훌쩍 뒤로 물러나며 소리를 냈다.

"카르르릉!"

"아이고, 그래그래. 나이는 네가 훨씬 많지. 수백 년을 살았으니까. 하지만 나이가 많다고 해도 넌 내 눈에는 그냥 작은 용일 뿐이야. 그리고 솔직히… 수백 년 산 영물치고는 철이 없는 것 같기도 하고."

"크르릉!"

이번에는 풍룡이 위협적인 소리를 냈다.

"하하하. 알았어, 알았어. 철없다는 말을 취소할게. 하지만 이건 명심해. 넌 빛의 힘의 의해 잉태되고, 신비로운 천년밀교의 술에 의해 영생에 가까운 생명력을 얻었다는 사실 말이야. 그래서 그 술법이 깨지면 넌 바로 죽어. 그리고 그 술법을 깨뜨릴 수 있는 사람은 바로 나 한 명뿐이지. 이번에도 내가 나타나지 않았으면 넌 영원히 그 풍룡의 동굴에 갇혀 살았어야 했잖아. 그러니까… 무슨 말인지 알지?"

무한이 물었다.

"크르르!"

무한의 물음에 풍룡이 풀 죽은 소리를 냈다.

"그렇다고 겁먹을 건 없어. 설마 내가 널 어떻게 하겠냐? 너와 나는 빛의 업에 관해서 터놓고 서로의 마음을 교환할 수 있는 유일한 사이인데. 세상에 마음을 읽을 수 있는 친구는 만나기가 쉽지 않아. 그런 면에서 넌 내게도 행운 같은 친구야."

"카룽!"

풍룡이 금세 기분이 좋아졌는지 맑은 소리를 냈다.

"홋, 아무튼 한 가진 부탁하자. 앞으로는 나이 따지지 마라!"

무한이 경고하듯 말했다.

"카룽!"

풍룡이 다시 대답했다.

"좋아. 그럼 이제 그만 가봐. 아무튼 흑종의 기운을 읽었으니 그 존재가 누구인지 확인을 해봐야겠지. 하지만 조심해. 흑종의 기운을 읽은 자라면 널 알아볼 수 있으니까. 사람들 눈에 띄면 안 돼."

"카르룽!"

풍룡이 대답했다.

걱정하지 말라는 대답이다.

"아쉬워. 예전에는 이 땅에도 용이 많았다지? 그중에는 사람과 교감을 나누는 용도 많았고. 그런 때라면 널 데리고 다녀도 아무렇지 않을 텐데. 지금은 그럴 수 없으니……."

"카르르!"

"어딘가에는 있을 거라고? 그렇겠지. 빛의 기록에도 용들이 완전히 사라진 것이 아니라 먼 곳으로 떠난 것으로 되어 있으니까. 아무튼 조심해."

"카릉!"

"알아. 널 죽일 수 있는 존재는 세상에 없다는걸. 하지만 내가 걱정하는 건 네가 세상의 관심을 끄는 거야. 그런 일은 결국 나의 일에도 방해가 될 거야. 그러니까 조심해. 그만 가봐."

"카릉!"

무한의 풍룡이 잠시 허공으로 떠오르는가 싶더니 하늘을 뚫고 수직으로 날아올랐다.

풍룡이 눈 깜짝할 사이에 먼 하늘 하나의 점으로 변했다. 이런 거리에서는 설혹 누군가 풍룡을 보아도 그저 한 마리 독수리 정도로 생각할 것이다.

"놀라운 녀석이야. 하지만 솔직히 믿기지 않는 점도 있지. 정말 수백 년을 살았을까?"

무한이 고개를 갸웃했다. 하지만 그에게는 다만 두 가지 선택이 있을 뿐이다. 전해진 빛의 역사를 믿든지 안 믿든지.

"믿을 수밖에. 내 몸에 일어나는 변화가 있는데……."

무한이 중얼거리며 자신의 손을 눈앞으로 들어 올렸다. 그러자 그의 손에 작은 빛 덩어리가 만들어졌다.

무한은 영롱하게 빛나는 그 빛을 한참 동안 들여다보다가 가볍게 손을 털었다. 그러자 그 빛이 풍룡이 앉아 있던 바위로 날아가더니 소리 없이 그 바위 속으로 파고들었다.

푸스스!

빛이 파고든 바위에 작은 구멍이 뚫리면서 그 가루들이 눈처럼 흩날려 떨어져 내렸다.

"눈으로도 보고. 손으로도 할 수 있으니까 어떻게 믿지 않을 수 있겠어."

무한이 어깨를 으쓱하고는 몸을 돌려 온 길을 되짚어 걷기 시작했다.

무한이 숲에서 벗어났을 때 소요산장주 이공은 숲 바깥쪽에서 무한을 기다리고 있었다.

그는 마치 무한이 들어간 숲에 다른 사람이 들어가지 못하도록 경계를 서는 듯한 모습으로 서 있다가 무한이 숲에서 걸어나오자 빠르게 무한 앞으로 다가왔다.

"풍룡은 만나셨습니까?"

"만났어요."

무한이 대답했다.

"그 녀석… 아주 신이 나 있겠군요."

이공이 가볍게 미소를 지었다.

"수백 년 만의 외출이니 당연하지요. 그런데 세상일이 마냥 즐거운 것만은 아닌 것 같더군요."

"…무슨 일이라도?"

"육주 원정대가 신마성에게 대패를 했다고 해요."

"그게… 정말입니까? 어떻게 그런 일이… 그건 불가능하다고 봤는데……?"

이공이 믿을 수 없다는 듯 무한을 바라봤다.

"신마성이… 우리가 생각하는 것보다 강한 것 같아요."

"그렇다면 정말 흑라와 연결되어 있는 것일까요?"

신마성에 연원에 대한 세상의 의견 중 흑라의 후예라는 설이 가장 유력하게 거론되고 있었다.

물론 그들의 행동이나 구성원이 과거 흑라를 추종했던 마인들과는 조금 다른 면이 있기는 했다.

과거 흑라에게 마종을 전수받은 마인들은 자리에 어떤 생명도 남기지 않은 것으로 유명했다.

그러나 신마성의 경우 항복하는 자들의 목숨을 빼앗지 않았다. 대신 그들을 받아들여 신마성의 전사로 만들어 나가고 있었다.

이런 신마성의 행동은 사실 절대 악으로 치부되던 흑라와 그 추종자들과는 큰 차이를 가지는 것이었다.

그래서 사람들은 신마성을 흑라의 세력과 연결 지으면서도 확신은 못 하고 있었다.

"그럴 가능성이 큰 것 같군요."

"음… 그럼 참 걱정입니다. 다시 흑라라니."

"하지만 적어도 흑라 그 자신이 다시 환생한 것은 아닐 겁니다. 다만 그의 유산이 신마성에 전해졌다고 해야 할까. 행보가 전혀 다르니까요. 흑라의 추종자들처럼 극악한 짓을 하는 것도 아니고… 그들의 행보는 절대마인들의 무조건적인 파괴보다는, 오히려 야심가들이 세상을 정복해 가는 듯하니까요."

"그렇긴 하지요……. 아무튼 세상이 크게 어지러워지겠군요. 이왕사후가 패했으니까."

"그들의 생사가 중요하겠지요. 살아만 있으면 충분히 재기할 힘을 가진 자들이니까."

"만약 죽었다면……."

이공이 말꼬리를 흐렸다.

무한은 이공의 말에 대답하지 않았다. 이왕사후가 죽었다면, 육주에서 어떤 일이 벌어질지 누구나 알 수 있기 때문이었다.

새로운 싸움… 끝을 알 수 없는 혈란이 육주를 뒤덮을 것이다. 새로운 야심가들에 의해…….

*   *   *

풍룡보다는 늦었지만, 소요산장에도 금세 육주 원정대와 신마성의 전쟁 소식이 전해졌다. 당연히 육주 원정대가 대패한 소식이었다.

일행은 그 소식을 듣고 한동안 말문을 잃었다. 그들은 적어도 육주 원정대가 신마성을 파나류 오지로 몰아넣을 수 있을 거라 생각하고 있었다.

이왕사후가 그리 달가운 자들은 아니지만, 그들이 이끄는 육주 원정대의 전력이 사상 최강이라는 사실은 누구나 인정하는 것이었다.

그런데 그런 육주 원정대가 패배한 것이다. 사실 전해진 소식이 사실인지 의심부터 하지 않을 수 없는 소식이었다.

그러나 시간이 지나면서 소식의 진위를 의심하는 마음은 사라졌다. 이런 소문에 거짓이 섞일 리 없었다. 한 사람과 한 사람의 싸움이 아니라, 양쪽 전력을 합치면 만 명이 넘는 전사들의 싸움이었다.

승패는 명확하게 드러날 것이고, 그 소문이 허위일 수는 없었다.

그리고 소식을 믿는 순간 사람들은 다시 하나의 묘한 감정에 빠져들었다. 그건 신마성이라는 미지에 세력에 대한 두려움이었다.

특히 그들에게 공격당한 북창의 경비대장 출신 석와룡에게는 더욱 큰 두려움과 충격이었다.

"살아남은 것이 운이 좋았던 것인가? 아니면… 그들이 사정을 봐줬다는 건가? 애초에 북창항구와 촌장님을 원했을 뿐, 북창 주민들을 몰살시킬 생각은 없었다는 말이 될 수도 있는데… 원정대를 패배시킬 전력이라면……."

소문을 듣고 한동안 침묵했던 석와룡이 조금 씁쓸한 표정으로 중얼거렸다.

그는 아마도 몇 년간 힘을 기르면 북창과 북창의 연대 세력이 힘을 모아 파나류의 옛 북창 항구를 회복할 수 있을 거라 기대하고 있었던 모양이었다.

특히 육주 원정대가 신마성을 회복 불능 상태로 몰아넣는다면 그 시기가 좀 더 빨리질 수도 있었다.

그런데 그의 기대와 달리 오히려 신마성이 육주 원정대를 궤멸시켰다면 옛 북창을 회복하는 일은 거의 불가능에 가까웠다. 그의 말대로 그나마 북창주민들 대부분이 살아서 도주한 것이 다행일 수도 있었다.

육주 원정대를 궤멸시킨 신마성은 앞으로 더욱 강해질 것이다. 그렇다면 비록 묵룡대선과 석림도의 후원을 받는다 해도 옛 북창을 수복하는 것은 어려운 일이었다.

"원정대가 방심했을 겁니다."

사비옥이 침착하게 말했다. 석와룡의 마음을 읽고 위로 삼아 한 말이다.

"그렇겠지. 아무리 신마성이 강해도 정면 대결을 펼쳐서 육주 원정대를 이길 수는 없었을 거야."

왕도문도 사비옥의 말에 동조했다.

"그렇다 해도 신마성의 전력이 예상외로 강한 것은 사실이지 않겠는가. 후우… 파나류의 북창을 찾는 일은 포기해야 할지도 모르겠군."

석와룡이 힘없이 말했다.

그러자 두굴이 대화에 끼어들었다.

"포기하기에는 이르죠."

"…그들을 상대할 방법이 있단 말인가?"

"이제야말로 전면전이 벌어지지 않을까요?"

"다시 싸운다고?"

"그럼요. 이왕사후가 설마 한 번의 패배로 신마성과의 싸움을 포기하겠어요? 아마도 육주로 돌아가 그들의 모든 전력을 모아 다시 올 겁니다. 그렇지 않다면 그들은 패배자로서 육주에서의 권력도 내려놔야 할 테니까요."

"음… 그렇긴 하군."

석와룡이 고개를 끄덕였다.

"그리고 일단 다시 싸우게 된다면, 그때는 신마성도 이번처럼 쉽게 이왕사후를 이기지 못할 겁니다. 이왕사후가 바보가 아닌 이상 다시 방심할 리는 없을 테니까요. 예상컨대 긴 싸움이 될 것이고, 장기전에 들어가면… 역시 육주라는 풍부한 자원을 가진 영지가 있는 이왕사후가 유리하지 않을까요?"

"그야. 그렇겠지."

석와룡이 다시 희망이 생긴 표정으로 대답했다.

그런데 그 순간 소독이 입을 열었다.

"그런데 일이 그렇게 진행되려면 한 가지 조건이 필요합니다."

"조건? 어떤?"

두굴이 되물었다.

"그들, 이왕사후가 살아 있어야 하지요. 그들이 죽었다면 그 후인들이나 육주의 어떤 성주도 다시 파나류 원정에 나서지 않을 겁니다. 옛날, 흑라의 시대에도 육주의 성주들은 각자의 성을 지키는 것에 주력하지 않았습니까?"

"설마 그들이 죽었을라고."

두굴이 고개를 저으며 말했다. 그가 생각하기에 싸움에서는 패할 수 있지만, 이왕사후의 죽음은 생각하기 어려웠다.

그들 주변은 육주 최고의 무인들이 호위전사로서 활동하고 있었다. 그들은 어떤 상황에서도 이왕사후를 안전하게 후퇴시켰을 것이다.

더군다나 그들 말고도 이왕사후 자신들도 육주에서 적수를 찾을 수 없는 대무인들이었다. 기습으로 원정대를 흩어놓았다고 해도 신마성의 전사들이 이왕사후를 죽이거나 사로잡는 것은 거의 불가능한 일인 것이다.

하지만 소독의 생각은 다른 듯했다.

"이 싸움 역시 패할 수 없는 싸움에서 패한 것 아닙니까? 그러니까 그들도 죽을 수 있지요. 특히 폭우 속 기습에서 전사들이 흩어졌다면 더더욱 그렇고요. 저라면… 제가 만약 신마성주라면 기습의 목적을 적을 많이 죽이는 것이 아니라, 적의 우두머리를 잡는 데 두었을 겁니다."

"음… 듣고 보니 그것도 그렇군. 만약 난전 중에 이왕사후 중 한둘이라도 죽인다면 그건 원정대를 궤멸시킨 것 이상의 충격을 세상에 줄 테니까."

두굴이 고개를 끄떡였다.

"하지만 그래도 그들이 그렇게 쉽게 죽었을까?"

왕도문이 여전히 그럴 리 없다는 표정으로 소독에게 물었다.

"글쎄… 그야 모르는 일이지. 하지만 그럴 가능성은 충분하다고 봐."

"후우… 그럼 정말 대단한 일인데. 파나류는 물론 육주의 정세도 그게 변할 수 있는……."

왕도문이 중얼거렸다.

"그냥 뭐… 피바다가 되는 거지. 파나류가 아닌 육주가! 새로운 야심가들의 권력 다툼으로."

하연이 섬뜩한 말을 태연하게 뱉어냈다.

그런데 그때 산장 주인 이공의 제자 중 한 명인 이맥이 급히 산장으로 달려왔다.

그리고 마당 한쪽에 앉아 있는 무한 일행을 쳐다보지도 않고 산장 안으로 뛰어들어갔다.

"무슨 일이지? 무척 급해 보이는데."

왕도문이 소룡들을 보며 물었다.

"글쎄… 마적이라도 나타났나?"

사비옥이 산장 주변을 둘러보며 중얼거렸다.

산장 주인 이공이 모습을 나타낸 것은 그의 제자 이맥이 산장 안으로 들어간 지 얼마 지나지 않아서였다.

산장 밖으로 나온 이공은 먼저 무한 일행에게 다가왔다. 그리고 침착하게 말했다.

"손님들께서는 잠시 산장 안으로 들어가 계시는 것이 좋겠소."

소룡오대 전부에게 하는 말이지만 그의 시선이 마지막으로 머문 곳은 당연히 무한이었다.

"무슨 일이 있습니까?"

왕도문이 물었다.

그러자 이공이 무한에게서 왕도문에게로 시선을 돌렸다.

"아무래도 불청객이 올 것 같소."

"불청객이라면……?"

"말 그대로 불청객이오. 누군지 와보면 알겠지만 반가운 손님이 아닌 것은 분명한 것 같소. 그러니……"

이공이 왕도문의 질문에 대답을 하다가 자연스럽게 다시 무한을 바라봤다.

"일단 들어가자."

소독이 자리에서 일어나며 말했다.

그러자 소룡들이 주섬주섬 자리를 털고 일어났다.

"도움이 필요하면 언제든 부르세요."

소독이 걸음을 옮기려다말고 이공에게 말했다.

"고맙소. 하지만… 뭐, 그럴 일까지야."

이공이 그럴 일 없다는 듯 어깨를 으쓱하며 대답했다. 상대가 누구든 걱정할 일 없다는 표정이다. 다만 조금 귀찮은 기색의 이공이다.

"하긴, 어르신의 실력이시라면……"

소독이 고개를 끄떡였다.

열화산으로 향하던 중 소요산장에 들렀던 그날 밤, 소룡들은 이미 산장 주인 이공과 그 제자들의 실력을 보았다.

그래서 웬만한 적이 아니라면 그들 스스로 충분히 산장을 지킬 수 있다는 것을 알고 있었다.

소룡들이 서둘러 산장 안으로 들어가자 이공이 소룡들이 앉아 있던 탁자에 엉덩이를 붙이고 앉았다.

그러자 그의 두 제자 이맥과 소의가 그의 맞은편에 자리를 잡고 앉았다.

그런데 아무리 시간이 지나도 올 거라고 생각했던 불청객들이 모습을 보이지 않았다.

"뭘 보고 온 거냐?"

기다림에 지친 이공이 이맥에게 물었다.

"그, 그게……."

"혹시 벌써 치매라도 온 거냐? 젊은 놈이……."

"아닙니다. 분명히 산장을 살피는 자들이 있었습니다. 숲 언저리에서… 모습이 범상치 않아서 곧 산장으로 들이닥칠 것 같았는데……."

이맥이 당황한 표정으로 말했다.

"그러니까. 그놈들이 왜 오지 않느냐고?"

이공이 호통을 쳤다.

"그야… 제가 알 수 있나요."

이맥이 퉁명스럽게 대답했다. 산장을 살피는 외인을 발견한 것은 분명하지만, 그들이 왜 산장으로 오지 않는지는 그가 알 턱이 없었다.

"하여간 하는 일이 영……."

"그게 왜 제 탓입니까? 저야 위험을 알리면 제 할 일 다 한 거죠."

이맥의 이공의 타박에 반발했다.

"허어! 이놈이? 이젠 아예 기어오르려고 하네?"

"아니, 말이 되는 말씀을 하셔야……."

"됐다. 이걸로 결정했다."

갑자기 이공이 이맥의 말을 끊었다.

"뭘 결정해요?"

이맥의 뜨악한 표정으로 물었다.

"넌 계속 이곳에 남아 산장을 지킨다. 의는 나와 함께 육주로 가자."

"예?"

"육주요?"

소의와 이맥 모두 놀라 자리에서 일어나며 되물었다.

"그래, 육주!"

"산장을 비운단 말씀이세요?"

소의가 재차 물었다.

"비우긴 왜 비워. 여기는 맥이 지킨다니까."

"하지만 지금까지는……."

"물론 파나류를 벗어난 적은 없었지. 여행을 해봐야 십여 일 이상 떠나 있던 적도 없었고."

"그런데 갑자기 왜?"

"명을 받았으니까."

"명이라뇨?"

"내가 말했잖아. 새로운 빛의 술사께서 나타나셨다고."

"그러니까. 그분이 사부님께 육주로 가라고 명을 내리셨다고 요? 수백 년 지켜온 산장을 떠나서?"

"그래. 그리고 빛의 술사께서 나타나셨는데, 이 산장을 예전처 럼 지키고 있을 이유는 없지."

이공이 대답했다.

"그런데 왜 접니까?"

갑자기 이맥이 따지듯 물었다.

"뭐가?"

"왜 소의는 함께 가고 제가 이곳에 남아 있어야 하느냔 말입니다. 더군다나 더 지킬 이유도 크게 없는 산장을 지키려고 말입니다?"

"알면서 뭘 물어?"

"알긴, 뭘 알아요?"

"사부에게 기어오르기나 하는 놈을 뭐 하러 데려가. 고분고분 말을 잘 들어야 함께 여행할 맛이 나지. 의! 넌 그럴 수 있지?"

이공이 소의에게 물었다.

"당연하죠."

소의가 얼른 대답했다.

그러자 이맥이 소의를 죽일 듯이 노려봤다. 마치 배신자를 바라보는 눈빛이다.

소의가 멋쩍은 표정으로 이맥의 눈길을 피했다.

"그래 봐야 소용없다. 이미 결정된 일인데."

"저, 저도 이제부턴 절대 말대꾸하지 않을게요."

갑자기 이맥이 비굴한 표정을 지으며 말했다.

그러자 이공이 고개를 저었다.

"안 돼. 그래도 이곳을 지킬 사람도 필요하니까."

"아니, 사부님. 그러지 마시고… 빛의 술사께서 탄생하셔서 이곳을 지킬 이유가 크게 없다면서요?"

이맥이 이공에게 사정했다.

그러자 이공이 이맥을 보며 물었다.

"정말 말대꾸하지 않고 고분고분 내 말을 들을 거냐?"

"그럼요!"

이맥이 얼른 대답했다.

그러자 이공이 손으로 숲을 가리키며 말했다.

"그럼 가서 한 놈 잡아와."

"예?"

"네가 보았다는 놈들 말이야. 그중 한 놈만 잡아와. 어떤 놈들인지 알고는 떠나야 할 것 같아서. 물론 야왕성 아니면, 신마성 놈들 같기는 하지만……."

이공의 말에 이맥이 벌떡 자리에서 일어났다.

"당장 잡아오죠!"

평생 머물러야 할 것 같았던 소요산장을 떠날 수 있다는 희망은 이맥을 흥분시켰다.

본래 게으르고, 만사를 귀찮아하던 그가 바람처럼 숲을 향해 달려갔다.

그가 보았던 자들이 어떤 자들인지, 얼마나 강한 무공을 지닌 자들인지 계산할 여유도 없어 보였다. 그에게는 불청객들이 사라지기 전에 잡아야 한다는 다급함만이 남아 있었다.

"쯔쯔, 서둘면 일을 그르칠 텐데?"

숲으로 달려가는 이맥을 보며 이공이 혀를 찼다.

"저대로 두어도 될까요?"

소의가 걱정스럽게 말했다.

"당연히 안 되지. 그놈들이 어떤 놈들인지도 모르는데."

이공이 고개를 저었다.

"그런데 왜……?"

위험한 줄 알면서도 왜 이맥을 보냈는지 이해할 수 없다는 듯 소의가 되물었다.

"넌 놀 거냐?"

"예?"

"명색이 사형제란 놈이… 쯔쯔……."

이공이 다시 혀를 찼다.

"아, 예, 알겠습니다."

소의가 이공의 뜻을 알아채고 훌쩍 몸을 날려 이맥의 뒤를 쫓기 시작했다.

"하여간 눈치가 엔간히 없어. 그래서 어찌 빛의 술사를 보호하는 빛의 전사가 될 수 있을꼬. 젠장, 제자 놈들을 갈아버리든지 해야지. 에이구!"

이공이 투덜거리면서 자리에서 일어났다. 그리고 두 제자 이맥과 소의가 달려간 숲으로 그도 천천히 걸음을 옮기기 시작했다.

＊　　　　＊　　　　＊

"따라가 보자!"

왕도문이 소리쳤다.

"또 저런다."

하연이 혀를 차며 고개를 저었다.

"궁금하잖아! 그러니까 따라가 보자."

"오늘은 그냥 있는 게 좋겠다."

사비옥이 왕도문을 말렸다,

"왜?"

왕도문이 영문을 모르겠다는 듯 되물었다.

"그때야 밤이니까. 몰래 엿볼 수 있었지만, 지금은 밝은 대낮이야. 산장 주인께서 우리를 산장 안으로 들여보낸 건 우리가 위험해질까 봐서가 아니라 자신들이 싸우는 모습을 보이기 싫었기 때문일 거야. 물론 그렇다고 우리가 아예 보지 않을 거라 생각지는 않았겠지만. 그렇다고 노골적으로 따라가서 싸움 구경을 하는 것은 큰 실례지."

"그, 그런가?"

"그들의 실력을 보지 못한 것도 아니고."

"그야 그렇지만……."

왕도문이 싸움 구경을 포기하기 싫은 듯 말꼬리를 흐렸다.

"나도 비옥 아우과 같은 생각일세. 이번에는 이곳에서 기다리는 것이 좋겠어."

본래 싸움 구경이라면 왕도문 만큼이나 좋아하는 두굴이 이번에는 사비옥의 말에 동조했다.

"형님도요?"

왕도문이 의외라는 듯 되물었다.

"음, 돌아가는 형세가 뭔가 이상해. 괜한 싸움에 얽혀들었다가는 돌아가는 길이 곤란해질 수도 있고."

"…그렇긴 하지요."

왕도문이 두굴의 말에는 수긍했다.

육주 원정대가 신마성에 대패를 당한 상황이었다. 이럴 때 파나류에서, 그것도 신마성이 주로 활동하는 북동부 파나류에서 적을 만드는 일은 어리석은 일이었다.

"일단 기다려 보죠. 산장 주인께서 정말 그들 중 하나라도 잡아오면 그들이 누군지 알겠죠."

무한이 말했다.

"잡아올까?"

왕도문이 되물었다.

"그러지 않을까요? 그 어르신의 무공을 생각하면……."

무한은 산장 주인 이공이 반드시 불청객 중 한 명을 잡아올 거라 확신하고 있었다.

그가 빛의 술사의 신전을 지키는 세 문지기 중 한 명이라는 사실은, 세상에서 그를 상대할 무인이 거의 없다는 걸 의미하기 때문이었다.

"에휴, 모두의 생각이 그렇다면 어쩔 수 없지. 기다리는 수밖에!"

왕도문이 무한까지 나서서 구경 가는 것을 말리자 어쩔 수 없다는 듯 자리에 앉으며 투덜거렸다.

숲에 숨어서 소요산장을 살피고 있던 자들이 놀란 짐승들처럼 도주하기 시작했다.

달려오는 자가 한 명이었으므로 맞서 싸우는 것이 더 자연스러운 모습이었을 수도 있다. 그러나 두 가지 이유로 그들은 도주를 선택했다.

하나는 그들에게 소요산장을 살피라고 명령한 사람 때문이었다.

그는 오직 산장을 살필 뿐, 산장의 사람들과 충돌하지 말라고 엄명을 내렸었다. 그 명을 어기고 소요산장의 사람과 싸울 수는 없었다.

두 번째 이유는 달려오는 자의 기세 때문이었다.

마치 사냥을 나선 표범처럼 날렵하고 강렬한 기운을 뿜어내며 달려오는 상대의 기세에 놀라 싸울 생각을 하지 않고 도주를 선택했던 것이다.

"젠장!"

산장을 살피던 자들이 숨어 있던 곳에 다다른 이맥이 욕설을 내뱉었다.

그는 숨어 있던 자들이 자신이 혼자 온 것을 알면 맞서 싸울 거라 생각하고 있었다. 그런데 이자들이 다섯 명이나 되면서 싸우는 대신 도주를 선택한 것이다.

그로서는 이해가 되지 않은 일일뿐더러, 곤란한 일이기도 했다. 적어도 개중 하나는 잡아야 이 지긋지긋한 산장을 떠날 수 있기 때문이었다.

"그래도 결국 한 놈은 잡히게 되어 있어. 이곳의 지리는 내가 훨씬 밝으니까. 나에게는 네놈들이 모르는 지름길이 있지! 고생은 해야 하지만!"

이맥이 도주하는 자들이 움직이는 방향을 눈여겨본 후 그들과 전혀 다른 방향으로 뛰기 시작했다.

"에이, 참! 일이 어렵게 되네."

뒤늦게 도착한 소의가 전혀 다른 방향으로 움직이는 불청객들과 이맥을 보며 투덜거렸다.

"넌 가던 길 그대로 가. 놈들을 쫓아서."

"어? 사부님도 오셨어요?"

소의가 갑자기 나타나 자신이 갈 방향을 정해주는 이공을 보며 놀란 얼굴로 되물었다.

이공은 느릿하게 움직인 것 같았는데 어느새 소의를 따라잡고 있었다. 그의 무공이 얼마나 뛰어난지 여실히 드러나는 순간이었다.

"네놈들을 믿을 수가 있어야지."

"맥은 지름길로 간 모양입니다."

소의가 이맥의 흐릿한 뒷모습을 가리키며 말했다.

"따라잡으려면 어쩔 수 없는 선택이지. 위험한 길이지만, 그들의 앞을 막을 수 있을 테니까. 그러니까 네놈은 놈들을 따라가. 맥이 어디로 나올지 알고 있지? 그 방향으로 몰아가거라."

"몰이꾼이 되라는 말씀이군요."

"싫어? 네놈이 직접 잡을 수 있으면 그렇게 하든지."

"그건… 거리가 너무 머네요. 사부님이라면 모르겠지만."

"나야 단번에 따잡을 수 있지. 하지만 체면이 있지. 저런 하찮은 것들을 상대하는 건 불명예 아니겠느냐?"

"그럼 여기까진 왜 따라오셨어요?"

"그야 혹시라도 네놈들이 죽을까 봐."

이공이 어깨를 으쓱하며 말했다.

"그래도 우리가 죽는 건 걱정이 되시나 봅니다?"

"당연하지. 다시 네 녀석들 정도의 제자를 키우려면 몇 년을 더 소비해야 하니까. 어쨌든 얼른 가거라. 이러다가 정말 맥 녀석 큰일 나겠다."

이공의 말에 소의가 고개를 한 번 가로젓고는 불청객들이 달아난 방향으로 몸을 날렸다.

쾅!

산짐승처럼 달리는 다섯 사내의 측면에서 멧돼지 같은 무모한 돌진이 일어났다.

그리고 그 무지막지한 돌격을 한 자와 충돌한 사내 한 명이 비명을 지르며 날아갔다.

"악!"

허공을 날아간 사내가 커다란 바위에 부딪힌 후 땅에 떨어졌다.

"욱!"

어디가 부러졌는지 사내가 쉽게 일어서지 못한다.

"다쳤으면 그냥 누워 있어. 그럼 당신은 살 테니까."

갑자기 산비탈에서 달려 내려와 사내와 부딪힌 자가 소리쳤다.

소요산장주 이공의 제자 이맥이었다.

"웬 놈이냐?"

사내의 동료들이 갑작스레 황당한 공격을 받은 충격에서 벗어나며 소리쳤다.

"몰라서 물어? 한동안 우릴 지켜보고 있었으면서?"

이맥이 검을 들어 올리며 대답했다.

"도대체 너희 소요산장의 정체가 뭐냐?"

사내 중 한 명이 정말 궁금한 듯 물었다.

"그건 내가 묻고 싶은 말인데? 대체 뭐 하는 자들이기에 우릴 염탐하고 있었던 거지? 단지 여행객들이 쉬어가는 산장일 뿐인데."

"후후후, 그 말을 믿으라고 하는 소리는 아니겠지? 어떤 산장의 점원도 이런 무공을 갖고 있지는 못한다."

"그 말은 맞아. 우린 조금 특별한 산장지기들이지."

이맥이 부인하지 않고 대답했다.

"대체 정체가 뭐냐?"

사내 중 한 명이 다시 물었다.

"그런 당신들의 정체는?"

이맥도 똑같은 질문을 돌려주었다.

제5장

떠나는 사람들

"우린 신마성의 사람들이다."

한참을 망설이던 사내 중 한 명이 무겁게 말했다.

그의 대답에는 협박의 의미가 담겨 있었다. 감히 신마성에 대항할 생각이냐는.

"역시 그랬군."

이맥은 사내의 기대와 달리 별로 겁을 먹은 것 같지 않았다. 다만 짐작하고 있었다는 듯 고개를 끄떡일 뿐이었다.

"이제 이 대륙은 본 성의 것이다. 이왕사후의 원정대도 철저하게 궤멸되었다. 그러니 감히 본 성에 저항할 생각은 하지 말거라."

"그런데 그건 멀리 떨어져 있는 파나류 동쪽의 일이고, 당장 당신들은 신마성의 도움을 받을 수 없잖아? 그러니까 일단 항복해. 그런 후에 사부님과 진지한 대화를 나눠보라고. 혹시 알아 거래가 잘돼서 살아 돌아갈 수 있을지."

이맥이 진지하게 제의했다.

그러나 그의 제의가 사내들에게는 조롱으로 들린 듯했다.

"결국 피를 보자는 말이군."

"아니, 좋게 해결해 보자는 말이었는데… 안 될 모양이군."

이맥이 자신을 둘러싸는 네 명의 신마성 전사들을 보고는 검을 고쳐 잡으며 중얼거렸다.

"일단 네놈의 목을 벤 후, 생각해 보겠다."

"생각이 없는 사람들이구나. 나 같으면 항복 아니면 다시 도망을 갈 텐데. 이러다 사부까지 오면… 당신들은 단 한 명도 살아가지 못해."

이맥이 경고했다.

"비록 너희들을 건드리지 말라는 명을 받았지만, 이렇게 된 이상 일단 네놈을 죽인 후 네 사부란 자를 만나겠다!"

신마성의 전사 중 하나가 이맥을 향해 뛰어오르며 소리쳤다.

차차창!

어지러운 도검의 충돌 속에서 이맥이 연신 뒤로 물러났다. 아무리 이맥이 빛의 수문장을 자처하는 이공으로부터 신비로운 무공을 전수받았다고 해도, 신마성 신마후 룬이 석중귀의 실종 사태를 조사하기 위해 고르고 골라 보낸 신마성의 전사 넷을 홀로 상대하는 것은 무리였다.

애초에 그 사실을 인정하고 있는 이맥도 적을 쓰러뜨리는 대신 자신을 보호하는 데 치중했다.

그는 날아드는 도검을 막아내며 큰 바위가 있는 장소로 빠르게 후퇴했다.

그렇게 등 뒤에 바위를 둔 후에는 적이 공격을 막아내는 것이 한결 수월해졌다.

포위 공격을 한다 해도 바위를 등지는 순간, 그를 공격할 수 있는 방위가 한정되기 때문이었다.

많아야 둘, 물론 앞뒤를 번갈아 바꾸면서 네 명 모두 싸움에 나섰지만, 그래도 동시에 상대해야 하는 적은 넷에서 둘로 줄어들었다.

그렇게 되자 이맥도 조금 여유를 찾았다.

"이제 좀 살겠네. 그나저나 정말 아무도 안 오는 건가?"

이맥이 신마성 전사의 검을 막아내며 중얼거렸다. 내심 이공이나 소의가 도와주러 올 것을 기대하고 있기 때문이었다.

그렇다고 시선을 돌려 그들이 달려오는지 찾아볼 여유는 없었다. 신마성의 전사들이 그럴 만한 여유는 주지 않고 있었다.

"얼마나 버틸 것 같으냐?"

신마성의 전사들이 으르렁대며 이맥을 몰아쳤다. 거의 동시에 두 개의 검이 이맥의 가슴과 다리를 베어왔다.

"얼마든지!"

이맥이 허공으로 떠올라 다리를 베어오는 적의 검을 피한 후 벼락처럼 뒤이어 가슴을 찔러오는 적의 검을 쳐냈다.

창!

날카로운 충돌음이 터져 나오면서 닥쳐들던 검이 허공으로 비껴 나갔다.

그런데 그 순간 한 명의 적이 앞선 적의 어깨를 밟고 오르며 이맥의 머리를 향해 무거운 도를 내려쳤다.

"젠장!"

생각지 못한 적의 공격에 놀란 이맥이 뒤로 물러났다.

턱!

이맥의 등이 어느새 바위에 닿으면서 그의 뒤를 막았다. 더 이상 뒤로 물러날 곳이 없었다.

"더 이상 물러날 곳은 없다!"

도를 내려치는 신마성 전사가 싸움을 끝낼 기회를 잡았다는 듯 호기롭게 소리쳤다.

순간 이맥이 재빨리 바위에 등을 대고 몸을 회전시켰다.

쾅!

이맥의 머리를 겨냥해 내려친 신마성 전사의 도가 아슬아슬 하게 이맥의 머리카락을 몇 가닥을 자르며 바위에 부딪혔다.

푸스스!

강력한 도에 격중당한 바위가 가루를 날리며 움푹 파였다.

순간 다른 신마 전사들이 일제히 이맥을 향해 도검을 뻗어냈 다. 도를 피하느라 이맥의 자세가 흐트러지고 허점이 드러났기 때문이었다.

순간 이맥이 기합성을 토해냈다.

"핫!"

이맥의 입에서 기합성이 터져 나오는 순간, 그의 몸이 바위를 타고 오르기 시작했다.

한 번의 도약으로 일 장 이상을 상승한 이맥이 몸을 수평으로 눕힌 채 바위를 걷는 듯한 자세를 취하며 재차 일 장 이상 위로 떠올랐다.

그리고 중력의 힘이 더 이상의 상승을 허락하지 않자, 강하게 바위를 차내며 허공으로 몸을 날렸다.

그렇게 날다람쥐 같은 신묘한 움직임으로 적의 공격을 피한 이맥이 허공에서 두어 번 공중제비를 돌더니 바위와 멀찍이 떨어진 곳에 내려섰다.

이맥과 신마성 전사들의 위치가 완전히 뒤바뀐 것이다.

그러나 그렇다고 이맥이 유리한 상황이 된 것은 아니었다.

"포위해!"

신마성 전사들의 우두머리로 보이는 자가 명령을 내리자 네 명의 신마성 전사들이 바위를 벗어난 이맥을 사방에서 포위했다.

냉정하게 보자면 이맥은 더 위험한 상황에 처하게 된 것이었다. 뒤를 막아줄 바위조차 없어졌기 때문이었다.

그러자 당연히 이맥에게 도주의 유혹이 생겼다. 그는 결코 무모한 청년이 아니었다. 굳이 목숨을 버리면서까지 이 싸움을 끌고 갈 이유가 없었다.

"까짓, 산장이나 지키면 그뿐이기는 한데……."

이맥이 망설였다.

후퇴를 한다면 한 놈을 살려서 데려가는 것은 불가능하다.

신마성의 전사들이 이맥이 부상당한 신마성 전사를 데려가는 것을 용납할 리 없을 뿐더러, 한 명을 들쳐 업고 도망친다는 건 불가능에 가까웠다. 가려면 빈손으로 돌아가야 한다.

"무슨 소리를 지껄이는 거냐?"

"······!"

신마 전사들은 이맥에게 고민할 시간을 주지 않았다. 사방에서 네 개의 도검이 교차하면서 이맥을 공격했다.

"젠장, 어쩔 수 없지!"

이맥이 가장 약해 보이는 자를 향해 폭사하며 중얼거렸다.

쾅!

"욱!"

이맥이 선택한 자가 이맥의 검에 실린 힘을 이기지 못하고 뒤로 튕겨 나갔다.

이맥이 그 틈을 놓치지 않고 열린 공간으로 뛰쳐나갔다.

그 순간 그의 등에 한 자루 도가 떨어져 내렸다.

삭!

날카로운 절단음과 함께 이맥은 등 뒤로 흘러드는 차가운 바람을 느꼈다.

"젠장!"

이맥이 욕설을 내뱉으면서도 좀 더 속도를 냈다. 등 쪽 옷이 잘리면서 아마 살도 베인 것 같았다. 그러나 다행히 그 상처가 그의 움직임을 방해할 만큼 깊지는 않았다.

팟!

이맥의 몸이 허공으로 치솟았다. 단번에 바위를 날아 넘으려는 의도였다.

그런 이맥을 향해 신마 전사들이 늑대처럼 달려들었다. 잡히는 순간 이맥의 몸은 갈갈이 찢길 것이 분명했다.

그런데 갑자기 바위 뒤에서 한 자루 검이 날아 넘어왔다.

픽!

갑자기 나타난 검이 이맥을 향해 달려드는 신마 전사 중 한 명을 벼락처럼 찔렀다.

"욱!"

가슴을 향해 찔러오는 검을 다급하게 몸을 틀어 어깨로 받아낸 신마 전사가 신음을 내며 뒤로 물러났다.

그러자 다른 신마 전사들 역시 황급하게 이맥에게서 멀어졌다.

"아주… 빨리도 왔구나?"

이맥이 바위 위에서 서서 자신의 곁에 내려서는 소의를 보며 불만스럽게 말했다.

"좀 지켜봤지. 네 싸움이니까. 괜히 끼어들어서 욕먹을까 봐. 그런데… 도망가려던 거였어?"

소의가 놀리듯 말했다.

"도망은 무슨, 다 작전이지."

"작전? 내가 보기에는 분명히 도망가려는 것 같던데?"

"포위를 흩뜨리고 한 명, 한 명 사냥하려던 거였어."

이맥이 화가 난 듯 말했다.

"하! 그래? 뭐, 그렇다고 해두자. 그나저나 끝을 봐야지?"

소의가 물었다.

그러자 이맥이 대답했다.

"물론, 사부께서 말씀하신 대로 데려갈 놈은 잡아놨으니 저것들은 모두 죽여 버려야겠다."

이맥이 자신을 도주하게 만든 신마성 전사들을 보며 살기를 드러냈다.

부인했지만 소의의 말처럼 그가 살기 위해 도주를 택한 것은 분명한 사실이어서 내심 화가 나 있었던 것이다.

"살벌하다, 살벌해. 아무튼 둘은 내가 맡을게."

소의가 이맥의 살기에 혀를 내두르며 먼저 바위에서 뛰어내렸다.

그러고는 불문곡직하고 신마성 전사 중 두 사람을 향해 달려들었다.

"좋아. 네놈들이 누굴 건드렸는지 알게 해주마."

소의가 먼저 적을 향해 돌진하자 이맥이 살기를 감추지 않고 소리치며 나머지 신마성 전사들을 향해 날아내렸다.

카캉!

이맥의 검이 격렬하게 적의 병기와 부딪혔다. 그중에는 대도로 자신을 곤란하게 만들었던 적들의 수장도 있었다.

이맥이 네 사람이 아니라 두 사람을 상대하는 싸움을 시작하자 전세는 단번에 역전됐다.

빛의 신전을 지키는 수문장, 이공의 두 제자 무공이 제대로 그 위력을 발휘하기 시작한 것이다.

"이놈들… 대체 네놈들은?"

격렬한 이맥의 공격을 막아내면서 연신 뒤로 밀리기 시작한 신마성 전사가 당황한 표정으로 중얼거렸다.

넷이서 상대할 때보다 이맥의 무공이 훨씬 강하게 느껴졌기 때문이었다.

당연한 일이었다. 다수의 적에게 포위된 이맥이 오직 방어에만 치중했기에 그의 본 실력이 제대로 발휘되지 않았을 뿐이다.

하지만 상황이 변해 공세로 전환한 이맥의 무공은 신마성 전사들의 예상을 훨씬 뛰어넘는 것이었다.

쉭쉭쉭!

날카롭게 바람을 가르며 뻗어가는 것은 검날이 아니라 검기다.

전사라 불리는 자들 중 무종의 인연이 닿아 무공을 수련한 자도 드물지만, 그중에서 이렇게 검기를 뿜어내는 전사는 더더욱 흔치 않다.

더군다나 그 검기를 뿜어내는 자가 아직 서른이 되지 않았다면 그 무공은 더욱 놀랄 만한 것이다. 이맥은 그런 무인이었다.

신마성 전사들이 순식간에 위기에 처했다. 이맥은 물론 소의까지도 개개인의 무공으로는 신마성 전사들을 훨씬 능가했다.

시간이 갈수록 몸에 상처가 늘어나고 개중에는 움직이기 힘든 부상을 입은 자도 나왔다.

"자, 이제 이 세상과는 작별해야지?"

이맥이 대도를 든 신마성 전사를 향해 날아들며 소리쳤다.

캉!

이맥이 자신의 검보다 훨씬 크고 무거운 도를 쳐냈다. 그러자 주인의 손을 벗어난 도가 회전하며 날아가 땅에 처박혔다.

그러자 이맥이 가차 없이 도를 놓친 신마성 전사의 목을 찔러 갔다. 그런데 그 순간 바위 위에서 이공의 목소리가 들렸다.

"그만해라!"

"아우, 또 왜 지금… 제길!"

신마성 전사의 목젖 앞에서 검을 멈춘 이맥이 나직하게 욕설을 흘렸다.

"너 지금 날 욕한 거냐?"

바위 위에서 이공이 물었다.

"아니요. 욕이라뇨. 무슨 말씀을! 제가 어떻게 사부님께 그런 불경한 행동을 해요. 다만, 사부님도 제자의 일을 방해하시면 안 되죠."

이맥이 퉁명스럽게 말했다.

"끝내 죽이려고?"

"우리가 언제 사정 봐주면서 적을 상대했나요? 죽일 자는 죽였지. 특히 산장을 노리는 자들은 살려둔 적이 거의 없잖아요?"

이맥이 검을 거두지 않고 물었다.

"그래도 세상일에는 예외란 것이 있으니까."

"살려주라고요?"

"그러자. 좋은 일도 생겼는데 우리도 이제 착하게 살아야지.

선업도 좀 쌓고. 특히 그분은 사람을 죽이는 걸 별로 좋아하지 않으시는 것 같더라고."

"핑계는……."

이맥이 나직하게 투덜거렸다.

"뭐라고?"

"아, 아닙니다. 아무튼 전 사부님의 명을 수행한 겁니다?"

"뭐, 그렇다고 해두자."

"아뇨. 확실히 해주세요. 저도 같이 떠나는 겁니까?"

이맥의 물었다.

"소의의 도움으로 네가 살아났지만, 결과적으로 놈들을 잡아 놓기는 했으니. 이럴 때는 사실 일의 성공 여부를 따지기가 묘하기는 하지만. 내가 인심 좀 쓰지. 사부 된 입장에서."

이공이 선심을 쓰듯 말했다.

"거, 좀 시원하게 잘했다고 해주면 안 됩니까?"

이맥이 검을 거둬들이며 소리쳤다.

"그래. 아주 잘했다!"

이공이 빈정거리며 대답을 하고는 훌쩍 몸을 날려 이맥의 검에서 살아난 신마성 전사 앞에 내려섰다.

"대체… 당신들은 누구요?"

신마성의 전사가 자신 앞에 서 있는 이공에게 물었다.

"넌 내게 목숨 빚을 졌다. 그렇지?"

이공이 신마성 전사의 질문에 대답하지 않고 물었다.

"…정말 우릴 살려주실 것이오?"

"대답 여하에 따라서."

이공이 대답했다.

"알고 싶은 게 뭐요?"

"왜 이 외진 곳의 산장을 살피고 있었지?"

"몰라서 묻소?"

신마성의 전사가 되물었다.

듣고 보니 당연한 반응이다. 애초에 소요산장을 원한 신마성이었다.

그들이 야왕성의 살수들을 보냈고, 그들이 죽자 지난번에는 신마성의 신마후 석중귀라는 자가 와서 놀라운 무공을 선보였었다. 물론 그 역시 이공의 손에 죽었지만.

그렇다면 당연히 신마성에서 다른 자들을 보내지 않을 리 없었다.

"좋아. 내가 멍청한 질문을 했군. 그럼 다르게 물어보겠다. 왜 바로 우리를 공격하지 않고 지켜만 본 것이냐? 앞서 온 자들의 복수를 하기 위해서라면 당연히 공격을 해야 했을 텐데?"

이공이 물었다.

"그 말은… 정말 석 신마후님을 당신들이 죽였다는 말이오?"

순간 이공이 씁쓸한 미소를 지었다.

이들은 자신이 석중귀를 죽였는지는 확신하지 못하고 있었던 것이다. 그런데 자신의 입으로 복수 운운했으니 스스로 그가 신마성의 신마후 석중귀를 죽인 것을 시인한 셈이다.

하지만 그렇다고 크게 낭패할 일은 아니었다. 그 사실이야 어떻게든 밝혀질 일이기 때문이었다. 아니면 오늘 이자들을 모두 죽여 묻어버릴 수도 있었다.

"그자, 내가 죽였지."

"아……!"

신마성의 전사가 이공의 말에 나직하게 탄식을 흘렸다. 예상은 했지만, 정말 이 외진 곳의 산장 주인이 대신마성의 신마후를 죽였다는 것을 믿기 힘든 모양이었다.

"제법 강한 자였어. 내가 평생 만나 본 적 중에 가장 강했을까? 뭐, 과거 흑라의 시대에도 소요산장을 욕심내서 몇몇 마귀들이 오기는 했었지. 그들도 강하기는 했었어. 그래도 그 석중귀라는 자가 조금 더 강했을 것 같긴 해."

이공이 중얼거리듯 말했다.

"정말… 당신이 신마후님을 죽인 거요? 정당한 대결로?"

"뭐, 이런 순진한 놈이 있지? 너 정말 신마성의 전사냐? 세상에 목숨을 건 싸움에 정당한 대결이 어디 있어? 어떻게든 살아남아야지. 아, 물론 그렇다고 내가 사특한 술수를 써서 그자를 죽였다는 건 아니야. 그자는 나보다 약했다. 그게 그가 죽은 이유다."

이공이 덤덤하게 말했다.

그 덤덤한 모습에서 신마성의 전사는 이공이 거짓말을 하고 있지 않다는 것을 알 수 있었다.

이자는 정말 신마후 석중귀를 순수한 무공으로, 그가 말한 정당한 대결로 죽일 수 있는 능력이 있는 것처럼 느껴졌다.

그러자 자연스럽게 다시 의문이 떠올랐다.

"당신들은 대체 누구요?"

만약 살아난다면 이 질문에 대한 답을 가져가야 목숨을 부지할 것이다.

그들을 이곳으로 보낸 신마후 룬은 적에게 잡혀, 신마성의 일을 발설한 자를 결코 살려주지 않을 것이기 때문이었다.

"질문이 아니라 대답을 잘해야 살 수 있다고 했을 텐데? 자, 나도 좀 묻자. 널 보낸 자는 신마성주인가?"

"……."

"죽는 걸 선택하겠다면 그것도 나쁜 것은 아니지. 사실 신마성에서 너희들을 보낸 것을 알고 있는데, 세세한 것이야 몰라도 상관없는 일이니까."

이공이 귀찮은 듯 검을 빼들었다.

순간 신마성의 전사가 급히 입을 열었다.

"말하겠소. 우리가 이곳에 온 것은 당연히 성주의 명에 의해서요. 하지만 우리에게 직접 명을 내린 분은 신마후 룬 님이시오."

"신마후 룬이라… 대체 신마성에는 몇 명의 신마후가 있는 거지?"

이공이 물었다.

그러자 오히려 신마성의 전사가 의아한 표정으로 되물었다.

"신마성에 대해 잘 알고 있는 것이 아니었소? 본 성에 일곱 분, 아니, 그중 한 분이 당신의 손에 죽었으니 이제 여섯 분의 신마후가 계시오. 그건… 조금만 신마성에 대해 알아본 사람이라면 모두 알고 있는 건데……."

"내가 군이 신마성에 대해 알 필요가 없었으니까. 물론 이제부터는 조금 알아봐야 할 것 같지만."

이공이 말했다.

이미 신마후 석중귀를 죽임으로서 은원이 생긴 사이다. 이젠 신마성을 무시하고 살아갈 수 없는 입장이었다.

"처음부터 신마성의 적은 아니었다는 것이오?"

신마성의 전사가 물었다.

"처음부터 원수인 사이가 어디 있겠느냐. 신마성에서 내 산장을 빼앗으려 하니까 이렇게 된 거지."

"고작 산장 하나 지키려고……."

"그 산장 하나 빼앗으려고 신마후까지 보낸 건 신마성이니까."

"석중귀 신마후께서는 소요산장을 빼앗기 위해 이곳에 오신 것이 아니오."

신마성의 전사가 말했다.

"아, 누군가를 찾고 있다고 했던가? 겸사겸사 내 산장도 빼앗으려 하고……. 아무튼 그래. 그자가 무슨 목적으로 이곳에 왔는지는 중요한 것이 아니지. 중요한 것은 그가 내 산장을 빼앗으려 했다는 거야. 그래서 그를 죽인 거고."

이공이 냉정하게 말했다.

"혹시… 신마성에 복속할 생각은 없소?"

"흐흐, 모두 같은 말을 하는군. 그런데 생각해 봐라. 내가 왜 신마성에 들어가겠나. 지금도 충분히 자유로운데. 하고 싶은 건 뭐든 할 수 있고. 부귀영화? 그따위 것 시간이 지나면 골치만 아파져. 지켜야 하는 게 늘어나면 인생이 피곤해지는 법이니까."

"그럼 당신은 영원히 신마성의 추격을 받게 될 것이오. 성주께서는… 결코 석중귀 신마후의 죽음을 용서치 않을 테니까."

"그러게. 일이 참 묘하게 꼬이기는 했어. 하지만 그건 뭐 나중에 걱정할 문제고. 그런데 신마성은 대체 어디서 튀어나온 거냐?"

이공이 세상 모든 사람들이 궁금해하는 것을 물었다.

아직까지 신마성의 정확한 기원에 대해서는 알려진 것이 없었다.

"그건 솔직히 나도 모르겠소. 성주께서 어떻게 일곱 분의 신마후님을 거두시고, 신마성을 세우셨는지는 오직 그분들만 알고 계실 것이오. 그 외의 신마 전사들은 일곱 분의 신마후께서 파나류 각지를 여행하면서 거둬들인 사람들이오."

"그럼… 흑라의 후예라는 설은 사실이 아닌 건가?"

이공이 고개를 갸웃했다.

"그건 나도 모르겠소. 성주께서 검은 마종 흑라와 연관이 있다는 사람도 있고, 아니라는 사람도 있으니까."

"그 비밀 역시 신마성주와 일곱 명의 신마후만 알고 있단 말이군."

"그렇소."

"제길, 그럼 좀 아쉽군. 괜히 그 석중귀라는 자를 죽였어."

이공이 정말 아쉬운 표정을 지었다.

그가 살아 있다면 신마성에 대해 더 많을 것을 알아낼 수 있을 거란 생각에서였다.

그러자 신마성의 전사가 고개를 저으며 말했다.

"그분이 살아계신다 해도 그분에게선 어떤 말도 듣지 못했을 거요."

"신마성주에 대한 충성심, 뭐 그런 건가?"

"그렇소. 우리 신마 전사들과 신마후님들의 성주님에 대한 충성심은 근본적으로 다르오. 그분들에게 성주님은……."

"목숨도 아깝지 않은 존재다?"

"아마도 그 이상일 것이오. 내가 평소 보아온 바로는… 사실 왜 그렇게 절대적인 복종심을 가지게 되었는지는 솔직히 나도 모르겠소."

신마성의 전사가 말했다.

"하나만 더 묻자. 혹시 신마성주가 과거 흑라처럼 신마성의 전사들에게 무종을 전하느냐? 과거 흑라는 다른 무종 종파의 고수들과 달리 거의 무한대의 무종 전수 능력이 있었다. 그래서 급격하게 흑라의 세력이 강해진 것이고. 물론 그 자신이 자신의 은신처에서 좀체 움직일 수 없다는 한계가 있기는 했지만……."

이공의 말대로 검은 마종 흑라가 역사상 가장 강력한 마인으로 인정되는 것은 그의 무종 전수 능력 때문이었다.

무인들이 제자에게 무종을 전수할 때는 항상 자신이 가진 내공을 내어줘 급격한 내공의 손실을 경험하게 된다.

그 이유로 한 무인이 무종을 전할 수 있는 제자의 숫자는 뛰어난 무인이라도 열 명이 넘기 어려웠다. 열 명 이상의 제자를 거둘 경우, 그 자신의 무공이 크게 손상되기 때문이었다.

독안룡 탑살의 경우에도 스물다섯 명의 제자에게 무공을 전수하느라 자신의 내공을 크게 손상시켰다는 말이 있었다.

그런데 검은 마종 흑라는 확인되지 않았지만, 수백 명 마인들에게 무종을 전한 것으로 알려져 있었다.

과장된 것이라 해도, 그가 수많은 마인들에게 무종을 전한 것은 부인할 수 없는 사실이었다.

무공을 수련한 자들, 십이신무종의 전설적 고수들까지도 설명할 수 없는 그 화수분 같은 무종 전수 능력이 그의 세력이 천하를 뒤덮는 것보다 더 큰 두려움을 육주의 무인들에게 주었었다.

그래서 만약 신마성의 성주가 흑라의 후예라면, 그래서 그가 흑라와 마찬가지로 마기로 알려진 그의 무종을 수많은 신마성 전사들에게 전할 수 있다면 그것만큼 두려운 일은 없었다.

세상사에 크게 관여하고 싶지 않은 이공이었지만, 그조차도 이 사실만은 확인하고 싶은 이유였다.

그러나 다행이도 신마성의 전사가 고개를 저었다.

"아직 성주께 무종을 전수받은 사람이 있다는 말을 듣지 못했소. 물론… 신마후님들은 어떨지 모르겠소. 그분들의 무공을 생각하면……."

"석중귀라는 자의 무공은 강하긴 했지. 무종이 궁금할 정도로……."

신마후 석중귀를 떠올리며 이공이 말했다.

"그분을 무공만으로 죽였다면 당신의 무공은 더 놀라운 것 아니오?"

신마 전사가 되물었다.

"후후, 그렇게 되나? 뭐, 내가 제법 강하기는 하지."

이공이 어깨를 으쓱하면 대답했다.

도도하게 느껴질 만도 하지만, 신마 전사는 그런 이공의 모습에서 보통의 무인들 이상의 그 무엇인가를 느꼈다.

"그래도… 성주님을 당하지는 못할 거요."

신마 전사가 말했다.

"신마성주… 음, 그럴 수 있어. 나도 그런 느낌이 들기는 해. 그를 상대할 수는 없을 것 같다는. 하지만 무슨 상관이냐. 내가 그와 싸울 일이 없는데."

"석중귀 신마후님의 죽음이 알려지면 성주께서 반드시 당신을 찾아올 것이오."

"그래? 겨우 수하 한 명의 복수를 하려고?"

"신마후님들께 성주님들이 중요하듯, 성주께도 신마후님들은 수하 이상의 존재들이시오."

"그래? 이상한 일이군. 본래 마인들은 수하에 대한 애정이 없는 법인데. 아무튼 좋아. 그런데 그럼 널 살려 보내줘야겠군."

이공이 말했다.

그러자 신마 전사의 얼굴에 생기가 돌면서도 한편으로는 불편한 감정도 드러냈다.

"내가 살아간다고 성주님의 복수를 막을 수는 없소. 난 그렇게 중요한 사람이 아니오. 신마성에서……."

"누가 너에게 신마성주를 설득하라고 했느냐? 넌 그냥 내 말만 전하면 돼. 한마디로 내 전령이 되는 거지. 그 말을 전하기 위해 살아 돌아왔다고 하면 그들이 널 죽이지는 않을 거다."

"그, 그야……."

신마 전사로서는 행운이나 마찬가지였다. 이 기이하고 강력한 무공의 소유자인 산장 주인으로부터 살아남을 수 있고, 돌아가서도 이자의 말을 전하기 위해 살아 돌아왔다는 핑계를 만들 수 있기 때문이었다.

"나쁘지 않지?"

"무슨 말을 전하면 되오?"

신마 전사가 물었다. 당연히 거절할 이유가 없는 제안이기 때문이었다.

"불가침!"

"……?"

"신마성이 날 건들지 않으면 나도 신마성의 일에 관여치 않겠다고 전하거라."

"그, 그건……."

신마성 전사의 입장에서는 거래가 될 수 없는 제안이라고 생각됐다.

노인이 아무리 강하다 한들 산장 하나 가지고 있는 자다. 그런 자를 상대로 대신마성이 불가침의 약속을 하는 것은 불명예스러운 일이었다.

더군다나 이미 그는 신마성의 수뇌부 중 한 명인 신마후 석중귀를 죽였다.

그런 신마 전사의 마음을 읽었는지 이공이 다시 입을 열었다.

"너더러 이 제안을 성사시키라는 말이 아니다. 다만 내 말을 전하라는 것뿐, 선택은 신마성주가 하겠지. 다시 사람을 보내거나 혹은 그 자신이 온다면 나도 그에 대한 대응을 하면 그뿐이니까. 할 수 있겠지?"

"말만 전하는 것이라면… 하지만 당신이 어떤 사람인지는 조금 더 알아 가고 싶소."

신마성 전사가 말했다.

"신마후라는 자들 중 하나를 죽였으니 무공은 대충 짐작할 것이고, 세력이라면… 후후 설마 산장 하나겠느냐?"

"그럼……?"

"그것까지 알 필요는 없고. 이렇게만 전해. 소요산장은 세상일에 관여하지 않고 조용히 살아가는 사람들의 창문(窓門)과 같은 곳이라고. 그 창문을 깨뜨리지 않는 이상 그 안에 사는 사람들이 세상으로 나올 일은 없을 거라고."

"……?"

이공의 말에 신마 전사가 더 강한 호기심을 드러냈지만, 그가 오늘 이공에게 들을 수 있는 말은 거기까지였다.

"돌아가자."

이공이 이맥과 소의를 보며 말했다.

"모두 놓아주고요?"

이맥이 물었다.

"그래."

"아니, 그럼 왜 처음부터 한 놈은 잡아오라고 했어요?"

이맥이 불만 가득한 표정으로 따졌다.

"이 녀석은 융통성이 없어, 계획은 언제나 변할 수 있는 거야. 그래서 뭐, 함께 여행 가지 않겠다는 거냐?"

"아, 아뇨. 그런 말은 아니고요."

"그럼 잔소리 말고 따라오기나 해."

이공이 퉁명스럽게 말하고는 소요산장을 향해 걸음을 옮기기 시작했다.

이공이 돌아가자 신마성의 전사들이 어색한 표정으로 서로를 바라봤다.

살아남았다는 안도감이 있기는 했지만, 그들을 공격한 자들의 행동이 종잡을 수 없이 엉뚱해서 도대체 자신들에게 무슨 일이 일어났는지 이해하기 힘들 정도기 때문이었다.

그러다가 그나마 이공과 이야기를 나눈 우두머리가 입을 열었다.

"그만 가자."

"성으로 돌아가는 겁니까?"

다른 신마 전사가 물었다.

"돌아가야지. 이 정도면 충분하다."

"하지만 저들의 정체도 모르는데 이대로 돌아갔다가는……."

"그럼 여기 남아서 더 할 일이 있느냐? 남는다고 저들의 정체를 알아낼 수 있는 것도 아니고, 혹시라도 떠나지 않은 것을 알게 되면 다음번에는 반드시 우리 목을 벨 자들이다."

"…그렇긴 하지요."

"그리고 가서 오늘의 일을 전하면 룬 신마후께서도 돌아온 것을 책망하지는 않으실 거다. 그자의 말… 흘려듣기에는 의미심장해. 우리가 모르는, 세상에 알려지지 않은 강력한 세력이 있다는 의미이니까."

우두머리의 말에 신마 전사들이 고개를 끄떡였다. 그들 역시 산장 주인 노인에게서 무공 이상의 특별한 느낌을 받았기 때문이었다.

더군다나 소요산장을 창문에 비유한 노인이 말은 섬뜩한 기분까지 드는 경고였다.

더 이상 그들을 자극하는 것이 위험한 적을 만드는 일이라면, 그 결정은 자신들이 할 수 없었다.

"출발하자. 오청을 부축해."

"알겠습니다."

명을 받은 신마 전사들이 이맥에게 제법 큰 부상을 입은 동료를 향해 걸어갔다.

그렇게 부상당한 동료까지 챙긴 신마 전사들이 서둘러 숲을 떠나기 시작했다.

"돌아오는데?"

왕도문이 말했다.

한동안 산장 안에 있던 소룡오대는 어느새 산장 밖으로 다시 나와 있었다.

산장 주인 이공은 산장 안에 머물기를 권했지만, 오랫동안 돌아오지 않는 이공과 그 두 제자에 대한 궁금증으로 산장 안에만 머물기가 힘들었던 것이다.

그런 일행의 눈에 이공과 그 두 제자가 보인 것은 그들이 산장을 떠난 지 한 시진 정도나 지난 후였다.

"다친 사람은 없는 것 같지?"

하연이 눈을 가늘게 뜨고 이공 등을 살피며 물었다.

"응, 모두 멀쩡해 보여."

"다행이네. 그런데 이 작은 산장은 참 바람 잘 날이 없네. 지난번에도 그렇고, 들를 때마다 싸움이 벌어지니. 이 산장을 지키는 일도 쉽지는 않겠어."

하연이 중얼거렸다.

"맞아. 매일 싸우면서 지켜야 하니 쉬운 일은 아니지. 그나저나 오늘은 우리도 떠나야지?"

왕도문이 소독에게 물었다.

그러자 소독이 다른 일행들을 돌아보며 물었다.

"혹시 조금 더 쉬고 싶은 사람?"

소독의 물음에 아무도 쉬자고 말하는 사람은 없었다. 일행 모두 오랫동안 묵룡대선을 떠나 있었기에 서둘러 봄섬으로 돌아가고 싶은 생각이 간절했다.

"반대가 없으면 오늘 떠나는 것으로 하자."

소독이 떠날 것을 결정할 때쯤 이공 등이 일행 가까이에 도착했다.

"오늘 떠나시려고?"

이공이 물었다. 아마도 소독의 말을 들은 모양이었다.

"그렇습니다. 갈 길이 제법 멀어서. 그런데 가셨던 일은……?"

"뭐, 좋게 끝났소. 제놈들은 제놈들 갈 길 가고. 서로 간섭하지 않기로."

"다행이군요."

"오랫동안 산장을 운영하다 보면 이런 일은 비일비재해서… 그나저나 떠나기 전에 장씨가 한번 만나고 싶다던데……."

"장씨라면… 아! 장마산 아저씨요?"

소독이 되물었다.

"그 사람 말고 장씨가 이곳에 있겠소?"

"그분이라면 당연히 만나고 가야죠. 고마우신 분인데 작별 인사도 없이 갈 수는 없지요."

소독이 대답했다. 오대의 소룡들은 장마산이 열화산에서 무한을 찾아준 것을 무척 고마워하고 있었다.

"거… 내가 들어보니까 작별 인사를 하려는 것만은 아닌 것 같던데……."

"그럼 무슨 일로?"

"그건 직접 들어보구려."

이공이 말을 얼버무리고는 산장 안으로 들어갔다.

"뭘까? 혹시 지난번 일에 대해 대가를 더 원하는 걸까?"

이공이 들어가자 왕도문이 고개를 갸웃하며 입을 열었다.

"글쎄. 그럴 수도 있지만, 그분 성격을 보건데 지난 일에 대한 대가를 나중에 요구할 분은 아닌 것 같은데……."

하연은 왕도문과 생각이 다른 듯 보였다.

"그럼 그 양반과 우리가 할 이야기가 뭐가 있지? 작별 인사를 하는 것 말고는."

왕도문의 고개를 갸웃했다.

"일단 만나 보면 알겠지."

소독이 중얼거렸다.

장마산이 찾아온 것은 무한 일행이 한창 떠날 준비를 하고 있을 때였다.

　산장으로 오면서 다시 말을 구했기에 무한 일행이 직접 짐을 등에 질 일은 없었다.

　산장 앞에 늘어선 말 등에 단단히 짐이 실려 있는 것을 보며 장마산이 마치 자신이 할 일인 듯 말들의 상태를 먼저 살폈다.

　어쩌면 당연한 일이었다. 이 말들을 구해준 것이 장마산 자신이기 때문이었다.

　"오셨어요?"

　무한이 먼저 장마산에게 인사를 했다.

　"아, 소년 무사님, 푹 쉬셨소?"

　장마산이 밝은 표정으로 되물었다.

　"예. 노숙만 하다 제대로 된 잠자리에서 잠을 자니 금세 피곤이 풀리네요."

　"하하, 다행이오."

　장마산이 가볍게 웃음을 흘렸다. 그 역시 다른 소룡들과 달리 무한에게는 남다른 마음이 있는 것 같았다.

　"그런데 저희에게 하실 말씀이 있다고 그러던데 무슨 일이죠?"

　무한이 물었다.

　"그게… 다른 분들 모두 계신 곳에서. 말하고 싶은데……."

　장마산이 말꼬리를 흐렸다. 척 봐도 제법 꺼내기 힘든 말인

듯 보였다.

그러자 오대의 소룡들과 석와룡, 그리고 두굴이 하나둘 두 사람 주변으로 모여들었다.

"이제 모두 모였으니까 말씀해 보시죠."

소독이 말했다.

"그게… 그러니까. 에아, 툭 까놓고 말해서. 여러분이 묵룡대선의 사람들이란 것은 더 이상 제게 비밀은 아니오."

"그야 여행 초기에 이미 아셨을 거고요."

소독이 고개를 끄떡였다.

"그런데 묵룡대선은 상선이니 꼭 여러분 같은 무사들만 필요한 것은 아니지 않소?"

장마산이 물었다.

순간 무한 일행은 장마산의 원하는 것이 무엇인지 알아챘다.

"묵룡대선을 타고 싶으신 건가요?"

소독이 확인하듯 물었다.

"내가 알고 있기에는 묵룡대선이라는 곳은… 음, 그러니까. 대영웅 독안룡 탑살 님이 대해를 항해하는 배를 말하는 것이기도 하지만, 독안룡 탑살 님이 이끄시는 하나의 세력을 말하는 것으로도 알고 있소. 그리고 배를 타는 사람들 말고 일부는 세상의 몇몇 곳에 있는 묵룡대선의 근거지에 정착해 살고 있다고도 들었소."

"묵룡대선에 대해 많이 알아보셨군요?"

소독이 되물었다.

"가족을 모두 데리고 가 의탁하고 싶은 곳이니 할 수 있는 만

큼 알아봐야지 않겠소? 물론 독안룡 탑살 님에 대해서는 따로
알아볼 필요도 없는 분이지만."

"가족 모두요?"

소독이 놀란 얼굴로 되물었다.

소독만이 아니었다. 무한 일행 모두 놀라서 장마산을 바라봤
다. 그들은 장마산이 묵룡대선에서 일거리를 찾는 거라고 생각
했지, 가족 모두의 이주를 생각하고 있을 거라고는 생각지 않았
던 것이다.

"그렇소."

"청류산을 아예 떠나려는 건가요?"

소독보다 먼저 무한이 물었다.

"그렇소, 소년 무사님"

장마산이 대답했다.

"왜……?"

이유를 묻다가 문득 무한이 뭔가를 떠올리고는 입을 닫았다.
그리고 무한의 짐작한 이유를 장마산이 대답했다.

"여기 산장 주인 어르신께서 꽤 오랫동안 산장을 비우신다고
하더구려. 아주 먼 곳까지 여행을 하신다고 하는데… 솔직히 우
리 식구들은 그간 소요산장에 얹혀서 먹고살아 왔소. 소요산장
에서 필요한 채소를 대거나, 간혹 지난번처럼 소요산장에 들르
는 손님들의 길잡이 노릇을 하면서도 말이오. 그런데 어르신께
서 산장을 떠나시면 당장 먹고살 일이 걱정이 되니, 나도 식솔들
을 먹여 살릴 다른 방도를 찾아야 할 상황이라오."

장마산이 하소연하듯 말했다.

"하지만 그런 이유라면 묵룡대선 말고도 근방의 다른 마을로 가셔도 될 텐데… 아니, 여기 머물면서 어르신이 없는 동안 산장을 돌봐도 되지 않나요?"

듣고 있던 하연이 물었다.

"그게 쉽지 않다는 것을 알고 있지 않소? 하루가 멀다 하고 산장을 뺏으려는 자들이 찾아오고, 또 지금 파나류 북부는 신마성의 마인들로 인해 전쟁의 위험이 가득하오. 이런 곳에서 식구들을 돌보는 일은 결코 쉽지 않소. 더군다나 나는……."

장마산이 말꼬리를 흐렸다.

이번에도 일행은 장마산이 무슨 말을 하려했는지 짐작할 수 있었다. 갈륵족의 마지막 후예인 자신이 신마성의 광풍 아래서 살아남기는 어려울 거라 생각하고 있을 것이다.

그가 갈륵족의 후예란 사실이 알려지는 순간, 신마성의 성주는 반드시 그를 데려가려 할 것이기 때문이었다.

"음… 사정은 알겠지만 우리가 결정할 일은 아니군요."

소독이 한숨을 쉬며 말했다.

"물론 그 역시 알고 있소. 그래서 내가 부탁하는 것은 나와 가족들을 일단 독안룡님이 계시는 곳까지만 데려가 달라는 것이오. 독안룡님의 허락을 받지 못하면, 무산열도 어느 무인도에 들어가 사는 것도 나쁘지 않을 것이오. 적어도 이 파나류 땅보다는 안전할 테니까."

장마산이 말했다.

그러자 오대의 소룡들이 서로를 돌아봤다. 그러다 무한이 입을 열었다.

"사형들, 일단 그렇게 해요. 선장님을 만나게 해드리는 건 어려운 일이 아니잖아요? 선장님도 아저씨 같은 분은 반드시 필요로 할 것 같은데요."

"그렇긴 한데. 에이 뭐, 그렇게 하시죠. 파나류를 벗어날 때까지는 오히려 우리가 도움을 받을 것 같기도 하고요."

소독이 무한을 구해준 고마움 때문인지 오래 고민하지 않고 장마산 가족의 동행을 허락했다.

"고맙소. 무사님! 내가 이 은혜는 있지 않겠소."

장마산이 환한 미소를 지으며 말했다.

"그런데 떠날 준비를 하시려면 얼마나 걸리시겠어요?"

소독이 물었다.

그러자 장마산이 고개를 저으며 대답했다.

"지금 바로 떠날 수 있소. 사실… 이미 떠날 준비를 끝내놓았소이다. 흐흐!"

제6장

조우(遭遇)

장마산의 식솔은 장마산을 포함해 모두 다섯이었다. 그의 아내와 세 아이였는데, 세 아이 중 둘은 남자아이였고, 막내가 여자아이였다.

　　길 떠나기 전 장마산은 짧게 자신의 가족을 소개했다.

　　그의 아내는 하와라는 이름을 가지고 있었는데, 그녀가 갈륵족의 피를 이어받았는지는 알 수 없었다.

　　아마도 가족의 안전을 위해서인지 장마산은 아내의 출신을 밝히지 않았다.

　　두 아들은 용, 호라는 이름을 가지고 있었다. 강맹한 이름을 두 아들에게 지어준 것은 아마도 장마산이 과거 강맹했던 갈륵족의 영화를 두 아들이 재현해 주기를 바라고 있기 때문일 것이다.

그런데 사실 무한 일행의 가장 많은 관심을 받은 사람은 장마산의 아내나 두 아들이 아니라 그의 막내딸 장온이었다.

소녀 장온은 열다섯 살이라고 했는데, 겉으로 보기에는 두 오빠보다 더 성숙해 보였다.

물론 외모로 보자면 아직 앳된 소녀인 것은 분명했다. 하지만 그녀의 행동 하나, 말 한마디는 어른 이상의 침착함과 통찰력을 가지고 있었다.

일행은 길을 떠난 지 얼마 되지 않아 장온이 나이답지 않은 특별한 느낌을 주는 이유를 알게 되었다.

장마산은 굳이 언급하고 싶어 하지 않았지만, 장마산의 막내딸 장온은 소위 말하는 천재라 부를 수 있는 소녀였다.

감추려 해도 감출 수 없는 지식들, 예를 들어 그녀는 파나류에 대한 지식이나 그 땅에서 자라는 나무와 약초, 그리고 꽃들에 대해 장마산보다도 많은 것을 알고 있었다.

그리고 자신이 가보지 않은 세상에 대해서도 노련한 여행가만큼이나 많은 지식을 가지고 있었다.

특히 일행을 놀라한 것은 공기의 온도와 흐름, 그리고 하늘의 변화에 따라 앞으로의 날씨를 정확하게 예측하는 장온의 능력이었다.

장마산은 그럴 때마다 화를 내며 장온의 말을 막으려 했지만, 그녀의 능력은 주머니 속에 감춰진 송곳처럼 시도 때도 없이 불쑥불쑥 튀어나왔다.

그런 감각들은 단지 그녀가 혈통으로 이어진 갈륵족 특유의 뛰어난 오감 때문이라고만은 설명할 수 없을 만큼 특출난 것이었다.

그래서 결국 며칠 지나지 않아 무한 일행은 그녀가 소위 말하는 천재류의 사람이라는 것을 인정할 수밖에 없었다.

물론 장마산은 일행의 그런 판단을 극구 반대했지만.

장온의 능력은 일행의 여행에 적지 않은 도움을 주었다.

예를 들면 노숙할 장소를 정할 때가 되면 그날 밤 날씨를 예측한 장온의 의견이 그대로 반영됐다.

비가 올 것이라고 하면 비를 피할 수 있는 바위 밑으로, 날이 좋을 거라 할 때는 하늘의 별을 구경할 수 있는 초지에 노숙지를 만드는 식이었다.

모든 것이 완벽한 듯한 여행은 단 한 가지 사실만 빼면 평온했다.

그들이 지나는 작은 마을, 그리고 길 위에서 만난 여행자들로부터 들려오는 소식들이 그것이었다.

이왕사후의 패배는 일행의 생각보다 훨씬 심각한 타격을 입은 패배였다.

특히 일행을 충격에 빠뜨린 것은 북천성주 천무환의 죽음이었다. 그 소식은 일행이 북쪽 해안에 거의 다다랐을 때 전해졌다.

소식을 전한 사람들은 신마성이 자리를 잡은 소악산 인근에 살던 원주민들이었다.

그들은 원정대와 신마성의 대병력이 소악산 근처에서 충돌하자 오랫동안 살아왔던 고향 마을을 떠나 소악산에서 멀리 떨어진 파나류 북부까지 피난을 와 있었다.

원주민들은 어느 쪽이 이기든 전쟁이 끝나면 고향으로 돌아
갈 생각을 하고 있었기에, 전황에 관심이 많았고, 떠나온 마을
근처에 여전히 남아 있는 사람들에게서 전쟁 소식을 빠르게 전
해 받고 있었다.

그런 사람들에게 들은 소식이라 천무확이 죽었다는 것은 그
저 풍문으로 치부할 문제가 아니었다.

여행의 거의 막바지에 있던 일행은 그래서 괜한 분란에 휩쓸
릴까 봐 조금 험하더라도 외지고 인적 드문 길을 찾아 배를 숨
겨둔 북부 해안으로 이동했다.

그리고 배를 숨겨둔 해안가 숲까지 반나절 거리를 남겨두고
마지막 노숙을 준비하기 시작했다.

끝없이 이어진 검은 숲은 바다를 실제 거리보다 훨씬 멀게 느
껴지게 만들었다.

구릉이라고 부르는 것이 더 적당한 작은 산 중턱, 파나류 북
부 해안의 습한 기운을 피해 노숙하기에 적당한 장소에 자리를
잡은 무한 일행은, 이른 저녁을 해 먹고 바위 사이에 모닥불을
피운 후 옹기종기 둘러앉아 두런두런 이야기를 나누고 있었다.

긴 여행의 끝자락이라는 생각에 일행 누구도 쉽게 잠자리에
들지 못했다.

한쪽에서는 새로운 세계로 떠난다는 생각에 장마산 가족 역
시 쉽게 잠을 청하지 못했다.

그래서 일행 모두 밤이 깊도록 그들이 지나온 여행에 대해, 그
리고 그들이 떠나 있던 동안 봄섬과 묵룡대선에 어떤 변화가 있

었을지에 대해 이야기를 나누었다.

특히 일행의 관심이 가는 것은 다른 소룡들의 귀환이었다.

"모두 우리보다 뛰어난 사람들이니까 무사히 돌아왔겠지. 우리처럼 사막으로 간 것도 아니고……."

죽은 자들의 섬과 무산열도 북쪽으로 여행을 간 소룡들의 귀환을 궁금해하는 하연에게 왕도문이 말했다.

"누가 우리보다 뛰어난데?"

소독이 차가운 표정으로 물었다.

"어… 그야 첫째 사형이나. 이대의 악릉 사형 같은 경우에는……."

왕도문이 소독의 기세에 놀란 듯 질문에 말꼬리를 흐렸다.

"무공은 자신감이 오 할이라고 사부께서 말씀하셨다. 이제 돌아가면 본격적인 경쟁이 시작될 텐데, 시작도 하기 전에 자신 없는 소리는 하는 게 아니지."

소독이 굳은 표정으로 말했다.

"아니, 그야 모르는 건 아니지만, 전위 사형과 악릉 사형의 무공이 강한 것은 인정해야 하는 거 아냐?"

왕도문이 소독의 말에 반발했다.

"글쎄… 결과는 겨뤄봐야 알지. 예전에 가름섬에서 칸은 대사형과 위험한 순간까지 겨뤘었어."

"그야……."

"대사형이 방심해서라고?"

"꼭 그렇다기보다… 그렇다고 칸이 이긴 건 아니잖아?"

왕도문이 되물었다.

"물론 그렇지. 하지만 당시의 칸보다 우리가 약할까?"

"그렇지는 않겠지."

"그러니까 하는 말이야. 우리가 소룡이 돼서 무공을 수련한
지 벌써 칠팔 년이 되어가. 무종을 전수받은 사람들에게 이런
말이 있어. 무종의 씨앗이 십 년을 자라면 이후부터 그 나무의
크기는 가늠할 수 없다. 무슨 뜻인지 알지?"

"그야… 수련의 시간이 길어지면 내공의 차이는 조금 있을 지
언정 무공의 강약은 사람에 따라 달라진다는 말이잖아."

왕도문이 대답했다.

"이제 곧 십 년이다. 그러니 이제 시간 핑계는 그만 대고 스스
로의 능력을 증명할 시간이 오고 있는 거야. 그런 면에서 이 여
행. 난 좋았어. 너희들은?"

소독이 왕도문뿐 아니라 다른 오대의 소룡들을 돌아보며 물
었다.

그러자 갑자기 질문을 받은 소룡들이 잠깐 당황한 표정을 지
었다.

"글쎄… 뭔가 변한 것 같기는 한데, 정확하게 뭐가 변했는지는
잘 모르겠어. 일단 누군가와 싸워봐야 알 것 같은데? 하지만 어
떤 식으로든 발전한 것은 분명해. 역시 고난은 사람을 강하게 만
드나 봐."

하연이 먼저 대답했다.

"난… 조금 넓어진 것 같다."

하연의 말이 끝나자 이산이 입을 열었다.

"넓어졌다는 건 무슨 뜻이야?"

하연이 되물었다.

"이곳에 오기 전 나는 검법에 집착했지. 그런데 이번 여행을 하면서 그 집착에서 벗어난 듯한 느낌이야. 날 지키고 강하게 하는 것은 나 자신이지, 검이 아니라는 거지."

"야! 너무 수준 높은 이야기 아니냐? 너 그러다 깨달음을 찾는 구도승이 될 수도 있겠다?"

왕도문이 놀리듯 말했다.

그런데 이산의 반응이 모두를 다시 한번 당황시켰다.

"훗날 그럴지도 모르지. 가끔 그런 생각을 했으니까."

"야… 또 그렇다고 중까지 되는 것은 좀……."

놀란 왕도문이 말리듯 말했다.

"당장은 아니니까. 걱정 말고."

이산이 당황한 왕도문의 얼굴을 보며 가볍게 웃음을 지었다.

"비옥은?"

소독이 사비옥을 보며 물었다.

"나도 꽤 나아진 것 같아. 사부께서는 항상 내가 재기가 지나쳐 무공을 빨리 이해하기는 하지만 끈기가 부족해 대성하는 데 방해가 될 거라고 하셨지. 그 끈기를 배운 것 같아."

"음… 지구력이 늘었다면 괜찮은 발전이지."

소독이 사비옥의 얻은 것이 적지 않다는 것을 알아채고는 고개를 끄떡였다.

그러다가 문득 소독의 시선이 무한에게 향했다.

"칸 동생, 너는 어때?"

"저요?"

무한이 설마 자신에게까지 질문이 돌아올 거라 생각을 못 했는지 놀란 표정으로 되물었다.

"응, 내 생각에 칸이야말로 가장 많이 변한 것 같은데… 그 뭐랄까……."

소독이 무한에게 관심을 보이자 하연도 거들었다.

"그래 나도 그렇게 생각해. 너 좀 뭔가 달라진 것 같아. 특히 사막에서 우리와 떨어져 있던 시간에 말이야. 솔직히 말해봐! 어떤 변화가 있었어?"

하연이 죄인을 취조하듯 무한을 다그쳤다. 물론 장난스러운 행동이란 것을 모두가 알고 있었다.

그래서 그녀의 질문에 몇몇 사람들은 피식피식 웃기도 했다.

"뭐… 아주 특별한 일이 있었죠."

칸이 씩씩하게 대답했다.

"야! 내가 농담을 한다고 너도 농담으로 대답하냐? 이게 죽을라고!"

하연이 무한에게 주먹을 들어 올리며 소리쳤다.

"그게 아니고요. 정말 특별한 일이 있었다니까요."

"뭐? 어떤 특별한 일!"

"제가 사막을 아주 오랫동안 혼자 걸었잖아요."

"그게 뭐?"

"그게 뭐라뇨? 그게 얼마나 특별한 경험인지 아세요? 그리고 그런 시간을 경험한 사람이 그 전과 같을 수 있다고 생각하세요?"

"…아니, 지금 너 나한테 따지는 거냐?"

하연이 다시 눈을 부라렸다.

"따지는 게 아니라 그냥 그렇다는 거죠. 철저히 혼자서, 그것도 생명을 갉아 먹는 더위와 추위, 그리고 끝없는 사막의 막막함을 견디다 보면 그동안 생각지 않았던 것, 느끼지 못했던 것들… 그리고 돌아보지 못했던 것들을 되새기게 되더라고요. 무공에 대한 것도 마찬가지고요. 물이 없어서 거의 죽을 것 같은 상황에선 내 몸에 존재하는 사부께서 심어주신 무종의 씨앗이 거의 완벽하게 느껴지기도 했어요. 그래서 그 무종의 씨앗을 좀 더 잘 다룰 수 있게 된 것 같아요. 그런 시간을 보냈는데, 제가 안 변할 수 있겠어요?"

무한의 대답에 소룡들이 저마다 고개를 끄떡였다. 그들 역시 사막을 여행하기는 했으나, 무한처럼 홀로 떨어져 완벽한 고독 속에서 여행한 것은 아니었다.

하지만 무한은 그런 경험을 했다. 그리고 그런 순간들이 무공을 수련하는 무인에게 생각지 못한 커다란 깨달음을 줄 수도 있다는 것을 모두 알고 있었다.

"그래서 정확하게 어떤 변화가 있었지?"

소독이 정색한 표정으로 물었다.

"글쎄요. 그건… 말로 설명하기가. 다만 천년구공이나 다른 무공들… 특히 파랑십이검에 대해 이해되지 않던 것들이 이해되더라고요. 이후에는 천년구공을 운기하기가 한결 편해졌고, 덕분에 공력도 이전과 달리 훨씬 빠르게 축적되는 것 같아요. 그래서 결과적으로 저 꽤 강하진 것 같아요. 무종의 씨앗에 집중할 수 있었던 그 시간이 정말 큰 도움이 된 것이지요."

"거기다가 넌 천재지."

사비옥이 불쑥 말했다.

"에이, 그건……!"

무한이 고개를 저었다.

"아니, 넌 천재야. 사막을 외롭게 여행한 모든 사람들이 너와 같은 깨달음을 얻는 것은 아니니까. 애초에 네가 사부님의 제자가 된 이후 넌 언제나 우리를 놀라게 만들었지. 전위 대사형이나 두굴 형님과의 비무도 그렇고… 바다에서는 괴선의 고수도 죽였잖아? 그 모든 것이 우연이라고 말할 수는 없지. 우연은 그렇게 연이어 일어나지는 않으니까."

사비옥이 침착하게 말했다.

그러자 하연이 다시 끼어들었다.

"맞아. 넌 정말 재수 없는 천재류의 녀석이야. 아……! 부러워라. 설마 지금 비무하면 내가 지는 거 아냐? 그런데 너 이 자식, 네가 말한 것 말고 다른 것도 변한 것 알아?"

"또 뭐요?"

"뭐랄까? 갑자기 나이를 먹은 것 같달까?"

"늙었다는 겁니까? 그건 욕이죠."

이번에는 무한이 화를 냈다.

"야! 늙었다가 아니라 어른이 된 거 같다고"

하연이 같이 소리를 질렀다.

"그 전에도 제가 좀 어른스럽기는 했잖아요?"

"야야, 그만두자. 이제 보니 아주 뻔뻔해지기까지 했네."

하연이 손을 저으며 중얼거렸다.

그런데 그 순간 갑자기 사람들의 이목에서 벗어나 있던 두굴의 호위무사 바루호가 입을 열었다.

"누가 오고 있습니다."

*　　　　*　　　　*

후욱후욱!

숨이 넘어갈 듯한 거친 숨소리가 연신 흘러나왔다.

그럼에도 사람들은 달리기를 멈추지 않았다. 그들은 가끔 뒤를 살피며 추격자의 존재를 확인하곤 했는데, 다행인지 어둠 속에서 그들을 쫓는 자들은 보이지 않았다.

"성주님 잠시 쉬어가는 것이……?"

문득 앞서서 길을 열고 있던 초로의 전사가 뒤를 돌아보며 물었다.

그러자 한눈에 봐도 대단한 신분을 가진 것으로 보이는 노인이 고개를 저었다.

"아니, 해안까지는 계속 간다."

노인은 비록 지친 듯 보였지만, 입고 있는 전갑은 화려했고, 쓰고 있는 투구 역시 금빛으로 번쩍였다.

피 묻은 갑옷들이지만, 그의 복장은 그의 신분이 고귀하다는 것을 말해주고 있었다.

"아버님, 잠깐이라도 쉬시지요. 더 이상의 추격은 없을 듯합니다만."

금빛 갑옷의 인물을 바싹 따르고 있던 삼십 대의 전사가 말했다.

"지쳤느냐?"

금빛 갑옷의 인물이 되물었다.

"그런 것은 아니지만, 잠시 휴식을 취하면 좀 더 빨리 움직일 수 있을 것입니다."

"음… 모두 지치기는 했지. 하긴 잠깐 휴식으로 원기를 회복하면 더 빨리 움직일 수도 있을 게다. 좋아. 이각만 쉬어 간다."

"예, 성주!"

앞서 쉬어 갈 것을 권유했던 초로의 노인이 대답을 하고는 뒤따르는 일행에게 소리쳤다.

"쉬어 간다. 시간은 이각! 허기가 지는 자는 건량으로 요기를 하고, 진기가 부족한 사람은 운기로 기운을 되찾아라. 휴식이 끝나면 해안가까지 쉬지 않고 이동할 것이다. 해안에 도착해 배를 구하지 못하면 나무를 베어서 뗏목이라도 만들어 대양으로 나갈 것이다. 그러니 쉴 수 있을 때 충분히 기운을 회복하라."

"예, 대전사님!"

노인의 지시를 들은 십여 명의 전사들이 일제히 대답했다.

그들 역시 지친 모습이기는 했으나, 눈에서 여전히 정광이 흐르고 있었다. 이들이 오랫동안 험한 전장을 거쳐 온 노련한 전사들임을 말해주는 눈빛이었다.

노련한 전사들의 행동은 그들의 눈빛만큼이나 빨랐다.

그들은 즉시 부상당한 사람들에게 쉴 수 있는 자리를 마련하고, 가지고 온 짐 속에서 건량을 꺼냈다. 그리고 주변을 살펴 깨끗한 물을 찾아 수통을 채웠다.

그렇게 쉴 준비를 빠르게 끝낸 전사들은 초로의 전사 명대로 허기를 채울 사람은 허기를 채우고, 운기를 해 기운을 회복할 사람들은 운기를 하기 시작했다.

조용한 침묵, 그 속에서 화려한 갑옷의 노인이 우울한 시선으로 몸을 회복하기 위해 애쓰고 있는 자신의 전사들을 바라보고 있었다.

그의 곁에서는 그의 아들이 역시 지친 몸의 기운을 조금이라도 되찾기 위해 노력하고 있었다.

"대전사."

성주로 불린 노인이 모든 사람이 휴식을 취함에도 불구하고 자리에 앉지 않고 주변을 살피고 있는 초로의 전사를 불렀다.

"예, 성주님, 필요한 것이라도……?"

"좀 앉지."

"아닙니다."

"아니야. 앉게. 대전사도 피곤하다는 걸 아네. 그 어떤 사람이 이런 고된 행군이 피곤하지 않겠는가?"

성주라 불린 노인의 말에 초로의 전사가 잠시 망설이다가 결국 그의 주군 곁에 자리를 잡고 앉았다.

그러자 성주가 흡족한 표정을 지으며 입을 열었다.

"참… 힘든 여정이지?"

"뭐… 전장이 다 그런 것 아니겠습니까?"

대전사라 불린 초로의 노인이 별일 아니라는 듯 대답했다.

"그렇긴 해도 이런 경험은 처음이군. 더군다나 이곳은 바다가 아니니까."

"만약 바다였다면… 이런 일은 없었겠지요."

초로의 전사가 대답했다.

"그래 바다였다면… 우리 해신성의 전사들이 그렇게 허무하게 죽어가지는 않았겠지."

성주라 불린 노인이 다시 떠올리기 싫다는 듯 눈을 감으며 말했다.

노인은 소악산 인근 분지에서 신마성의 기습을 받고 패한 후 도주를 선택한 이왕사후 중 한 명인 해신성의 성주 궁마천이었다.

그는 다른 이왕사후와 달리 금하강 상류 량산에 있는 제일원정대 거점으로 향하지 않고 파나류 북쪽의 길을 택해 도주하고 있었다.

금하강 상류의 량산으로 가는 길은 신마성의 마인들에 의해 봉쇄됐을 거란 판단 때문이었다.

일단 파나류 북부 해안에 도착하기만 하면, 그는 살아도 자신의 성, 해신성으로 돌아갈 자신이 있었다. 바다에서는 설혹 그것이 급하게 만든 뗏목이라 할지라도 어떤 적도 상대할 자신이 있는 궁마천이었다.

그래서 선택한 북쪽의 도주로, 검은 땅과 검은 강, 그리고 거칠고 험한 산길의 연속이었지만, 그의 선택은 지금까지는 나쁘지 않았다.

소악산 근방을 벗어날 때까지만 해도 종종 신마성 마전사들을 만나기도 했지만, 수하들의 희생을 바탕으로 추격을 따돌릴 수 있었다.

물론 그 때문에 많은 전사들을 잃거나 혹은 흩어졌다.

지금 그의 곁을 지키는 전사들은 겨우 십여 명에 지나지 않았다. 그러나 그럼에도 불구하고 어쨌든 그는 파나류 북부 해안가에 접근해 있었다.

"다른 사람들은 어찌 되었을까?"

잠시 상념에 잠겨 있던 궁마천이 다시 입을 열었다.

그러자 해신성의 대전사 황검충이 조심스럽게 대답했다.

"그나마 추격이 거세지 않았던 우리가 이 정도입니다. 량산으로 향한 사람들은… 결코 쉽지 않을 것입니다."

"죽은 자들도 있을까?"

"어쩌면… 신마성주가 직접 추격에 나섰다면 일부는 죽었을 수도 있습니다."

다른 이왕사후에 대한 이야기였다. 도주에 정신이 없어서 아직 북천성의 성주가 죽었다는 소문을 듣지 못한 듯 보였다.

"후우… 어렵군."

궁마천이 깊게 한숨을 내쉬었다.

"아마도 해신성으로 돌아간 후 바로 다시 전쟁을 해야 할 수도 있습니다."

"신마성이 천해를 건너겠나?"

궁마천이 물었다.

"이런 기세라면 그럴 것 같습니다만……."

"그들이 어느 바닷길을 이용하겠나?"

"그들이 육주의 바다, 천해를 건너려 한다면 반드시 금하강을 먼저 공격할 겁니다. 빼앗겼던 금하강을 모두 회복한 이후에 금하강 하류에서 배를 띄울 것입니다."

"파나류 북동부가 아니라는 말이군? 그런데 뱃길은 파나류 북쪽에서 출발하는 것이 훨씬 유리하지 않은가?"

"그렇기는 합니다만 그럴 경우 은갑전사단이나 묵룡대선, 그리고 무산열도에 흩어져 있는 크고 작은 세력들과 싸워야 할 겁니다. 묵룡대선과 은갑전사단은… 아시지 않습니까? 그들은 흑라의 세력도 물리친 자들입니다."

대전사 황검충의 말에 궁마천이 고개를 끄떡였다. 그러다가 우울한 목소리로 물었다.

"그들이 이번 원정에 참여했다면 결과가 달라졌을까?"

"글쎄요……. 저로서는 회의적입니다."

"그들이 있어도 신마성을 이기지 못했을 거란 말인가?"

"전력으로야 큰 도움이 되었겠지만, 반대로 원정대 내부에서 내분이 일어나지 않았겠습니까?"

황검충이 조심스럽게 물었다.

"내분… 그렇겠군. 애초에 서로 보지 않을 것처럼 살아온 사이니."

궁마천이 쓸쓸한 표정으로 말했다.

"그들과의 관계는 이제부터가 중요합니다."

"이제부터라… 돌아간 후의 일 말인가?"

"그렇습니다. 이젠 정말 그들의 힘이 필요한 시기가 아니겠습니까?"

"그들이 나설까? 신마성의 힘을 보았을 텐데?"

"육주가 신마성의 마인들에 의해 유린된다면 나서지 않을 수 없을 겁니다. 송구스럽지만 이왕사후님들은 몰라도 그들에게 육주의 안전은 특별한 의미가 있지 않습니까? 자신들이 지켜낸 땅이라는……."

황검충의 말에 궁마천이 고개를 끄떡였다.

"하긴 그렇군. 그 자부심이 오늘날 그들이 그렇게 도도하게 세상을 살아가는 이유지."

"다행이 성주께서는 그들과의 관계가 다른 이왕사후님과 달리 나쁘지 않으시니……."

"후후, 나쁘지 않은 것이 아니라 아예 인연이 없었던 거지. 그들은 북쪽, 난 남쪽 바다를 터전으로 삼았으니까."

"어쨌든 원한 비슷한 것이 있는 것은 아니지 않습니까? 이왕사후님 중 누가 무사히 귀환할지는 모르지만, 어차피 이번 원정 실패로 인해 이제 육주는 이왕사후님들의 이름으로 지배할 수는 없는 땅이 되었습니다. 그럼 새로운 힘이 필요하지요. 신마성과 맞서 싸우고 육주를 안정시킬……."

"그 싸움에 그들을 끌어들인다?"

궁마천이 물었다.

"그렇습니다. 그렇게 육주가 지켜지면 본 성은 여전히 육주의 지배자로 군림하게 될 것입니다. 물론… 신마성을 물리칠 수 있다면 말이지요."

"새로운 시대의 시작이라……."

궁마천이 나직하게 뇌까렸다. 절망에 가까웠던 그의 얼굴에 약간의 생기가 도는 것 같았다.

그런데 그때였다. 갑자기 어두운 숲이 한순간 대낮처럼 환해졌다.

"뭐냐?"

황검춤이 소스라치게 놀라 솟구치듯 일어나며 소리쳤다.

궁마천 역시 당황한 눈빛을 보이며 급히 검을 뽑아 들고 주변을 둘러보았다.

급소만 가리는 검은 갑옷에 검은 투구, 빠르게 움직이기 위해 갑옷은 경장이다.

허리춤에는 철궁과 길지 않은 창이 매달려 있고, 등에는 두터운 검을 패용하고 있었다.

이들의 복장은 이미 궁마천과 해신성 전사들에게 익숙한 것이었다. 신마성의 추격자들이 온 것이다.

숫자는 대략 오십여 명, 궁마천을 파나류 북부 해안까지 호위해 온 십여 명의 전사들이 일당백의 전사들이라 해도 오십 명의 추격대는 부담스러운 숫자가 아닐 수 없었다.

하지만 그렇다고 싸우지 않을 수도 없는 상황이었다.

다시 도주를 시도할 수도 있으나 기마 전사들로 구성된 추격대를 뿌리치기 쉽지 않을뿐더러, 설혹 도주에 성공한다고 해도 반나절 거리에 해안이 있었다.

바다에서 해신성의 전사들은 타의 추종을 불허하는 강자들이지만 그건 배가 있을 때의 일이었다. 배가 없는 지금 해안가까지 밀려나면 더 이상 도주할 곳이 없었다.

결국 이곳에서 승부를 보는 것이 옳은 선택이었다.

다만 궁마천과 황검충이 갖는 마지막 바람은 추격대 중 신마성의 신마후가 없는 것이었다.

"신마성의 마인들이냐?"

"마인이라… 마음에 들지 않지만 어쨌든 우린 신마성의 전사들이오. 해신성주님을 뵙고 싶소."

추격대치고는 정중한 말투에 황검충의 얼굴빛이 살짝 변했다.

"성주께서는……."

"대전사, 물러나 있으시게."

어느새 다가온 궁마천이 황검충을 앞서 나가며 그의 말을 막았다.

"성주님!"

황검충이 놀란 표정으로 궁마천을 불렀다.

"괜찮아. 어차피 나 역시 뒤로 물러나 있을 상황은 아니니까. 내가 해신성의 성주 궁마천이다! 죽이려 왔으면 바로 공격할 것이지 날 보자고 한 이유가 뭐냐?"

궁마천이 추격자들의 우두머리를 보며 물었다.

그러자 추격자의 우두머리가 말 위에서 가볍게 고개를 숙여 보였다.

"신마성의 천급 전사 창타라고 합니다. 해신성주께는 신마성주님의 말씀을 먼저 전하라는 명을 받았습니다."

"말하라!"

궁마천이 명령하듯 말했다.

"신마성주께서는 해신성주께서 직접 당신을 만나러 오시길 바라십니다. 좋은 거래를 할 수 있다면 해신성의 안전을 보장하겠다고 하셨습니다."

신마성의 전사 창타가 신마성주의 제안을 전했다.

"항복하란 말이군. 날 살려두려는 목적은 역시 해신성의 전선들이 필요해서일 것이고. 천해를 건너 육주를 공략하려면 대선단이 필요한데 당장 그런 전선을 동원할 수 있는 곳은 우리 해신성이 유일하니까."

"이유는… 저로선 잘 모르겠습니다."

신마성의 전사 창타가 대답했다.

"후후, 모르기는. 누구나 짐작할 수 있는 일이지. 하지만! 그 제안은 거절해야겠다. 그렇게 해신성이 명맥을 유지한들 세월이 흐르면 그로 인해 해신성은 육주에서 사라지게 될 테니까."

"성주님은 약속을 어기시는 분이 아닙니다."

신마성의 전사 창타가 화가 난 듯 말했다.

"아! 오해했군. 신마성주가 나중에 해신성을 멸망시킬 거란 뜻이 아니다. 다만 신마성이 일시적으로 육주를 점령한다 해도 결국에는 그 지배가 오래가지 않을 것이란 뜻이다. 그렇게 되면 그 이후 육주에서 해신성이 살아남을 수 없다는 의미이다. 마적에게 협력한 해신성을 누가 인정하겠는가."

"신마성은 영원할 것입니다."

"누구나 그런 착각을 하지. 하지만 세상에 영원한 것은 없다. 특히 신마성과 같은 마도의 세력은 더더욱……."

궁마천의 말에 신마성 전사 창타가 잠시 궁마천을 노려보다가 입을 열었다.

"성주님의 뜻은 알겠습니다. 그럼… 어쩔 수 없군요. 성주님의 말씀처럼 영원한 것은 없으니, 해신성의 역사는 오늘 여기서 끝나게 될 겁니다."

"후후, 내가 죽는다고 해신성이 끝날까? 그저 성주 한 명 죽는 것 뿐, 해신성이야말로 영원히 이어질 것이다. 자! 실력을 보자!"

궁마천이 검을 들어 신마성의 전사 창타를 겨누며 말했다. 그는 신마후로 보이는 자가 없다는 사실에 희망을 걸고 있었다.

신마성의 전사들은 궁마천과 같은 고수를 홀로 상대하는 만용을 부리지 않았다.

그들은 철저하게 자신들에게 유리한 방법을 택해 싸움을 걸어왔다. 기마 전사대를 이용한 포위 공격이 그것이었다.

두두두!

지축을 울리는 말발굽 소리와 함께 오십 기가 넘은 기마 전사들이 십여 명의 해신성 전사들을 넓게 포위한 후, 무서운 속도로 질주하기 시작했다.

속도는 기마의 힘을 배가시킨다. 공수 양면에서 빠르게 움직이는 기마대를 상대하는 것은 그들이 멈춰 있을 때보다 몇 배 힘든 일이다.

해신성의 전사들은 성주 궁마천을 중심으로 원형진을 형성했다.

그들 역시 감정에 치우쳐 먼저 공격하는 어리석음을 범하지 않았다.

"창(槍)!"

한순간 무섭게 회전하는 기마대 속에서 신마성 천급 전사 창타의 명이 떨어졌다.

그러자 기마 전사들이 일제히 짧은 창을 꺼내 들고 궁마천과 그 전사들을 향해 던졌다.

카카캉!

무섭게 날아든 창들이 해신성 전사들을 파고들었다.

궁마천과 대전사 황검충이 몇 개의 창을 검으로 베어버렸지만, 서너 개의 창이 그들의 진형을 뚫고 들어왔다.

"욱"

"큭!"

두 명의 해신성 전사가 창에 찔러 쓰러졌다. 그러자 해신성 전사들의 진형이 조금 흔들렸다. 그 사이로 다시 신마성 전사들이 던진 창이 파고들었다.

"악!"

"크윽!"

다시 몇 마디의 비명 소리가 터져 나오면서 해신성 전사들 두어 명이 더 쓰러졌다.

순식간에 해신성 전사들의 숫자가 절반 가까이로 줄어들었다. 이대로 가다가는 전멸을 면치 못할 상황이었다.

그러자 궁마천이 움직였다.

"대전사, 뒤를 부탁하오."

"성주님!"

무섭게 회전하는 신마성 기마 전사들을 향해 갑자기 뛰어나가는 궁마천을 보며 대전사 황검충이 소리쳤다.

그러나 이미 궁마천은 폭풍같이 움직이는 기마 전사들 안으로 뛰어들고 있었다.

콰콰쾅!

어두운 밤, 천둥 치는 소리가 터져 나왔다. 그리고 사람들은 이왕사후의 권력이 결코 시세를 잘 타는 능란한 처세나, 간교한 계책으로 이뤄진 것이 아니라는 것을 경악스러운 눈으로 확인했다.

신마성 기마대가 갑자기 질주를 멈췄다. 기마대의 중간을 뚫고 들어간 해신성주 궁마천의 놀라운 무공 때문이었다.

그는 순식간에 기마 전사 세 명을 베어버렸다.

그 충격으로 기마대는 멈췄고, 그 혼란한 틈을 이용해 궁마천이 다시 서너 명의 적을 더 쓰러뜨렸다.

"말에서 내려 그를 포위해!"

기마 전사들 사이에서 창타의 냉정한 명이 터져 나왔다.

그러자 정신을 차린 신마성 전사들이 말에서 뛰어내려 호랑이처럼 움직이는 궁마천을 포위했다.

그런데 그 순간 다시 한번 기마 전사들 틈에서 비명이 터져 나왔다.

뒤에 남아 있던 대전사 황검충과 해신성의 전사들이 포위되는 궁마천을 구하기 위해 공격을 시도했던 것이다.

"접근을 허락지 마라!"

창타의 명이 다시 떨어졌다.

그는 궁마천을 홀로 고립시키고 싶어 했다. 그것이 호랑이를 사냥하는 데 가장 유리한 방법이기 때문이었다.

창타의 명에 따라 신마성의 전사 일부가 달려드는 해신성 전사들을 막기 시작했다.

카카캉!

어지럽게 부딪히는 도검의 충돌 소리가 밤하늘을 뒤흔들었다.

해신성의 전사들 특히 대전사 황검충은 놀라운 용기와 무공을 쏟아냈으나 수적 열세를 극복하지 못하고 성주 궁마천에게 다가갈 수 없었다.

그렇게 시간이 흐르자 어느새 전세는 돌이킬 수 없는 지경으로 흘렀다.

대전사 황검충과 해신성 전사들이 신마성 전사들에게 완전히 포위되기 시작했던 것이다.

"후우… 다시 한번 제안을 하지요."

싸움의 판도가 어느 정도 정리되었다고 생각한 신마성 천급 전사 창타가 스무 명이 넘는 신마성 전사들에게 홀로 포위된 궁마천을 보며 말했다.

"항복? 후후… 우스운 일이지."

"목숨은 언제나 중요하지요."

"하지만 나와 같은 자는 그렇지 않다. 태어나기를 한 성의 성주로 태어난 자는 자신의 목숨보다 성의 명성과 안위를 위해 어떻게 죽느냐가 더 중요하다. 다시 말해 살고 죽는 것도 자신의 뜻대로 결정할 수 없다는 것이다. 그런 의미에서 지금은 내가 죽어야 할 때다. 해신성을 위해."

"…역시, 이왕사후의 명성이 그냥 얻어진 것은 아닌 듯하군요."

창타가 해신성을 위해 기꺼이 목숨을 포기하는 궁마천에게 감탄했는지 고개를 끄떡였다.

"죽기는 하겠지만… 너희들도 각오는 해야 할 거야. 난 적어도 너희들 중 절반은 길동무로 삼을 수 있다."

"물론, 기꺼이 그렇게 하지요. 이왕사후와 싸우다 죽는다면 전사로서 그런 영광은 없을 테니까."

창타가 대답했다.

그러자 궁마천의 눈에도 이채가 서렸다.

"전사의 영광? 신마성… 이상한 곳이군. 살육과 욕망, 원초적 생존 본능이 지배하는 마도의 세력이라기에는……."

"우릴 마도로 치부하는 사람들은 외부인들이지요. 성주께서도 아시다시피 세상의 평판이란 것은 결국 껍데기에 지나지 않습니까?"

"후후, 그럼 설마 신마성이 정의로운 집단이란 말인가?"

"물론 그렇지는 않습니다. 신마성의 행보는 거칠고 위험하지요. 하지만 그렇다고 악마와 같은 심성을 가진 사람들이 모여 있는 곳은 아니라는 겁니다. 다만… 후우. 그만하지요. 의미 없는 말들이군요. 이제 보내 드리겠습니다."

창타가 검을 들어 올렸다.

그러자 궁마천을 에워싼 이십여 명의 신마성 전사들이 일제히 검을 뽑아 궁마천을 겨눴다.

"나쁘지 않군. 전사로서 죽을 수 있으니. 다만 아쉬운 것은 이곳이 바다가 아니라 육지라는 사실이야. 난 평생 바다에서 살아온 사람인데… 죽기 전에 푸른 바다 한번 보고 싶었는데."

궁마천이 동남쪽을 바라보며 말했다.

바다라면 오히려 반나절 거리의 북해가 더 가깝다. 그러나 궁마천이 그리워하는 바다는 북쪽의 무산해협이 아니라 육주의 남쪽 바다, 해신성의 전선들이 주름잡고 있는 그 바다였다.

"기회가 된다면 시신은 해신성에 돌려 보내 드리지요."

창타가 말했다.

"고맙군! 자, 이제 시작하지!"

궁마천이 검을 들어 창타를 가리켰다.

"정중하고 편히 보내 드려라!"

창타가 신마성의 전사들에게 명령했다.

그러자 신마성의 전사들이 사방에서 궁마천을 향해 뛰어들었다.

콰콰쾅!

창타의 말과 달리 싸움은 정중하지 않았다.

궁마천의 무공은 전율적이었다. 그는 스무 명이 넘은 정예의 신마성 전사들 합공을 받고도 처음에는 대등하게 싸움을 버텨 나갔다.

오히려 신마성 전사들 사이에서 피해가 속출했다.

파도 같이 일어나는 궁마천의 검술은 신마성 전사들의 공격을 모래성처럼 허물어 버렸다. 그러면 어김없이 신마성 전사들 중에 죽는 자가 나왔다.

그러나 그럼에도 불구하고 신마성 전사들은 전혀 뒤로 물러나지 않았다. 동료의 주검을 넘어서며 더욱 강하게 궁마천을 공격했다.

아마도 그들에게 창타가 말한 정중함이란 이런 치열한 공격이었는지도 모른다. 그런 망설임 없는 공격은 결국 궁마천을 위기로 몰아넣었다.

거의 십여 명에 가까운 적을 베어 넘길 즈음 궁마천이 서서히 지쳐가기 시작했던 것이다.

그리고 일단 약점이 드러나자 신마성 전사들의 검은 더욱 날카롭고 매서워졌다.

그때부터 궁마천의 몸에도 검상이 생기기 시작했다. 궁마천은 부상에도 불구하고 상처 입은 호랑이처럼 용맹하게 싸웠지만, 시간이 흐를수록 그의 죽음이 가까워지고 있었다.

"아이 씨……! 어쩌지?"

왕도문이 조급한 마음을 드러내며 발을 굴렀다. 당장에라도 싸움에 뛰어들어 궁마천을 구하고 싶은 모습이었다.

"우리 싸움이 아냐!"

사비옥이 냉정하게 말했다.

"그래도! 죽어가는 사람을 어떻게 그냥 놔두냐?"

"전쟁터에서 사람 죽는 건 당연한 거야. 설마 그가 이왕사후라서 특별한 대접을 받아야 한다는 거냐?"

사비옥이 따지듯 물었다.

"뭐… 그건 아니지만."

"그도 그냥 사람일 뿐이야. 전쟁에 나올 때는 죽음을 각오하고 나온 것이고. 그를 구하려면 우리에게도 그럴 만한 이유가 있어야 한다고. 그런데 그 이유가 없잖아?"

사비옥이 왕도문에게 물었다.

"그… 그야."

왕도문이 말을 얼버무렸다.

사비옥 말처럼 묵룡대선의 소룡들이 이왕사후를 구할 이유가 없었다.

이왕사후는 묵룡대선, 특히 독안룡 탑살이 자신들의 권위를 넘어설까 두려워 항상 경계를 하던 자들이었다.

그래서 흑라의 시대 가장 큰 전공을 세우고도 독안룡은 육주의 권력자가 되지 못했다.

물론 그 자신이 그런 권력을 원하지 않았지만, 원한다고 해도 이왕사후는 독안룡 탑살에게 그 권력을 나눠줄 사람들이 아니었던 것이다.

그런 자들을 위해 목숨을 걸고 싸움에 뛰어들 이유가 없었다.

그런데 그때 소독이 입을 열었다.

"다른 사람이라면 모를까. 해신성주라면… 가치가 있을지도 몰라."

"그게 무슨 소리야?"

사비옥이 반발하듯 말했다.

"그가 이왕사후기는 해도 선장님과 특별히 나쁜 관계는 아니라고 들었어. 오히려 같은 바닷사람으로서 선장님이 혹라의 대선단을 막아낸 대해전에 대해 높게 평가한다고 하더라고."

"그래도 이왕사후는 이왕사후지."

사비옥은 끝까지 궁마천을 구하는 일에 반대했다.

그런데 그 순간 생각지 못한 사람이 그들의 대화에 끼어들었다.

"구할 수 있으면 구했으면 좋겠네."

석와룡이었다.

"대장님까지도 왜 그러세요? 위험을 자초하는 일인데."

사비옥이 못마땅한 표정으로 물었다.

그러자 석와룡이 침착하게 대답했다.

"원정대의 패배로 세상은 대혼란 속에 빠져들 걸세. 그 혼란을 이겨내기 위해선 세력이 필요하지. 독안룡께서는 이미 그 작업을 시작하셨고. 묵룡대선과 석림도, 그리고 미약하지만 우리 북창까지… 하지만 턱없이 부족하지 않을까? 이럴 때 해신성이라면, 적어도 바다에서는 어떤 적도 두렵지 않을 거야. 묵룡대선에 해신성이 힘을 합치면……."

"그건… 그렇긴 하네요."

사비옥이 석와룡의 말을 인정했다. 냉정한 사비옥이 석와룡의 말이 옳다는 것을 모를 리 없었다.

"그럼 뭐, 결정됐네. 가자! 조금만 지나면 해신성주 목이 떨어
지겠어!"

왕도문은 누가 더 반대하는 것이 두려운지 검을 들고 숲을 벗
어나며 소리쳤다.

제7장

칸… 전설의 작은 시작

쿠오오……!

요란한 싸움터에 갑자기 무겁게 바람 갈라지는 소리가 들리더니 강렬한 파열음이 터져 나왔다.

쿵!

"놀아보자!"

한 명의 신마성 전사를 날려버린 왕도문이 소리쳤다.

"뭐얏?"

"누구냐?"

궁마천을 공격하고 있던 신마성의 전사들이 갑작스러운 불청객의 등장에 놀라 한쪽으로 물러나며 소리쳤다.

덕분에 죽음의 위기에 처했던 궁마천과 이제 겨우 세 명만 살아 있는 해신성 전사들은 한숨 돌릴 기회를 얻었다.

"싸우자니까 왜 물러나?"

왕도문이 물러나는 신마성의 전사 한 명을 공격하며 소리쳤다.

"놈!"

신마성 전사가 상대의 나이가 어림을 알아보고 욕설을 내뱉으며 왕도문을 향해 도를 휘둘렀다.

순간 왕도문이 생긴 것과 달리 가벼운 몸놀림으로 허리를 숙여 상대의 도를 피해내더니 그대로 상대에게 검을 찔러 넣었다.

퍽!

"욱!"

옆구리를 검에 찔린 신마성 전사가 신음 소리를 내며 뒤로 물러났다.

그렇게 한 명의 적을 물리친 왕도문이 다시 한번 적을 향해 몸을 날리려는데, 뒤쪽에서 소독의 목소리가 들렸다.

"잠깐, 기다려!"

"아, 또 왜?"

왕도문이 짜증 난 표정으로 소독을 돌아봤다.

"내가 먼저다!"

소독이 한순간에 왕도문을 지나쳐 가며 소리쳤다.

"저런… 미친놈!"

왕도문이 자신을 앞지르며 적과 부딪혀 가는 소독을 보고 욕설을 내뱉었다.

그런 왕도문을 어느새 이산이 지나쳤다.

"나도 먼저 간다!"

"이것들이 정말!"

왕도문이 표정을 구기며 이산을 따라붙기 시작했다.

그 뒤를 하연과 두굴 그리고 석와룡이 달려들어 폭풍처럼 적을 덮쳤다.

신마성 전사들은 해신성 전사들을 상대하느라 제법 많은 피해를 본 상태였다. 쓰러진 자들이 거의 스무 명에 가까웠다.

그래서 소룡오대가 공격에 나섰을 때, 싸울 수 있는 신마성의 전사들 숫자는 대략 삼십여 명 정도만 남아 있었다.

여전히 숫자는 많았지만, 소룡들에 더해 해신성주 궁마천과 대전사 황검충 등이 자신들을 도운 사람들의 정체를 따질 겨를 없이 다시 싸움에 뛰어들자 전세는 한순간에 변했다.

싸움터에서는 세상 누구보다 독한 사람이 되는 소독이 가장 앞에서 적진을 한번 돌파하자, 신마성 전사들이 사분오열되고, 난전으로 흐르기 시작했다.

이런 싸움에서는, 개개인의 무공의 고하가 싸움의 승패를 좌우하는 경우가 많았다.

그런 면에서도 싸움은 신마성 전사들에게 불리하게 돌아가고 있었다. 이왕사후 궁마천, 해신성의 대전사 황검충, 그리고 소룡들 개개인의 무공은 신마성 전사들을 능가했다.

그래서 싸움을 시작한 지 채 일각이 되지 않아, 신마성 전사들은 완전히 수세에 몰리고 있었다.

그사이 죽은 자만도 다시 십여 명을 넘어섰다.

"정말 강한 사람들이었구나."

싸움을 지켜보던 장마산이 중얼거렸다.

장마산은 당연히 싸움에 참여하지 않았다. 그는 지켜야 할 가족이 있었다. 가족을 두고 무공을 가진 전사들과의 싸움에 뛰어들 정도로 어리석은 장마산이 아니었다.

무한 역시 장마산의 가족과 함께 있었다. 적어도 소룡 중 한 명은 장마산의 가족을 지켜야 한다고 생각했기 때문이었다.

소룡오대와 두굴, 석와룡이 앞서서 싸움에 뛰어들었기에 가장 뒤에 남은 무한은 자연스럽게 장마산 가족 곁에 머물 수밖에 없었다.

"기습이 도움이 된 것 같아요."

무한이 장마산의 말에 대답했다.

"소년 무사께서는 싸우고 싶지 않소?"

장마산이 미안한 표정으로 물었다.

그가 생각하기에 전사라면, 특히 패기가 만만한 젊은 전사라면 누구나 이런 싸움에서 빠지고 싶어 하지 않을 것 같았다.

"뭐, 별로……."

무한이 고개를 저었다. 솔직히 말해 이런 식의 난전은 무한이 제일 싫어하는 싸움 유형이었다.

"그럼 다행이오. 난 혹시라도 우리 가족을 원망할까 싶어서……."

장마산은 무한이 자신의 가족을 지키기 위해 남아 있다는 것을 알고 있었다.

"저런 싸움은 별로예요."

"그렇소? 하긴 난전이 아름다운 싸움은 아니긴 하오."

장마산이 고개를 끄떡였다.

"그래도 다행히 싸움이 곧 끝나겠어요."

"소룡오대라 했소? 나이에 비해 정말 강한 사람들이오."

장마산이 소독 등 소룡오대의 무공에 진정 감탄한 듯 말했다.

"오랜 세월 수련해 왔으니까요. 스승님을 잘 만나기도 했고……"

"그렇구려. 호부에 견자 없다고, 독안룡 탑살 님의 무공이라면……"

장마산이 다시 고개를 끄떡였다.

"아버지, 묵룡대선에 가면 우리도 독안룡님의 무종을 전해 받을 수 있나요?"

장마산의 가족 중 맏이인 장용이 두 사람의 대화를 듣고 있다가 불쑥 물었다.

"글쎄… 그건 모르겠다. 하지만 쉽지 않을 게다. 독안룡 탑살 님이 아무나 제자로 들이지는 않을 테니까."

"제게 재능이 있다고 하셨잖아요?"

장용이 되물었다.

"부모 눈에야 어떤 자식이든 늘 뛰어나 보이지."

장마산이 퉁명스럽게 대답했다.

"칸 무사님, 어떻게 하면 독안룡님의 제자가 될 수 있지요?"

장용이 이번에는 무한에게 물었다.

그러자 무한이 고개를 저었다.

"미안하지만 용 아우는 스승님의 제자가 될 수 없어."

"…정말 제 자질이 그렇게 부족한가요?"

장용이 풀이 죽은 표정으로 물었다.

"그런 게 아니라. 내가 독안룡님의 마지막 제자거든. 독안룡께서 그렇게 선언하셨어."

"아……!"

무한의 말에 장용이 아쉬운 듯 탄성을 흘렸다.

"하지만 너무 실망하지는 마. 대신 묵룡대선에서 아우에게 무종을 전할 수 있는 분이 제법 있으니까. 내가 보기에 아우는 충분히 그분들 눈에 들 거야. 물론… 아저씨가 허락해야 하겠지만."

무한이 장마산을 보며 말했다.

그러자 장마산이 신중한 표정으로 말했다.

"일단은 우리 가족이 묵룡대선의 사람으로 받아들여지는 게 우선이겠지. 그렇게만 된다면 자연스럽게 이 아이들도 누군가의 무종을 받을 수 있을 테고."

"허락하실 건가요?"

무한이 물었다.

"왜 내가 허락하지 않을 거라 생각하시오?"

장마산이 되물었다.

"아저씨의 혈통은… 무공 이상의 뭔가를 가지고 있으니까요."

"후우, 그래 봐야 작은 재주, 무종을 전수받은 무인들에게는 아무 힘을 발휘하지 못한다오. 우리 일족이 멸족한 것만 봐도 알지 않소."

장마산이 씁쓸하게 말했다.

"그야 흑라의 시대가 일으킨 혈풍 때문이지, 우리 혈족이 약해서는 아니잖아요?"

장용이 반발하듯 말했다.

그러자 장마산이 고개를 저었다.

"그런 걸 핑계라고 하는 거다. 강하다는 것은 어떤 상황에서도 혈족의 안전을 지켜내야 할 수 있는 말이다. 그렇지 못한 자는 무조건 약한 것이다. 너도 이 사실을 명심해."

"알았어요."

장마산이 단호하게 말했다.

너무 단호한 장마산이 말에 장용이 풀이 죽은 듯 대답했다.

그런데 그때 갑자기 장마산의 아내 하와가 겁을 먹은 목소리로 소리쳤다.

"우리 쪽으로 와요!"

아내의 말에 아들과 심각하게 이야기를 나누던 장마산이 시선을 돌렸다.

그러자 세 명의 신마성 전사가 장마산의 가족이 있는 쪽으로 달려오고 있었다.

"모두 내 뒤로 피해!"

장마산이 외쳤다.

그러자 그의 가족들이 두려운 표정으로 장마산의 등 뒤로 숨었다. 무한은 이미 검을 빼 들고 대여섯 걸음 앞으로 걸어 나가고 있었다.

달려오는 자들의 의도는 알 수 없었다.

도주를 하려는 것인지, 혹은 약해 보이는 장마산 가족을 인질로 삼아 살 기회를 노리려는 건지 불분명했다.

그러나 일단 무한으로서는 적을 막지 않을 수 없었다. 설혹 도주하고 있다고 해도 그들이 장마산의 가족을 그냥 두고 갈 것이라고 확신할 수 없기 때문이었다.

싸움에 패해 도주하는 자들은 어디에라도 화풀이를 하는 경우가 대부분이었다.

"비켜라!"

달려오는 신마성의 전사가 소리쳤다.

자세히 보니 그는 신마성의 전사들을 이끌던 신마성의 천급 전사 창타였다.

그는 무한이 자신들과 싸우던 소룡들과 달리 무공을 모르기에 싸움에 참여하지 않았을 거라 짐작한 듯 보였다.

그래서 자신의 경고에 무한이 겁을 먹고 뒤로 물러날 거라 생각하는 것 같았다.

그러나 그의 기대와 달리 무한은 침착한 표정으로 검을 허리 높이에서 횡으로 눕혔다.

"놈!"

자신의 경고에도 물러나지 않고 대항할 자세를 취하는 무한을 보며 창타가 노성을 터뜨렸다.

너무 어려 싸움에 참여조차 하지 않았던 소년의 행동치고는 오만한 행동이었다.

그리고 창타를 비롯한 신마성의 전사들은 상대가 나이가 어리다고 해서 죽이는 것을 망설일 사람들이 아니었다.

쐐액!

창타의 검이 단번에 무한의 목을 자르려는 듯 매섭게 날아들었다.

순간 무한이 앞으로 전진하며 허리를 푹 숙였다. 그의 몸이 거의 엎드리듯 땅에 붙었다.

팟!

순간 창타의 검이 무한의 윗 머리카락 몇 가닥을 베고 지나갔다.

순간 무한이 전진하는 속도를 그대로 유지하면서 몸을 회전시켰다.

팟!

무한이 들고 있던 검이 횡으로 회전하면서 빛과 같은 속도로 창타의 옆구리를 베었다.

"큭!"

창타의 입에서 신음 소리가 터져 나오고, 그의 몸이 앞으로 기울어졌다.

그 순간 창타를 지나친 무한이 가볍게 허공을 솟구쳤다.

창타의 뒤를 따라오던 두 명의 신마성 전사가 예상치 못한 상황 전개에 놀라면서도 허공으로 떠오르는 무한을 향해 급히 검을 휘둘렀다.

순간 무한이 마치 빛이 두 개의 검 사이를 관통하는 것처럼 자신을 베어오는 두 검을 사이를 뚫고 지나갔다.

그리고 그 찰나의 순간 전광석화처럼 양부 아적삼의 혈랑검을 펼쳐 지나치는 두 적의 급소를 베어냈다.

파팟!

날카로운 파열음과 함께 두 신마성 전사의 목에서 피가 솟구쳤다.

"윽!"

"컥!"

급소를 베인 신마성의 전사들이 짧은 신음 소리를 토해내고는 그대로 무너졌다. 그리고 어떤 고통도 없이 죽음의 세계로 넘어갔다.

툭!

단번에 세 명의 신마성 전사를 쓰러뜨린 무한이 가볍게 내려섰다.

그가 벤 사람들 중에는 신마 전사들을 이끌고 온 우두머리 창타까지 포함되어 있었다.

눈 깜짝할 사이에 끝난 싸움의 결과를 무한 자신조차 믿을 수 없다는 듯 그가 자신이 들고 있는 검을 바라봤다.

그러다가 나직하게 중얼거렸다.

"풍신보… 정말 바람의 신처럼 빠르구나. 풍신보에 혈랑검이라면 무서울 것이 없겠어."

"난. 생각을 바꿨어요. 저 형님에게 무공을 배우겠어요. 꼭!"

장용이 자신의 검을 보고 서 있는 무한을 보며 나직하게 중얼거렸다.

"나도!"

장용의 곁에서 그의 동생 장호가 소리쳤다.

"후우… 이놈들아. 정신 좀 차려라. 저 어린 전사님 나이가 아직 스물도 되지 않았어. 그런데 어떻게 무종의 씨앗을 받을 수 있겠느냐?"

장마산이 혀를 찼다.

"나이가 무슨 상관이에요. 강한 사람이면 되지."

"철없는 소리 말거라. 그게 그렇게 단순한 게 아니야. 무종은⋯ 자신의 기운을 나눠주는 것으로 시작한다. 그건 스스로의 내공을 갉아 먹는 일이란 뜻이다. 그래서 노회한 고수들만이 무종을 나누어 준단 말이야. 자신을 무공을 후세에 전하기 위해. 저 어린 전사님의 무공은 무척 뛰어나지만, 아직 자신의 무종을 나누어 줄 정도의 나이는 아니야. 내공도 노회한 고수의 경지에 이르렀는지는 확신하기 어렵고."

"그런데 어떻게 저렇게 강할 수 있어요?"

장용이 물었다.

"글쎄⋯ 나도 그건 잘 모르겠다. 함께 여행할 때는 저 정도는 아니었는데. 혼자 사막에서 실종되었을 때, 정말 큰 깨우침이라도 있었던 걸까? 아니면 처음부터 내가 잘못 본 것일 수도 있고⋯⋯."

"아무튼 뭐, 무종의 씨앗은 아니더라도 검술은 배울 수 있겠죠."

장용이 무한에게 무공을 배우고 싶다는 욕심을 버리지 않고 말했다.

"그것 역시 쉽지 않을 거야."

장마산이 말했다.

"그것도 안 돼요?"

"그는 묵룡대선의 사람이다. 그의 무공이나 검술 모두 묵룡대선, 정확하게는 독안룡 탑살 님에게서 전해 받은 것이란 뜻이다. 그건 젊은 전사님이 누군가에게 무종을 전하거나 검술 등 무공을 가르쳐 주려면 독안룡님의 허락이 있어야 한다는 뜻이다."

"후… 결국 모든 것이 독안룡님에게 달린 거네요?"

"그렇다고 봐야지."

"허락해 주실까요?"

"나라고 알 수 있겠느냐? 당장 우리 식구를 받아주실지도 확신할 수 없는 판국에."

장마산이 떨떠름한 표정으로 말했다.

그러자 그 옆에서 막내인 소녀 장온이 침착하게 말했다.

"그분은 반드시 우리를 받아주실 거예요."

"왜 그렇게 생각하지?"

장마산이 되물었다.

어리다고 무시할 수 없는 것이 장온의 말이었다. 지나치게 명석한 두뇌를 걱정하기는 해도 장마산 역시 어린 막내딸의 현명함을 알고 있기 때문이었다.

"세상이 혼란스럽다면서요. 그러니까 우리 일족 같은 사람들이 반드시 필요할 거예요. 묵룡대선이 아니라 어디라도. 아주 단순한 일이에요."

장온이 논쟁할 필요도 없는 일이라는 듯 말했다.

"그, 그렇긴 하구나."

너무 단순 명료한 논리여서 반박할 말이 없어진 장마산이 장온의 말에 수긍했다,

"그러니까 약간의 도움 정도는 청해도 될 거예요. 예를 들면 두 오빠의 무공 스승을 구하는 일 같은 거요."

장온이 빙그레 미소를 지었다.

"아이고 이 영악한 것, 그런 계산을 함부로 하면 안 돼. 특히 독안룡님 같은 분들을 상대로는."

장마산이 충고했다.

"왜 안 돼요?"

장온이 되물었다.

그러자 장마산이 잠시 장온을 바라보다 대답했다.

"온아. 세상에는 가끔 사람의 계산이 통하지 않는 사람과, 사건들이 있단다. 이치에 맞는다고 모든 것이 순리대로 흘러가지는 않아. 그래서 싸움이 일어나고 전쟁이 일어나는 거야. 사람의 경우 독안룡 탑살 님 같은 대영웅들은 보통 사람과 다른 생각을 가지고 있단다. 그런 분들은 논리적인 거래가 아니라 마음으로 상대해야 하는 거야."

"마음으로요?"

"그렇단다."

"무슨 말씀인지 잘 모르겠어요."

장온이 고개를 갸웃했다.

"지금은 잘 모를 수도 있지. 이건 머리로 이해하는 것과 좀 다른 것이니까. 하지만 시간이 지나면 너도 이해하게 될 거다. 아무튼… 싸움이 끝난 모양이구나."

장마산이 피와 죽음의 땅으로 변한 숲의 공터를 보면서 말했다.

모두 죽은 것은 아니었다.

개중에 목숨을 구해 도주한 신마성의 전사들도 있었다. 그러나 소룡오대나 혹은 살아남은 해신성의 성주와 전사들도 도주하는 자들을 쫓지 않았다.

그들을 쫓을 힘도 없을뿐더러, 그럴 여유도 없었다. 그들은 이제부터 시간 싸움을 해야 했다.

육주 원정대가 궤멸한 이후 파나류 동북부는 완전히 신마성 세상이었다.

아마도 곳곳에 원정대의 패잔병을 쫓는 신마성 전사들이 산재해 있을 것이다.

그들은 이곳에서의 패배 소식을 들으면 반드시 정예 전사들을 이끌고 다시 공격해 올 것이다.

특히 그 상대가 해신성의 성주 궁마천이라면 그들이 추격해 오는 것은 단지 시간문제일 뿐이었다. 그래서 도주한 자들을 추격할 여유 따위는 일행에게 없었다.

하지만 그 와중에도 일행은 무한이 한 일에 대해서는 놀라지 않을 수 없었다.

"이거… 너 혼자 한 거지?"

왕도문이 죽어 있는 신마성의 천급 전사 창타와 두 명의 신마성 전사를 보며 무한에게 물었다.

"뭐… 그렇게 됐어요."

무한이 어색하게 대답했다.

"누구의 도움이 없이?"

하연이 물었다. 그녀는 혹시 장마산이 무한을 도운 것이 아닌가 생각하고 있었다.

장마산은 무종을 가진 무인은 아니지만, 갈륵족 특유의 재능과 오랜 경험을 통해 익힌 검술 등으로 신마성의 전사 한둘은 능히 상대할 만큼 강한 사람이었다.

"그 일은 어린 전사님 혼자 한 일이오. 난 어떤 도움도 주지 않았소. 아니, 도와줄 틈이 없었소. 워낙 순식간에 싸움을 끝내 버려서……."

하연의 물음에 장마산이 대신 대답했다.

"하… 이 괴물 같은 녀석!"

하연이 놀랍기도 하고, 부럽기도 한 표정으로 무한을 보며 중얼거렸다.

"어쩌다 보니 그렇게 됐어요. 그런데 그렇다고 욕까지 하고 그래요?"

"부러워서 그렇지. 임마!"

하연의 무한을 향해 주먹을 들어보였다.

"자, 그런 이야기는 나중에 하고 이렇게 된 이상 지금 즉시 길을 떠나야 할 것 같은데……."

석와룡이 소룡들을 보며 말했다.

"뭐, 그래야죠. 도주한 놈들 다른 추격대를 끌고 올 겁니다."

사비옥이 침착하게 대답했다.

그러자 소독이 조금 거리를 서 있는 해신성의 성주 궁마천에게 다가갔다.

궁마천은 소독이 다가오자 대전사 황검충과 하던 대화를 멈추고 소독을 바라봤다.

그러자 소독이 궁마천에게 정중하게 인사를 한 후 입을 열었다.

"묵룡대선의 소룡, 소독이 성주님께 인사드립니다."

"묵룡대선! 독안룡의 제자?"

궁마천이 놀란 표정으로 되물었다.

"그렇습니다."

소독이 대답했다.

"묵룡대선이 신마성과의 싸움에 참전한 건가?"

"그건 아닙니다."

소독이 고개를 저었다.

"그럼 어떻게 여기에⋯⋯?"

"전 소룡오대 소속으로 마지막 수련 여행을 하고 귀환하는 중이었습니다."

"음⋯ 수련 여행을 위험한 파나류로 오다니 과연 독안룡께서 제자들을 혹독하게 단련시키시는군."

궁마천이 고개를 끄떡였다.

"자세한 이야기는 나중에 하시고⋯ 혹시 갈 곳이 정해져 있으신지요? 아니라면 일단 저희와 동행하시는 것이 어떠실지?"

"배가 있나?"

"반나절 거리, 해안가 숲에 있습니다."

"그렇다면 염치 불고하고 신세를 져야겠군."

궁마천으로서는 바라던 바였다. 일단 배를 타고 바다로 나가면 더 이상 신마성의 추격은 걱정할 필요가 없었다.

"바다로 나가면 일단 선장님을 뵈러 갈 것입니다."

"음⋯ 그렇겠지."

궁마천이 어색한 표정으로 대답했다.

당연한 일이기는 하지만, 이런 몰골로 독안룡 탑살을 만나는 것은 괴로운 일이었다.

하지만 그렇다고 소룡들의 귀환을 막고 해신성으로 가자고 할 수도 없었다.

육주의 해신성까지는 쾌속한 배로 쉬지 않고 항해해도 한 달 보름, 길게는 두 달까지 걸리는 거리였다. 귀환하는 소룡들에게 항해를 부탁할 수 없는 거리인 것이다.

"적의 추격이 있을 수 있으니 지금 당장 배가 있는 곳으로 모시겠습니다."

"후우… 그렇게 하세. 늦었지만 오늘의 도움 고맙네."

"아닙니다. 당연히 할 일을 한 것뿐입니다. 그럼 길을 열겠습니다. 가자!"

소독이 오대의 소룡들을 보며 소리쳤다. 그러자 소룡들이 서둘러 어두운 밤길을 헤치고 앞으로 전진하기 시작했다.

*   *   *

철썩철썩!

파도 소리가 들리기 시작했다. 멀리 보이는 해안가도 어둠을 물리치고 새벽빛에 물들고 있었다.

바다가 보이자 일행의 움직임에 여유가 생겼다. 더 이상 추격은 없었다. 그리고 설혹 이쯤이면 추격이 있다고 해도 더 이상 두려워할 필요도 없었다.

왜냐하면 일행 앞에 그들이 한열지로 떠나기 전 숨겨놓은 배가 있었기 때문이었다.

"다행이 망가지거나 썩은 곳은 없는 것 같아. 냄새는 좀 나지만."

배를 둘러본 사비옥이 말했다.

장장 석 달 가까이 걸린 여행이었다. 그동안 바다로 이어지는 작은 강 어귀에 숨겨놓은 배를 돌본 사람이 없었다.

사람의 손길이 닿지 않으면 배나 집이나 금세 상하게 마련, 그럼에도 불구하고 소룡오대가 숨겨두고 간 배는 멀쩡했다.

물론 선실에서 나는 냄새는 어쩔 없었지만.

"당장 바다로 나가도 되겠어?"

아직 배에 오르지 않은 소독이 고개를 들어 배 위의 사비옥을 보며 물었다.

"어! 괜찮을 것 같아. 일단 나가자. 문제가 생기면 바다 위에서라도 고칠 수 있으니까."

사비옥이 말했다. 그는 일단 파나류 땅을 벗어나는 것이 급하다는 걸 누구보다 잘 알고 있었다.

"배에 오르시지요. 누추하지만……."

소독이 궁마천을 보며 말했다.

그러자 궁마천이 고개를 저었다.

"누추하기는! 훌륭하군. 역시 묵룡대선의 배는 다르군. 그리고 설혹 볼품없다 해도 지금 그런 걸 따질 때도 아니고."

"그렇긴 합니다. 일단 오르시지요."

소독이 다시 한번 궁마천에게 배에 오르기를 권했다.

그러자 궁마천과 해신성의 전사 세 사람이 소룡오대의 배에
오르기 시작했다.

"출발해!"
모든 사람이 배에 오르자 소독이 소룡들을 보며 외쳤다. 그러
자 소룡들이 능숙하게 배를 출발시켰다.
이들은 전사이기 이전에 대상선 묵룡대선의 선원들이었다. 그
들에게 배를 모는 것은 어렸을 때부터 해온 일이라 땅 위에서
걷는 것만큼 능숙했다.
그렇게 능숙한 손길에 의해 출발한 배는 바다로 흘러 들어가
는 작은 강을 따라 빠르게 이동했다.
그리고 이각 여를 이동하자 드디어 배가 바다로 접어들기 시
작했다.
그런데 그 순간 갑판 위에 서 있던 장용이 놀라 소리쳤다.
"저기 좀 봐요. 추격대가 왔나 봐요?"
장용의 말에 배가 향하는 바다를 바라보고 있던 사람들이 일
제히 해안가로 시선을 돌렸다.
사람들의 눈에 해안과 접한 숲에서 일백여 기의 기마 전사들
이 몰려나오는 것이 보였다.
한눈에 보아도 신마성의 전사들이다.
"후우, 아슬아슬했구나."
왕도문이 안도의 한숨을 내쉬었다.
그러자 갑자기 궁마천이 배의 후미 갑판으로 올라서더니 해안
가 신마성 전사들을 향해 큰소리로 외쳤다.

"돌아가 신마성주에게 전하라. 나 궁마천이 반드시 다시 찾아올 거라고!"

무한 일행이 탄 배가 해안가에 늘어선 신마성 기마 전사들을 뒤로 하고 바다로 향할 때, 작은 배 한 척이 마치 교대하듯 기마 전사들이 늘어선 해안으로 다가갔다.

다행인 것은 해안으로 다가가는 배의 크기가 무한 일행이 탄 배보다 훨씬 작다는 것이었다. 그래서 설혹 그 배가 신마성의 배일지라도 추격해 온다면 바다에서 충분히 상대할 수 있었다.

배의 크기가 모든 해전의 승패를 결정하는 것은 아니지만, 적어도 중요한 요인은 된다.

더군다나 무한 일행의 배에는 세상에서 가장 뛰어난 해전의 고수 궁마천이 타고 있었다.

그래서 갑자기 나타난 배에 놀라기는 했어도, 무한 일행은 크게 두려움을 느끼지 않았다. 더군다나 오직 한 척뿐, 다른 배가 더 나타나지도 않았다.

그렇게 무한 일행과 교차해 해안으로 다가간 배가 수심이 낮아지자 바다 위에서 멈췄다.

그리고 그 배에서 한 명의 사내가 훌쩍 뛰어올라 바닷가에 내려서더니 거침없이 신마성 전사들을 향해 걸어갔다.

그러자 말에 타고 있던 신마성 전사들 중 일부가 급히 말에서 내려 사내를 마중했다,

신마성 전사들의 태도를 볼 때 배에서 내린 사내가 신마성에서 무척 중요한 인물임이 분명했다.

신마성의 전사들은 감히 사내 앞에서 고개도 제대로 들지 못하고 있었다.

"누굴까?"

하연이 고개를 갸웃하며 중얼거렸다.

갑작스레 나타나 신마성 전사들의 극진한 대접을 받는 사내에 대해 궁금증이 생길 수밖에 없었다.

"중요한 인물인 것은 분명한 것 같아."

왕도문이 말했다.

"누가 그걸 모르냐? 저 사람의 자세한 신분이 궁금한 거지."

하연이 왕도문의 말에 면박을 줬다.

"아니, 그걸 우리가 어떻게 아냐? 얼굴도 제대로 보이지 않는데."

왕도문이 퉁명스럽게 반박했다.

그러자 소독이 침착하게 말했다.

"일단 속도를 높이자. 혹시 변수가 될 수도 있으니까."

소독의 말에 소룡들이 고개를 끄떡이고는 돛을 더 세우고, 노까지 저으며 배를 대해로 몰아나가기 시작했다.

＊　　　　＊　　　　＊

"해신성주?"

일엽편주로 바다를 가르며 나타나 신마성의 전사들에게 극진한 대접을 받은 초로의 사내가 되물었다.

온몸을 감싼 모자가 달린 외투에서 소금 냄새가 나는 것으로

보아 그가 작은 배를 타고 오랫동안 바다에서 생활했다는 것은
알 수 있었다.

주름진 얼굴에는 피곤한 기색도 역력하다. 그 주름들이 본래
보다 그를 더 나이가 들어 보이게 만드는 것 같았다.

"그렇습니다."

"그럼 놓칠 수 없지!"

사내가 말했다.

"하지만……."

신마성의 마전사가 말꼬리를 흐렸다. 적은 중선을 타고 바다
로 나가고 있었다. 그런 자를 어떻게 잡는단 말인가.

"힘 있는 자를 배에 태워라. 돛을 펼치고 노를 저어 저 배를
추격한다. 일백 장 안으로만 좁힐 수 있다면 놈들의 돛 줄을 끊
을 수 있다."

사내의 말에 신마성의 마전사가 뭔가를 깨달은 듯 급히 수하
들을 보며 소리쳤다.

"놈들을 추격한다. 일 조의 전사들이 배에 오른다."

신마 전사의 명에 가장 앞쪽에 늘어서 있던 기마 전사들이 말
에서 내려 일제히 바다 위에 떠 있는 작은 배로 달리기 시작했다.

"서둘러야 해. 파도가 큰 곳까지 나가면 그때는 나도 어쩔 수
없다."

배를 타고 온 사내가 말했다. 그러자 수하들에게 명을 내린
신마 전사가 고개를 숙이며 대답했다.

"알겠습니다. 다얀 신마후님!"

"뭐지? 뭐야? 추격하는 거야?"

배의 후미에 있던 두굴이 어이가 없다는 듯 소리쳤다.

그로서는 이해할 수 없는 추격이었다. 배의 크기도 이쪽이 훨씬 크고, 이 배에는 해전의 달인이라는 해신성의 성주 궁마천이 타고 있다.

그런데 신마성의 기마 전사들이 작은 배에 올라타 추격을 시작한 것이다.

"저것들이 죽으려고 환장을 했나……."

왕도문이 중얼거렸다.

"자기들 나름대로 무슨 계획이 있겠지. 무턱대고 추격하지는 않을 거야?"

사비옥이 걱정스러운 표정으로 말했다.

그러자 그동안 묵묵히 신마성 전사들의 움직임을 보고 있던 궁마천이 입을 열었다.

"일단 파도가 높은 대해까지 나가세. 그곳에서면 놈들이 어떤 계획을 가지고 있다 해도 소용없을 것이야. 아니, 살아 돌아가기도 힘들 것이네."

궁마천의 목소리에서 적에 대한 분노가 느껴진다. 자신이 당한 수모를 되돌려 주고 싶어 하는 욕망도 느껴졌다. 바다 위에서라면 그는 무엇이든 할 수 있다는 자신감이 보였다.

"어쨌거나 얼른 대해로 나가자고! 그곳에서 대체 어떤 자이기에 무모하게 추격을 시작했는지 확인하자."

소독이 소룡들을 보며 소리쳤다.

두 척의 배가 일정한 거리를 두고 대양을 향해 달렸다. 처음에는 좀처럼 거리가 좁혀질 것 같지 않은 듯 보였지만, 어느 순간부터 작은 배가 좀 더 날렵하게 움직이기 시작했다.

그런데 사실은 무한 일행이 타고 있는 배 역시 속도를 내려면 충분히 추격자들을 따돌릴 수 있었다.

소룡들의 마지막 수련 여행을 위해 만들어진 배는 보통의 배들과 달리 날렵한 선체를 가지고 있었다.

먼 바다를 빠르게 여행할 수 있도록 특별하게 선체를 만들었기 때문이었다.

그런데 그럼에도 불구하고 신마 전사들이 탄 배가 조금씩이나마 거리를 좁힐 수 있었던 것은 무섭게 재촉하는 신마후 다얀의 존재 때문이기도 했지만, 그것보다는 파도가 높아지면서 소룡들이 탄 배가 조금씩 속도를 줄였기 때문이었다.

"놈들의 속도가 늦어지고 있습니다."

수하들과 함께 배에 오른 신마성 기마 전사들의 우두머리가 다얀을 보며 말했다.

"바다에서는 우릴 상대할 자신이 있다는 뜻이겠지."

신마후 다얀이 무표정한 얼굴로 말했다.

"하긴 궁마천이라면……."

여전히 신마성 전사에게는 이 추격이 불안하게 느껴지는 듯 보였다. 궁마천 같은 해전의 고수를 상대하기에 신마성 기마 전사들의 해전 실력은 턱없이 부족했다.

하지만 신마후 다얀에겐 그런 걱정 따위는 없는 듯 보였다.

"그의 실력이 아무리 탁월해도 움직이지 못하는 배로는 아무것도 할 없다. 좀 더 가까이 접근하라."

다얀이 냉정하게 명을 내렸다.

그러자 신마 전사들이 어쩔 수 없다는 듯 다시 힘을 내 노를 젓기 시작했다.

두 배의 거리가 점점 좁혀졌다. 그러자 소룡들 사이에서도 약간의 불안감이 감돌았다.

"백병전을 생각하시는 겁니까?"

지금까지 궁마천의 의도대로 배를 움직인 소독이 물었다.

"아니, 바다에서 백병전은 어리석은 일이지."

궁마천이 대답했다.

"그럼 어쩌시려고……?"

소독이 궁마천의 생각을 물었다.

그러자 궁마천이 침착하게 대답했다.

"파도가 높은 곳에 들어서면 배들은 쉽게 방향을 틀지 못하네. 하지만 난 그게 가능해. 놈들의 배가 큰 파도를 타기 시작하면 그때 잠시 내게 배를 맡겨주게. 그럼 내가 놈들의 배를 부숴버릴 테니."

"충돌을 하시겠다는……? 충선은 해전의 기본이지만 양쪽 다 피해를 보는 경우가 많지 않습니까? 우린 이 배를 타고 무산해협을 건너야 합니다만……."

소독이 걱정스럽게 물었다.

"이 배에는 피해가 없을 걸세. 날 믿게. 난 해신성주 궁마천일세."

궁마천이 단호하게 말했다.

이렇게까지 말하는 궁마천에게 소독이라도 더 이상 반대할 수 없었다. 비록 이 배가 묵룡대선의 배라 해도…….

"젠장, 이거 괜히 구해준 것 아니야? 물에 빠진 사람 구해놓으니 이제 보따리까지 내놓으라는 격인데…….."

왕도문이 투덜거렸다.

궁마천만 구하지 않았다면 그들은 편하게 대양을 여행해 봄섬으로 돌아갈 수 있었을 것이다.

"나쁘지 않아."

사비옥이 침착하게 말했다.

"뭐가 나쁘지 않다는 거냐?"

왕도문이 불만스러운 표정으로 되물었다.

"우리 묵룡대선과 해신성은 육주에서 바다에 관한 한 쌍벽을 이루는 세력이지. 하지만 해전에 있어서는 솔직히 상선을 운용하는 우리보다 해신성을 더 높게 평가하는 경향이 있어."

"그래도 흑라의 대선단을 막은 것은 우리 선장님이야."

"그야 그렇지만… 어쨌든 세상의 평가가 그렇다는 거고. 또 그들의 해전 실력이 대단한 것도 사실이고."

"그래서?"

"우리가 언제 그렇게 대단한 해신성주의 해전 실력을 볼 수 있겠냐? 아마 배울 게 있을 거야. 구경하는 맛도 날 거고."

"젠장, 그러다 배가 상하면?"

"그야 고치면서 가면 되지. 중간에 이룽섬에 들를 수도 있잖

아. 너 이 싸움의 결과가 궁금하지 않아?"

사비옥이 되물었다.

그러자 왕도문이 궁마천과 추격하는 신마성의 배를 번갈아 보다가 중얼거렸다.

"그러게. 어떻게들 싸울지 궁금하기는 하네……."

쿠우우!

철썩!

드디어 두 척의 배 모두 대해의 큰 파도를 타기 시작했다. 그 순간 앞서 가던 소룡오대의 배가 방향을 틀었다.

어느새 배의 키를 넘겨받은 궁마천이 능숙하게 배를 몰았고, 대전사 황검충과 궁마천의 아들, 그리고 한 명 남은 해신성의 전사가 돛 줄을 잡고 바람의 방향을 통제하기 시작했다.

그러자 소룡오대의 배가 크기에 어울리지 않는 움직임을 보이기 시작했다.

콰아아!

소룡오대의 배가 마치 작은 배처럼 좁은 각도로 회전을 시작했다.

그러자 순식간에 두 배의 위치가 변했다. 어느새 소룡오대의 배가 신마성의 배 뒤쪽으로 이동한 것이다.

그리고 한순간 거대한 파도를 한 차례 넘은 소룡오대의 배가 일직선으로 신마성의 배 후미를 향해 돌진하기 시작했다.

소룡들은 모두 감탄한 표정으로 자신들의 배가 신마성의 배를 향해 돌진하는 것을 지켜보고 있었다.

궁마천이 선보이는 조종술은 묵룡대선의 노련한 선원들도 쉽게 흉내낼 수 없는 것이었다.

그리고 상황이 불리하게 변했음은 신마성의 전사들 역시 깨닫고 있었다.

"신마후님 이대로라면 위험합니다."

신마성의 전사가 다급하게 소리쳤다.

하지만 신마후 다얀은 전혀 긴장하거나 걱정하는 기색이 없었다.

그는 대신 허리춤에 매달고 있던 철궁을 느리게 꺼내 들었다.

"걱정 마라. 바로 이때를 기다리고 있었으니까."

철궁을 꺼낸 다얀이 전통(箭桶)에서 강전을 꺼내 들었다.

그리고 배의 후미로 다가서더니 빠르게 다가오는 소룡오대의 배를 향해 활을 겨누었다.

"싸움은 이제 시작이다!"

소룡오대의 배를 향해 활을 겨눈 다얀이 말을 하던 입을 꾹 다문 채 팽팽하게 당겨진 시위를 입술에 댔다가 살짝 놓았다.

순간 시위에 걸려 있던 강전이 마치 폭음이 터지는 듯한 소리를 내며 벼락처럼 날아갔다.

제8장

작은 해전

쿠오오!

쾅!

무서운 속도로 날아온 강전이 팽팽하게 당긴 돛 줄에 격중되는 순간 격렬한 파열음이 사람들의 고막을 찢어 놓았다.

콰르르!

팽팽했던 돛 줄이 빠르게 풀어졌다. 순간 해신성의 대전사 황검충이 재빨리 팔을 뻗어 풀어지는 돛 줄을 낚아챘다.

쿵!

돛 줄이 끊겨 떨어지던 돛이 중간에서 멈췄다. 그러자 다른 해신성 전사들이 황검충이 있는 곳으로 달려가 함께 끊어진 돛 줄을 잡아당겼다.

구르르!

무거운 소리를 내며 돛이 다시 펼쳐지기 시작했다.

그런데 그 순간 다시 한 대의 화살이 빛처럼 날아들었다.

픽!

"악!"

황검충을 도와 돛 줄을 당기고 있던 해신성의 전사가 비명을 지르며 튕겨 나갔다.

그 손이 한순간에 피범벅이 되어 있었다. 그의 손등을 화살이 뚫고 지나간 것이다.

사람들은 해신성의 전사가 부상을 당했다는 사실보다, 화살을 쏜 자의 궁술에 경악했다.

좁혀지기는 했지만, 신마성 전사들이 타고 있는 배와 소룡오대의 배 사이 거리는 여전히 수십 장, 보통 사람이라면 화살이 닿기조차 힘든 거리였다.

그런데 신마성의 배를 지휘하는 자는 그 거리에서 화살을 날려 정확하게 돛 줄을 끊고, 다시 또 화살을 날려 신마성 전사의 손을 꿰뚫은 것이다.

이런 궁술은 일반 궁사들이 솜씨가 아니었다. 궁술을 무공으로 수련한 자, 그것도 극도의 경지까지 수련한 자의 솜씨다. 살에 내공을 싣고, 안력을 극한으로 끌어 올리지 않으면 불가능한 궁술이었다.

그건 소룡오대의 배를 추격하는 자가 뛰어난 무공의 고수라는 것을 의미한다.

특히 그의 궁술은 이 싸움의 판세를 완전히 변화시킬 수도 있었다.

배와 배가 거리를 두고 싸우는 해전에서 뛰어난 궁술은 가장 위험한 무기 중 하나이기 때문이었다.

그리고 그 예상대로 사내가 다시 화살을 겨누었다.

팡!

사내의 철궁이 다시 한 대의 화살을 발사했다.

팟!

앞서 발사한 두 대의 화살처럼 시위를 떠난 화살이 빛의 그림자처럼 소룡오대의 배, 그중에서도 이번에는 황검충을 향해 날아들었다.

너무 빠르고 강한 화살이어서 돛 줄을 잡고 있는 대전사 황검충이 미처 대처할 사이가 없었다. 다른 사람들 역시 그를 도울 기회를 갖지 못한 것은 당연했다.

그런데 그 순간 하나의 물체가 황검충의 등을 막았다.

쾅!

"읏!"

강렬한 충돌음과 함께 놀란 듯한 소리가 터져 나왔다.

"칸!"

"사제! 괜찮아?"

소룡오대의 소룡들이 깜짝 놀라 소리쳤다.

어느새 무한이 소룡들이 패용하고 다니는 방대를 들고 대전사 황검충 등 뒤로 날아오던 화살을 막았던 것이다.

화살은 무한의 방패를 뚫고 들어가 무한의 어깨에 살짝 박혀 있었다.

"난 괜찮아요. 그보다 빨리 방패를 세워요!"

무한이 소리쳤다.

그러자 소룡들이 무한을 걱정스럽게 바라보면서도 일제히 배의 전면으로 나가 방패를 들어 올렸다.

묵룡대선의 전사들이 자랑하는 방패술, 대해벽 중에는 해상 전투에서 적의 화살이나 창 공격을 막아내기 위한 방패진도 포함되어 있었다. 소룡들이 바로 그 방패진을 형성한 것이다.

쾅쾅쾅!

연속해서 날아온 세 대의 화살이 소룡들이 세운 방패와 충돌했다.

그러나 화살들은 이번에는 방패를 뚫지 못했다. 일단 대해벽의 방패진이 형성되면 소룡들의 내공이 방패에 전달되고, 그 힘이 무형의 장막을 형성해 화살의 힘을 크게 떨어뜨리기 때문이었다.

하지만 그럼에도 불구하고 방패를 든 소룡들에게 묵직한 충격이 전해졌다.

"젠장! 도대체 어떤 자이기에 이런 궁술을 가진 거지. 저 먼 거리에서도 온전히 화살에 진기를 얹어 보내잖아?"

왕도문이 방패를 통해 느껴지는 화살의 힘에 놀라 소리쳤다.

"조심해 틈이 생기면 화살에 뚫려!"

소독이 경고했다.

"조금만 견디게. 놈들의 배를 박살 내줄 테니!"

화살 공격에도 불구하고 적선을 향한 돌진을 멈추지 않는 궁마천이 소리쳤다.

"좋습니다. 기왕 이렇게 된 것 아예 물고기 밥을 만들어 버리세요!"

왕도문이 소리쳤다.

"반드시 그렇게 해주지!"

궁마천이 뚫어지게 적선을 노려보며 대답했다.

콰아아!

해신성의 대전사 황검충 등이 당기는 힘으로 견디고 있는 돛, 무시무시한 화살 공격을 막기 위해 배의 앞쪽에 방대를 들고 웅크려 있는 소룡들, 그런 상태로 소룡오대의 배는 태풍에 밀려가는 것처럼 신마성의 배를 향해 돌격했다.

쾌속선으로 만들어진 배의 구조 외에 궁마천의 놀라운 조종술이 만나 만들어낸 결과였다.

"신마후님!"

적선을 피해 급히 노를 젓던 신마성 전사들이 그들의 예상보다 훨씬 빠르게 닥쳐드는 적선을 보며 신마후 다얀을 불렀다.

그러자 철궁을 든 채 다얀이 중얼거렸다.

"생각보다 특별한 자들이군. 해신성주의 배 모는 기술이야 그렇다 치고… 내 화살을 막아내다니."

콰아아!

중얼거리는 다얀의 귀에도 이제 삼십 장 안쪽으로 들어선 적선의 파도 가르는 소리가 들렸다.

"신마후님!"

신마 전사가 다시 소리쳤다.

그러자 신마후 다얀이 단호하게 소리쳤다.

"피할 수 없다. 바다로 뛰어들어! 그리고 해안까지 헤엄쳐 간다. 모두 해안에서 보자!"

다얀이 그 말을 남기고는 자신이 먼저 바다로 뛰어들었다.

"뭐… 뭐야? 어떻게 하라는 겁니까?"

신마성 전사 중 한 명이 당황한 얼굴로 소리쳤다.

"뭐긴 뭐야! 배를 버리라는 뜻이지. 모두 바다로 뛰어들어. 그리고 물속에서 최대한 멀리 이동한 후 수면 위로 나와! 놈들이 활을 갖고 있지 않기를 바랄 뿐이다. 가자!"

신마성 전사들의 우두머리가 명령을 내리고 자신도 신마후 다얀의 뒤를 따라 바다로 뛰어들었다.

그러자 신마성의 전사들이 앞다투어 그들이 타고 온 작은 배를 버리고 바다로 향했다.

쿵!

소룡오대의 배가 무겁게 적선을 들이받았다. 그리고 짓이기듯 적선을 부수며 그대로 앞으로 전진했다.

그그긍!

신마후 다얀의 지휘 아래 소룡오대의 배를 추격해 온 소선이 종잇장처럼 부서졌다.

소룡오대의 배가 소선을 관통하고 지나가자 바다 위에 남은 것은 산산조각 난 배의 잔재들밖에 없었다.

적선이 부서지는 순간 방패진을 푼 소룡들이 배의 후미로 달려갔다.

"망할 놈들 꼴좋구나!"

왕도문이 수면 위로 떠오르는 신마성 전사들을 향해 주먹을 휘두르며 소리쳤다.

"공격합니까?"

대전사 황검충이 여전히 배를 몰고 있는 해신성주 궁마천에게 급히 물었다.

물에 빠진 자들을 공격하려면 서둘러야 한다. 거리가 멀어지면 무공을 가진 자들은 빠르게 해안으로 헤엄쳐 갈 것이다.

그리고 황검충은 당연히 공격하기를 원했다. 그간 신마성에 당한 원한이 깊을 수밖에 없는 황검충이었다.

그러나 궁마천은 황검충의 기대와 달리 고개를 저으며 말했다.

"아니, 이대로 큰 바다로 나갈 걸세."

"어째서……?"

물에 빠진 자들을 모두 잡아 죽여야 속이 시원할 것 같은 황검충이 당황한 표정으로 되물었다.

"그들 몇 명 죽여봐야 무슨 소용이 있겠는가. 이미 전쟁에서는 패했는데. 또 그들을 주살하다 또 다른 적이 나타나면 낭패지. 더군다나 이 배는 묵룡대선의 배, 우리의 원한 때문에 다른 사람을 위험에 빠뜨릴 수는 없네. 더군다나… 활을 쏜 자! 그자의 실력이면 물속에서도 활을 쏠 수 있을 거야."

궁마천이 물에 빠진 적들을 추격하지 않는 이유를 상세하게 설명했다.

적에 대한 원한이 깊은 황검충을 납득시켜야 하기 때문이었다.

그가 비록 해신성의 성주이기는 하지만, 동료를 잃은 전사의 마음을 단지 권위로 누를 수는 없었다.

"…알겠습니다. 제 생각이 짧았습니다."

궁마천의 설명을 들은 황검충이 고개를 조아리며 말했다.

"아니, 내가 어찌 대전사의 마음을 어찌 모를까. 하지만… 복수도 때가 있는 법이니까. 배 잘 썼네. 이제 돌려주지."

궁마천이 소룡들을 보며 말했다.

그러자 소독이 궁마천 앞으로 걸어와 머리를 숙이며 말했다.

"많이 배웠습니다. 배를 다루시는 성주님의 모습을 보면서 저희가 얼마나 부족한지 깨닫게 되었습니다."

"후후, 독안룡의 제자가 할 말은 아니군. 독안룡이라면 나보다 더 쉽게 놈들을 깨뜨렸을 거야. 아무튼… 이젠 자네들에게 신세를 져야겠군."

"성심껏 모시겠습니다."

"고맙네."

궁마천이 이왕사후의 도도함을 버리고 진심을 담아 말했다.

추격자들과의 싸움에서 또 한 차례 소룡들의 도움을 받은 것을 부인할 수 없기 때문이었다.

"그럼!"

소독이 궁마천에게서 배의 키를 넘겨받았다.

소독에게 배를 넘긴 궁마천이 그의 아들이 돌보는 부상당한 해신성 전사 곁으로 다가갔다. 그리고 화살에 손이 꿰뚫린 전사에게 물었다.

"괜찮으냐?"

"괜찮습니다. 다행이 깨끗하게 관통했습니다."

부상을 당한 전사 대신 황검충이 대답했다.

"좀 볼까?"

궁마천의 말에 부상당한 전사가 자신의 손을 앞으로 내밀었다.

그러자 궁마천이 세심하게 전사의 상처를 살피다가 나직하게 탄식했다.

"정말 놀라운 솜씨구나."

"그렇습니다. 이렇게 깨끗한 상처를 남긴다는 것은 화살이 손을 완전히 통과할 때까지 힘을 잃지 않았다는 뜻입니다. 이런 궁술은… 전 이전에 본 적이 없습니다."

대전사 황검충이 심각한 표정으로 대답했다.

"신마성… 볼수록 무서운 자들이군. 대체 그들의 뿌리가 무엇일까? 정말 혹라의 후인일까?"

여전히 같은 의문과 질문이다.

그러나 이 질문에 대한 답은 신마성의 전사들도 할 수 없는 것이었다.

"어떤 식으로든 연결은 되어 있을 것 같습니다만……."

"그렇긴 하겠지. 파나류에서 짧은 시간 내에 이런 강력한 세력을 형성한다는 것은 흑라의 잔존 세력을 얻지 않으면 불가능한 일이니까."

궁마천의 말이 끝나자 배 위에 잠깐 침묵이 흘렀다.

흑라를 언급하면 늘 이랬다. 죽은 자이지만, 그의 이름이 한번 언급되면 여전히 그 누구에게든 두려움을 뒤를 이은 침묵을 만들어냈다.

하지만 침묵은 오래가지 않았다. 갑자기 황검충이 무한에게 말을 걸었기 때문이다.

"아까는 고마웠네."

"예? 아, 뭐 그거야……."

무한이 머리를 긁적였다.

신마성의 신마후 다얀이 황검충이 향해 피할 수 없는 강전을 날렸을 때, 무한이 방패를 들어 보호한 일을 두고 황검충이 고마움을 표시한 것이다.

"역시 소룡이라고 했나?"

황검충이 다시 물었다.

"예. 그렇습니다."

"다른 소룡들보다는 조금 어린 것 같은데……."

"그 친구는 우리의 막내 사제입니다. 선장님께서 거두신 마지막 제자이기도 하지요."

배를 몰고 있던 소독이 큰 소리로 말했다.

"음… 그렇군. 그런데 그러면 무공을 수련한 시간도 다른 사람들에 비해 짧겠군."

황검충이 물었다.

"그렇습니다."

무한이 대답했다.

"얼마나 되었지? 독안룡님의 무종을 받은 것이……."

"일 년은 넘었고, 이 년은 안 되었습니다."

무한이 대답했다.

"이 년이 안 되었다. 후우…… ."

황검충이 길게 한숨을 쉬었다.

"…부럽군."

갑자기 황검충과 무한의 대화를 듣고 있던 궁마천도 불쑥 말했다.

"그렇습니다. 독안룡께서는 육주의 권력을 버리신 대신 세상을 여행하시면서 뛰어난 제자들을 얻으신 것 같습니다. 여기 소룡 친구들, 특히 이 어린 소룡 친구와 겨룰 수 있는 같은 또래의 인재가 우리 해신성에는 없을 듯하니……."

황검충이 우울하게 중얼거렸다.

*   *   *

소룡들의 일차 목적지는 이릉섬이었다.

청류산처럼 청량한 공기와 쾌적한 잠자리를 제공하는 섬은 아니었지만, 그래도 무산열도를 횡단하기 전 마지막으로 땅 위에서 잠을 잘 수 있는 섬이기 때문이었다.

물과 약간의 양식도 구할 수 있었다.

다행이 더 이상의 추격은 없었다. 애초에 대해로 들어선 이상 소룡오대가 탄 배를 추격할 배는 없었다. 배 자체가 높은 파도에서도 빠른 속도를 낼 수 있게 설계되었기 때문이다.

신마후 다얀의 화살에 끊어졌던 돛 줄도 금세 복구되었다.

덕분에 항해는 순조로웠다. 마침 바람도 남풍이 불었고, 큰 바람을 몰고 오는 태풍의 전조도 없었다.

여행길이 순조로워지자 오대의 소룡들은 한 가지 작으면 작고, 크면 크달 수 있는 문제로 약간의 고민을 하기 시작했다.

그건 바로 막내 사제 칸에 대한 것이었다.

신마성의 추격에서 막 벗어났을 때는 미처 그 문제를 깊게 고민할 여유가 없었지만, 이틀 정도 시간이 흘러 여행이 안정을 찾자 그들은 누가 먼저랄 것도 없이 칸에게 흘끔흘끔 시선을 주기 시작했다.

그리고 결국 참지 못하고 하연이 칸을 불렀다.

석양 막 수평선을 붉은 핏빛으로 물들일 때였다.

"칸, 이리 와봐!"

하연이 배 난간에 등을 기대고 앉아 물들어 가는 수평선을 보고 있던 무한을 불렀다.

배 위에서 칸의 생활이란 것은 사실 묵룡대선에 처음 탔을 때와 별반 달라지지 않았다.

그의 양부랄 수 있는 아적삼이 갑판 일을 맡았고, 그로 인해 묵룡대선에서 그가 처음 한 일도 갑판 일이었다.

그래서 자연스럽게 이 배에서도 그는 갑판을 청소하거나 그 위 물건들을 정리하는 일을 맡고 있었다. 어쩌면 막내로서 당연히 그의 몫인 일이기도 했다.

하루 동안 갑판 일을 하다 보면 몸이 녹초가 되기 십상이다.

그래서 해 질 무렵 잠시 지친 몸을 쉬고 있던 칸을 하연이 부른 것이다.

"왜요? 무슨 일 있어요?"

무한이 움직이지 않고 되물었다.

"이 자식이? 오라면 오지 무슨 말이 많아! 얼른 와봐."

"저 피곤하다고요. 하루 종일 갑판 청소하고 정리한 것 모르세요?"

"말이 많다. 얼른 와봐."

하연이 목소리를 낮춰 협박하듯 부르며 손을 까딱거렸다.

무한이 그런 하연의 모습이 한숨을 내쉬며 자리에서 일어났다. 그리고 피곤한 몸을 이끌고 하연이 있는 곳으로 터덜터덜 걸어갔다.

"왜요?"

하연 앞으로 간 무한이 불만스러운 표정으로 물었다.

그런데 그 순간 갑자기 하연이 무서운 속도로 검을 뻗었다. 물론 검이 검집이 그대로 있는 상태였다.

그러나 비록 검집에 들어 있어도 매서운 파공음을 일으킨 전광석화와 같은 쾌검술이었다. 아마도 아적삼의 혈랑검인 듯했다.

"헛!"

무한이 갑작스러운 하연의 공격에 놀라 재빨리 몸을 틀었다.

팟!

하연의 검집이 아슬아슬하게 무한의 옷깃을 스치고 지나갔다.

그런데 그 순간 갑자기 무한을 스쳐가던 하연의 검이 급격하게 방향을 틀어 베듯이 무한의 가슴을 향해 다가왔다.

보통의 무인이라면 아무리 빨라도 속절없이 한 대 얻어맞아야할 상황, 그런데 무한은 마치 기다리고 있던 사람처럼 가볍게 한걸음 뒤로 물러났다.

슥!

팟!

단지 한 걸음 물러났을 뿐인데, 무한의 몸이 얼음판을 미끄러지듯 갑판을 미끄러져 일 장 이상 뒤로 물러났다. 당연히 벼락같던 하연의 검도 허공을 갈랐다.

"뭐 하는 거예요? 비무를 하자는 거면 사양입니다. 피곤해 죽겠는데!"

무한의 하연을 보며 진심으로 화를 냈다. 하루 종일 갑판 일을 하느라 정말 녹초가 무한이었다.

"됐고, 이리 와봐."

하연이 다시 무한을 불렀다.

"비무 안 한다니까요."

무한이 고개를 저었다.

"걱정 마. 이제 그만할 테니. 그러니까 이리 와봐."

"정말이죠?"

"이게 속고만 살았나? 나. 하연이야. 나 못 믿어?"

"예."

"뭐?"

"아니, 아니요. 갑니다."

무한이 급히 하연 옆으로 다가섰다.

"앉아!"

하연이 자신이 먼저 자리를 잡고 앉으면서 자신의 옆 갑판을 툭툭 두드렸다.

무한이 하연이 시키는 대로 그녀의 옆에 자리를 잡고 앉았다.

그러자 하연이 갑자기 건너편에 앉아 있는 소독을 보며 물었다.

"어때 잘 봤어?"

"음……."

소독이 대답인지 신음소린지 모를 소리를 냈다.

"결론은?"

"잘 모르겠는데."

소독이 고개를 갸웃했다

"너희들은?"

하연이 이번에는 다른 소룡들을 보며 물었다.

그러자 다른 소룡들 역시 망설이며 입을 열지 않았다.

그러자 무한이 따지듯 물었다.

"지금 뭐 하는 겁니까? 나 하나 두고 무슨 내기 같은 걸 하셨어요?"

"내기는 아니고……."

"그럼 뭔데요?"

"음… 사실 지난번 신마성 마인들의 추격 때 네가 그 엄청난 화살을 막아냈잖아. 그 전에는 뭍에서 신마성 전사 셋을 순식간에 베어버리고."

"그래서요?"

무한이 그게 지금 일과 무슨 상관이냐는 듯 따져 물었다.

"그때 사실 우리는, 아니, 우리뿐 아니라 하물며 바루호 전사님까지. 미처 황 대전사님을 구할 수 없었거든. 화살이 너무 빨라서. 그런데 넌 그걸 막아냈지."

"그러니까 그게 뭐요?"

"너 어떻게 그렇게 빨리 움직일 수 있었던 거냐?"

"그야 본능적으로……."

"닥쳐! 본능적은 무슨… 그건 본능적인 움직임만으론 설명할 수 없는 거야."

하연이 다시 검을 집어 들어 때리려는 시늉을 했다.

하지만 이번에는 무한도 태연했다.

"그럼 뭐, 모두의 평가처럼 내가 본래 천재였나 보죠. 말했잖아요. 사막에서 홀로 된 이후 거의 죽을 만큼 굶주리고 갈증에 시달리다 보니까 오히려 몸속에서 움직이는 진기의 흐름을 거의 완벽하게 볼 수 있게 되었다고요. 감각도 놀랍게 민감해진 것 같고… 그 이후 줄곧 이렇게 무공의 진도가 빠르게 이어지고 있어요."

태연하기는 했지만 그렇다고 장난기가 섞인 것은 아니어서 허튼 말 같지는 않았다.

그리고 사실 무한의 말은 완전히 거짓말도 아니었다. 아니, 오히려 거의 구 할은 사실이었다.

다만 그렇게 된 이유, 자신의 몸을 흐르는 진기의 흐름을 눈으로 보듯 느끼게 된 것과, 주변에서 일어나는 일에 대한 오감의 반응이 예전보다 훨씬 뛰어나게 된 이유가 사막을 유랑해서가 아니라. 빛의 술사로서 얻어진 능력 때문이란 것만 말하지 않았을 뿐이었다.

가장 큰 비밀을 숨기기는 했지만, 그의 몸에서 일어나고 있는 현상은 모두 말했으므로 무한 스스로도 소룡들을 속이고 있다는 미안함도 거의 느끼지 못했다.

하지만 역시 정확한 원인이 없는 변화는 사람들을 쉽게 납득시키지 못한다.

"단지 사막을 조금 혼자 걸었다고 그런 변화가 생겼다는 걸 믿으라는 거냐?"

하연이 눈을 날카롭게 뜨고 물었다.

그러자 무한이 역시 진지하게 대답했다.

"단지 사막을 조금 걸은 정도가 아니죠. 저승 문턱을 몇 번은 넘었다 온 사람에게. 그리고… 저도 그게 모든 변화의 이유라고 말하지는 않았어요."

"그럼?"

"벌써 잊으셨어요? 처음에 제가 한 말. 제가 정말 천재일지도 모른다고 했잖아요? 사실, 그 말은 우리가 사막으로 가기 전 사형들이 먼저 제게 한 말 아닌가요? 사왕님도 그렇고……."

무한이 천연덕스럽게 말했다.

"와! 이 자식… 이렇게 뻔뻔해지다니."

하연이 당할 수 없다는 듯 탄식을 흘렸다.

"전 있는 그대로 말씀드린 것뿐이에요."

"좋아. 네 말을 모두 믿는다고 치자. 그래서 얼마나 강해진 거냐?"

"그야 나도 모르죠. 다만… 대전사님의 등으로 날아드는 그 강전을 눈으로 본 후 움직여 방패로 겨우 쳐낼 정도가 되었다는 게 정확한 대답이겠죠. 그건… 모두 본 것이니까요."

무슨 말을 해도 믿지 않을 테니 눈으로 본 것만 믿으라는 듯 무한이 대답했다.

그리고 사실 그건 무한의 무공 상태를 가장 정확하게 말해주는 사건이기도 했다.

당시 배 위의 어떤 사람도 대전사 황검충을 구할 수 없었다.

그런 일을 무한이 해냈으니 따지고 보면 무한이 이제 배 위에서 가장 강한 사람이 되었다는 것을 의미한다고도 할 수도 있었다.

하지만 논리적으로는 그렇게 생각할 수 있지만, 마음으로는 쉽게 그 사실을 받아들일 수 없는 소룡들이었다.

무한이 무공을 배운지 아직 이 년이 되지 않았다는 사실이 사람들이 무한의 무공을 있는 그대로 받아들이는 것을 방해했다.

"후우… 보고도 믿을 수 없는 일이란 말이야. 설명을 해도 설명이 되지 않는 이유기도 하고……."

하연이 중얼거렸다.

그러자 그때 사비옥이 입을 열었다.

"어쩌면 칸 자신도 모르는 이유가 있을 수 있지."

"그건 또 무슨 말이냐? 칸이 모르는 이유라니. 어떻게 그런 일이 있을 수 있어?"

왕도문이 반문했다.

"우리 모두가 잊고 있는 게 있어. 칸이 묵룡대선에 타기 전의 기억을 잃었다는 사실!"

"어……."

"어라. 정말 그럴지도……."

사람들이 뭔가를 깨달은 듯 무한을 바라봤다.

그러자 무한이 어깨를 으쓱했다.

"뭐, 그럴지도 모르죠. 어쩌면 제 부모님이 대단한 사람들이었을 수도 있겠지요. 그래서 선장님도 알아챌 수 없는 신비로운 힘을 내 몸에 심어주었을 수도 있겠죠."

말은 긍정적으로 했지만, 사실은 사비옥의 의견을 부정하는 말이다.

어떤 힘이라도 자신의 몸속에 있었다면 독안룡 탑살이 발견했을 것이라는 말이기 때문이었다.

"음… 그건 또 그래. 선장님이 무종을 전수하실 때 칸의 몸속을 속속들이 들여다보셨을 테니까."

소독이 무한의 말에 수긍했다.

그러자 사비옥이 다시 말했다.

"세상에는 신비로운 힘들이 많아. 무종은 그중 한 종류의 힘일 뿐이지. 술법을 쓰는 사람들도 있고, 또 파나류나 무산열도 깊은 곳에는 신비로운 힘을 지닌 생명체도 있다고 하잖아? 그러니까. 또 모르지. 아무튼 한 가지는 확실해."

"뭐?"

왕도문이 되물었다.

"칸이 기억하지 못하는 시간이 지금 칸의 몸에 영향을 미치고 있다는 것, 당장 칸의 말처럼 칸이 천재여서라고 해도 그 천재적인 자질을 물려준 것은 칸이 기억하지 못하는 분들에 의해서잖아?"

"그건… 또 말이 되네."

왕도문이 고개를 끄떡였다.

"그런 의미에서 칸, 너 과거를 찾는 노력을 좀 신경 써서 해봐."

사비옥이 칸에게 충고했다.

그러자 무한이 고개를 저었다.

"억지로 그런 노력을 하기는 싫어요."

"왜? 뿌리를 찾고 싶지 않아?"

"지금 이대로가 좋아요. 묵룡대선의 사람으로 세상을 여행하면서 자유롭게 사는 거요. 이 생활에 어떤 이유로든 변화가 일어나는 건 제가 원치 않아요."

"하여간 이상한 놈이라니까. 그래도 자신이 과거는 알아야지."

왕도문이 투덜거렸다.

그러자 무한이 따지듯 말했다.

"솔직히 사형들도 모두 그렇잖아요. 저처럼 기억을 잃은 것은 아니지만 사형들도 묵룡대선에 타기 전의 과거에 대해선 입에 올리지 않으시잖아요."

"그, 그거야……."

왕도문이 말꼬리를 흐렸다.

무한의 말처럼 소룡들은 묵룡대선에 타기 전 모두 아픈 기억들이 있었다. 그래서 그들은 자신의 과거 이야기를 거의 입에 올리지 않았다.

"그래. 칸의 말이 맞다. 지금 행복하면 됐지, 과거는 찾아 뭣해! 그래 봐야 젠장할 과거지!"

옆에서 소독이 차가운 얼굴로 중얼거렸다.

*   *   *

"후우욱! 후욱!"

사내가 검은 기운에 휩싸여 깊은 호흡을 하고 있었다.

한 줄기 빛도 없는 검은 석실, 천장에 박혀 있는 청색 야광석만이 흐릿하게 실내를 비출 뿐이다.

사내는 석실의 안쪽 깊은 곳에 놓인 석좌에 앉아 있었다. 돌의자에서 흘러나온 냉기가 사방을 얼려 버릴 것 같았다. 아마도 의자를 만든 석재가 처음부터 냉기를 품고 있었을 것이다.

사내는 마치 심장이 밖으로 튀어나올 것 같은 사람처럼 한 손으로 강하게 가슴을 누르며 큰 호흡을 하고 있었다.

그런데 자세히 보면 돌의자에 앉아 있는 사람은 한 사람이 아니었다.

사내의 등 뒤로 사내보다 두어 배는 더 커 보이는 검은 그림자가 드리워져 있었다.

그림자는 마치 사내를 삼킬 것 같은 모습으로 일렁였다. 그 모습이 사내의 그림자는 아니었다. 천장의 야광석이 유일한 광원인 석실에서 애초에 사내의 그림자가 나타날 리도 없었다.

그런데 더 이상한 것은 그렇다고 딱히 실내에 그림자의 주인이 될 사람이 없다는 것이었다.

어디를 봐도 사내 외에 살아 숨 쉬는 인간은 없었다. 하물며 사람 모양을 한 석상이나 물건도 없었다.

그림자는 그야말로 뜬금없이 사내의 등 뒤에 솟아 있었던 것이다.

"후후욱!"

사내는 계속 깊게 호흡하면서 몸을 진정시켰다.

자세히 보면 심장뿐 아니라, 사내의 온몸이 잘게 떨리고 있었다. 마치 간질에 걸린 사람 같았다.

그러면서도 사내의 눈은 서늘한 광채를 가지고 있었다. 온전한 정신을 가진 자만이 내놓을 수 있는 안광이다.

"결코… 너의 뜻대로 되지는 않을 것이다."

깊은 호흡 끝에 사내가 중얼거렸다.

아무도 없는 허무한 공간에 대고 던진 사내의 말이다. 당연히 아무 대답이 없었다, 아니, 없을 줄 알았다.

그런데 갑자기 그의 등 뒤에 솟아 있던 검은 그림자가 좀 더 커지더니 거대해진 두 팔로 사내의 몸을 휘어 감는 듯한 형상을 취했다.

순간 사내가 실제로 타인의 팔이 자신의 몸을 옭죄고 있는 것처럼 고통스러운 표정을 지었다.

그럼에도 불구하고 사내는 검은 그림자에게서 벗어나는 대신 자신이 심장 부근을 더 강하게 눌렀다.

"그래, 힘을 써봐라. 이 정도로는 날 가질 수 없어."

사내의 두 눈에서 광망이 뻗어 나오는 것 같았다. 그 안광이 석실 한 부근에 닿자 미세한 돌가루들이 흘러내렸다.

안광이 단지 눈빛만이 아니라 실재하는 기운을 내포하고 있었던 것이다.

"크으으!"

사내의 입에서 좀 더 고통스러운 목소리가 흘러나왔다. 그럴수록 그를 감싼 검은 그림자가 사내를 에워싸는 면적이 넓어졌다.

그리고 결국에는 사내의 눈 외에 모든 곳을 검은 그림자가 에워쌌다.

그래서 끝내 사내가 검은 그림자에 완전히 함몰되는 듯한 상황에 이르렀다.

그런데 그럼에도 불구하고 사내의 눈 속에서 흘러나오는 강렬한 안광은 변함이 없었다. 그리고 사내의 입에서 흘러나오는 목소리 역시 변함없었다.

"모든 것이 너의 뜻대로 흘러가지 않아. 넌 그저 나의 조력자에 머물고 말 것이다. 모든 것은 나의 의지다. 복수도, 정복도…
그러니 네 본분을 알고 조용히 머물러 있어라!"

쾨아아!

한순간 사내의 눈에 밝은 빛이 쏟아져 나오기 시작했다.

우우우웅!

순간 사내의 몸을 에워싼 검은 그림자가 마치 살아 있는 사람
처럼 기이한 소리를 내기 시작했다.

날카로운 빛들이 검은 그림자를 송곳처럼 뚫고 나오기 시작했
다.

하나, 둘… 시간이 지날수록 검은 그림자를 뚫고 나오는 빛의
줄기가 많아졌다.

그리고 급기야 폭발하듯 눈부신 광채가 사내의 온몸에서 터
져 나왔다.

끄어어억!

비명과 같은 소리가 터져 나오면서 사내의 몸을 휘감고 있던
검은 그림자가 사내의 몸에서 떨어져 나오더니 한순간에 사내의
코와 입으로 빨려 들어가기 시작했다.

"후우욱!"

사내가 큰 호흡으로 검은 기운을 삼키듯 입안으로 빨아들였
다.

그리고 순식간에 검은 그림자가 사라졌다.

사내의 몸에서 흘러나오던 눈부신 광채 역시 거짓말처럼 자취
를 감췄다.

털썩!

사내가 탈진한 사람처럼 돌의자에 무너졌다. 검은 그림자와 싸울 때의 강렬함은 어디서도 찾아볼 수 없었다.

사내의 시선이 눈을 들어 천장에 박혀 있는 야광석으로 향했다.

그런 그의 눈에서 청명하고 날카로운 기운이 사라지고 없었다.

야광석을 보는 그의 눈은 공허했고, 지쳐 있었다.

"시간이 그리 많지 않아. 이러다가는 놈의 기운에 완전히 매몰되고 말거야. 그렇게 되면 난 내 손으로 이 세상을 시체의 산과 피의 강으로 만들겠지."

사내가 공허한 시선으로 중얼거렸다.

그러다가 문득 한순간 그의 눈에 생기가 돌아오기 시작했다.

"그래서… 그렇다 한들 무슨 상관이란 말인가? 내가 이 세상에서 지켜야 할 그 무엇이 남아 있지 않은데. 놈이 원하는 대로 세상을 시체의 산과 피의 강으로 만들어놓는다고 뭐가 문제란 말인가. 기꺼이 그렇게 할 수 있다. 다만 그건 놈에게 내 영혼을 빼앗겨서가 아니라 내 의지로 해야 하는 일이다. 그게 놈과의 내기에서 이기는 것이니까. 흑라! 넌 결코 날 이길 수 없다. 그러기 위해서는… 역시 그 힘이 필요해."

사내의 입에서 강철같이 의지가 묻어나는 목소리가 흘러나왔다.

그러다가 문득 사내가 흐트러진 몸을 바로 세웠다.

그리고 자리에서 일어나 옆에 있는 석탁으로 다가가 벗어놓았던 경장의 무복을 착용했다.

무복을 착용한 후에는 마치 한겨울 추위를 막기 위한 것처럼 두터운 망토를 어깨에 걸친 후, 망토에 달린 두건으로 머리와 얼굴의 반을 가렸다.

그리고 어딘가를 향해 소리쳤다.

"문을 열어라!"

구르릉!

사내의 명에 남쪽 벽 중앙이 열리면서 빛이 쏟아져 들어왔다. 사내가 망설이지 않고 열린 출구로 걸어 나갔다.

그러자 문밖에 대기하고 있던 전사들이 재빨리 사내를 호위하듯 에워싸고 걷기 시작했다.

"다얀은?"

사내가 물었다.

"기다리고 계십니다."

전사들 중 한 명이 대답했다.

"반융에게서 소식은 왔느냐?"

"역시 막 성문을 통과하셨을 겁니다."

"좋군. 지금 당장 만나겠다."

"다른 때처럼 잠시 휴식을 취하시는 것이……?"

호위전사가 사내의 턱 부근에 남아 있는 땀의 흔적을 보며 말했다.

아마도 지금 같은 일이 한 번이 아닌 모양이었다.

"아니, 지금 만난다."

"예, 성주!"

전사가 더 이상 토를 달지 않고 대답했다.

*　　　*　　　*

두툼한 감청색 외투를 걸친 자가 빠르게 좁은 계단 길을 통과했다. 양쪽으로 단단한 석재를 쌓아 만든 집들이 줄지어 늘어서 있었다.

빠르게 계단 길을 오른 사내 앞에 거대한 석조 건물이 나타났다.

어른 서넛이 함께 손을 잡고 있어야 감싸 안을 수 있는 거대한 기둥이 건물의 무게를 받치고 있었다.

사내는 투박한 기둥 사이를 바람처럼 통과했다. 그렇다고 뛰는 모습은 아니었다. 그는 단지 빠르게 걷는 것만으로도 다른 사람들이 달리는 것보다 빠르게 움직이고 있었다.

그렇게 순식간에 석조 건물의 문 앞에 도착하자 경비를 서던 자들이 놀란 얼굴로 고개를 숙이며 인사를 했다.

"신마후님을 뵙습니다."

"성주님은?"

사내가 경비를 서는 무사들에게 물었다.

"오고 계실 겁니다."

"안에 다른 사람이 있느냐?"

"다얀 신마후께서 기다리고 계십니다."

"다얀 님이? 벌써 돌아오셨군."

"오늘 막 도착하셨습니다."

"알겠다. 열어라."

"예."

문을 지키던 무사가 고개를 숙여 대답하고는 거대한 대전의 문을 열었다.

그그궁!

문이 열리자 검은 대전이 모습을 드러냈다. 바닥과 사방의 벽을 검은색 석재로 마무리한 대전이다.

그러나 빛이 없는 것은 아니었다. 남쪽에 만들어진 열 개의 창을 통해 빛이 대전 깊숙한 곳까지 밀려들어 왔다.

넓이는 대략 사방 삼십여 장, 크지도 작지도 않은 넓이다.

동쪽 벽면 앞에 계단으로 이어지는 단상이 있었고, 그 단상 위에 검은색 의자가 외롭게 놓여 있었다.

어떤 장식도 하지 않은 투박한 모양의 의자에는 검은 표범의 모피가 한 장 덮여 있었다.

그 단상 아래서 철궁을 허리에 찬 한 사내가 문을 통해 들어오는 감청색 외투의 사내를 바라보고 있었다.

"다얀 님!"

감청색 외투의 사내가 철궁을 허리에 찬 신마성의 신마후 다얀에게 가볍게 고개를 숙여 인사를 했다.

"어서 오시게. 반융!"

감청색 외투를 걸친 사내는 신마성의 일곱 신마후 중 한 명인 반융이다.

그는 신마후들 중에서 가장 빠른 발을 가진 사람으로 알려져 있었다. 그래서 신마성주 전마 치우의 명을 전하는 사자(使者)로 불리기도 했다.

신마성주의 명을 그만큼 빠르게 전달할 사람이 없기 때문이었다.

그런 그가 이번에는 신마성주의 특별한 명에 따라 먼 여행을 하고 돌아온 것이다.

"먼 길 고생하셨습니다."

반융이 다얀에게 말했다.

"고생이랄 것 있나. 나름대로 대로 나쁘지 않은 여행이었네. 무산열도 북부를 여행할 수 있는 기회는 흔치 않으니까. 다만… 성과가 없는 것이 아쉬울 뿐."

"역시… 그곳도 그렇군요. 저 역시 마찬가지입니다. 묵룡대선의 소룡들이 떠난 이후에도 얼마간 남아서 빛의 술사의 흔적을 찾아보았지만… 유적은 있는데 유물은 없더군요."

반융이 말했다.

"자네 역시 마찬가지였군. 나도 마찬가지였네. 폐허가 된 유적은 있었지만, 그의 유물이나 전인은 없더군."

"그럼 역시 빛의 술사의 맥은 영원히 끊긴 것일까요? 아니, 아직 한 곳이 남았군요. 열화산으로 간 석 노제가 돌아오지 않았으니까."

신마성주의 명을 받고 묵룡대선 소룡들 뒤를 따라간 세 명의 신마후 중 석중귀가 남아 있었다.

그런데 그 순간 다얀이 어두운 음성으로 말했다.

"아직 소식을 듣지 못한 모양이군."

"…무슨 일이 있습니까?"

"연락이 끊긴 지 오래라고 하더군."

다얀이 무겁게 말했다.

"그게 어떻게…?"

반융이 당황한 표정으로 되물었다.

"반면 그가 추격해 간 묵룡대선의 소룡들은 무사히 돌아왔네."

"그럼?"

"아무래도 무슨 일이 생긴 것이 분명한 듯해. 어쩌면… 음! 성주께서 오셨군."

다얀이 하던 말을 끊고 서쪽 문을 바라봤다.

어느새 열린 문을 통해 검은 전복 차림의 신마성주가 대전으로 들어오고 있었다.

제9장

어둠에서 살아난 자

"성주!"

다얀과 반융이 동시에 무릎을 꿇고 신마성주 전마 치우를 맞았다.

어둠을 몰고 오는 것 같은 신마성주가 두 사람 앞으로 다가오더니 입을 열었다.

"오랜만이군. 일어들 나지."

신마성주의 말에 두 사람이 몸을 일으켰다.

두 사람이 일어서자 신마성주가 천천히 걸음을 옮겨 계단 위쪽에 있는 의자로 이동해 무겁게 앉았다.

"두 사람 모두 찾지 못했다고?"

의자에 앉은 신마성주의 물음에 다얀과 반융 두 사람이 죄를 지은 사람들처럼 머리를 조아렸다.

"죄송합니다, 성주!"

"애초에 큰 기대를 한 것은 아니니 실망할 것도 없지. 그런데 유적의 존재는 확인했나?"

"그렇습니다. 유적은 분명히 존재했습니다."

"모습이 어떻던가?"

신마성주가 물었다.

"폐허와 다름이 없었습니다."

"사람의 손길이 닿은 흔적은?"

"없었습니다. 철저하게 방치되어 있었습니다. 인근에 사람이 사는 마을조차 없어서… 만약 묵룡대선의 소룡들이 정확한 위치를 알고 가지 않았다면 도저히 찾을 수 없을 만큼 수목에 덮여 있는 폐허였습니다."

다얀의 대답에 신마성주가 잠시 생각에 잠겼다가 입을 열었다.

"정말 맥이 끊긴 것인가……."

목소리에 아쉬움이 묻어났다.

"감히 여쭙겠습니다."

다얀이 조심스럽게 말했다.

"말하라."

"석중귀 신마후의 소식이 끊겼다고 들었습니다만……."

"그는… 어려울 것 같군."

신마성주가 무심하게 대답했다. 하지만 그 목소리에 옅은 분노가 느껴지는 것을 모를 리 없는 다얀이다.

"제가… 돌아오는 길에 파나류 서쪽을 여행한 묵룡대선의 소룡들을 만났습니다."

"그대가 보낸 전서는 보았다. 그들이 궁마천을 데리고 달아났다는."

"죄송합니다. 전서에는 그리 썼지만 사실 감히 달아났다고 보고드릴 수 없는 상황이었습니다. 묵룡대선의 소룡들… 아주 뛰어난 자들이었습니다."

"음. 그대가 그리 평가한다면 괜찮은 재목들이 분명하군. 하긴 당연한 일이다. 독안룡 탑살의 제자들이 아닌가."

"아무리 그래도 그 정도 나이에 그런 무공들이라는 것은… 천급 전사 창타가 죽은 것도 의외의 일이었습니다."

다얀이 여전히 소룡오대와의 해상 전투의 충격이 남아 있는지 고개를 저었다.

"미묘하군."

신마성주가 중얼거렸다.

그 말의 의미를 알아듣지 못한 다얀과 반용이 침묵을 지켰다.

"이 전쟁을 시작한 내 뜻을 알고 있을 것이다."

"물론입니다. 이왕사후! 그들 자신과 그들의 왕국을 무너뜨리는 것, 그것이 성주님의 뜻 아닙니까?"

"그렇다. 솔직한 마음을 말하자면, 난 그들 외의 적은 만들 생각이 없다."

"그렇다면……?"

"묵룡대선의 소룡들이 살아 돌아간 것이 나로선 나쁘지 않은 결과라는 뜻이다. 다만… 석중귀가 사라진 일과 그들이 관계가 있다면 그때는 조금 다른 문제가 되겠지. 그래서 미묘한 상황이라는 것이다."

"…성주님의 뜻이 그러하시더라도 세상 사람들은 성주님의 목적이 파나류와 육주 모두를 정복하는 데 있다고 생각할 것입니다. 그들은 이미 본 성을 과거 흑라의 세력과 같은 극악한 마도의 무리로 규정하고 있습니다."

다얀이 침울하게 말했다.

"세상이 우리를 어떻게 보든 상관할 바 아니다. 세상의 시선 따위에 신경 쓸 이유가 없다. 이미 내 삶은… 그리고 시간이 지나면 변하게 될 것이다. 이 전쟁 이후 나의 행보를 보게 된다면……."

"정말 육주의 바다를 건너지 않으실 생각이십니까?"

다얀이 물었다.

"오히려 물러날 것이다."

"예?"

"금하강을 공격해 적을 파나류에서 완전히 몰아내고 나면 나와 신마후들은 일단 마정의 제일성으로 돌아간다."

"성주님!"

다얀과 반융이 놀람을 넘어 경악스러운 표정으로 전마 치우를 바라봤다.

그들로서는 전혀 예상치 않은 행보였다.

대원정을 감행한 이왕사후의 원정대를 궤멸시킨 신마성이다. 육주의 바다를 넘어 육주 본토를 공격하는 것은 몰라도, 파나류 북동부에 거대한 신마성의 제국을 형성하는 것은 당연한 수순이었다.

그런데 신마성주는 그 모든 점령지를 포기하고 그들이 세상을 향해 처음 출발했던 곳으로 돌아가겠다고 말하고 있었다.

물론 다얀과 반용도 신마성주에게 세상을 정복하고자 하는 야심은 없다는 걸 알고 있었다.

그러나 그렇다고 해서 이미 정복한 정복지를 포기하고 세상에서 가장 고통스러운 땅 파나류 중부의 대산맥 곤모산 인근의 신마제일성으로 돌아갈 이유도 없었다.

그에 비하면 소악산의 신마성, 그들이 신마제이성이라 부르는 이곳은 살아가기 훨씬 좋은 환경의 땅이었다.

그리고 정복지에서 후퇴할 경우 육주에서 이왕사후의 세력이 다시 강성해질 수 있었다.

그들이 강해지면 그 후예들은 당연히 이왕사후의 복수를 위해 다시 파나류 원정에 나설 것이 분명했다.

이런 상황에서 신마제일성으로 돌아간다는 것은 아무리 생각해도 이해할 수 없는 선택이었다.

"마정이 나의 집이다."

다얀과 반용의 놀람에도 신마성주가 아무런 감정의 동요 없이 말했다.

"그렇지만……."

"이왕사후 중 살아 돌아간 자는 해신성의 궁마천과 오사성의 사중산이 전부다. 그것도 사중산은 사람 구실 하기 힘든 상태가 되었지. 한 팔이 잘리고, 한쪽 다리의 힘줄이 끊겨 걷지도 못하고 수하들에게 업혀 도주를 했으니까. 그런 상태라면 해신성을 제외하고는 이왕사후의 세력이 부활할 가능성은 없다. 그들의 부활을 육주의 다른 야심가들이 용납하지 않을 것이다."

"하지만 어떤 자들이 육주의 권력을 잡아도 그들은 파나류 원정을 시도할 겁니다."

"아니, 그렇게 쉽게 결정하지 못할 것이다. 이왕사후의 후예가 아닌 이상! 실패한 원정으로 이왕사후의 세력이 몰락했는데 그 원정을 도모할 용기를 지닌 자가 육주에 있겠는가?"

신마성주가 물었다.

그러자 다얀과 반융이 침묵했다.

생각해 보면 육주의 야심가들 중 이왕사후 만큼의 대담함을 지닌 자들은 찾아보기 힘들었다.

하지만 그렇다고 아예 가능성이 없는 것은 아니었다.

"외람되지만 사해상가와 은갑전사단 그리고 묵룡대선의 독안룡 탑살이 있습니다. 그들은… 이왕사후 이상으로 대범한 결정을 내릴 수 있는 사람들입니다."

반융이 말했다.

그러자 신마성주도 이번에는 고개를 끄떡였다.

"그들에게는 그럴 만한 용기가 있다. 하지만 그들은 결코 원정을 도모하지 않을 것이다."

"어째서 말입니까? 그들은 누구보다 육주의 안위를 지키려는 사람들 아닙니까?"

다얀이 물었다.

"바로 그 이유 때문에 그들은 파나류에 오지 않을 거란 것이다. 우리가 육주를 공격하지 않고 물러나니까."

"…그렇군요."

"그래서……."

다얀과 반용이 단번에 신마성주의 말을 알아듣고 고개를 끄떡였다.

신마성주의 말대로 독안룡 탑살이나 은갑전사단은 이왕사후를 능가하는 용기와 능력을 가진 사람들이지만, 이왕사후와 같은 야심은 없었다.

흑라의 시대에도 그들은 육주를 지키기 위해 자신들을 희생했으면서도, 그에 대한 대가를 바라지 않았다.

그러므로 신마성이 바다를 건너 육주를 공격하지만 않는다면, 그들이 신마성과의 전쟁을 시작할 가능성은 거의 없었다.

그리고 이왕사후의 기반이 무너진 상태에선 사해상가 역시 독자적으로 대원정을 시도할 수는 없었다.

"물론 그들과의 싸움이 두려워서 제일성으로 돌아가겠다는 것은 아니다. 그리고 우리는 돌아가겠지만, 신마성이 점령한 땅은 새로운 세력들로 세워질 것이다. 그들은 신마성의 이름이 아닌 각자의 독자적인 이름으로 파나류를 육주 이상의 강력한 땅으로 만들 것이다."

예상을 뛰어넘은 신마성주의 생각에 다얀과 반용은 당황스러움을 감추지 못했다.

"성주님의 뜻을 감히 짐작하기 어렵군요."

다얀이 나직하게 말했다.

"신마후들을 소집한다. 이제 모두와 함께 앞으로의 일을 논의하는 것이 옳다."

신마성주가 명했다.

"예, 성주님!"

다얀과 반융이 동시에 대답했다.

* * *

그르륵!

철컹!

두 마리의 말이 끄는 검은 마차가 소악산 기슭에 지어진 거대한 신마성으로 향했다.

마차 주변은 검은 갑옷으로 단단히 무장한 신마성의 전사들이 에워싸고 있었다.

신마성 전사들을 이끄는 자는 신마후 갈단, 그는 도도한 모습으로 느릿하게 전사들의 선두에서 말을 타고 이동하고 있었다.

성에 이르는 너른 길에는 신마성 전사들이 즐비했다. 하던 일을 멈추고 그들은 갈단과 검은 마차가 나타나는 순간 길 양쪽으로 몰려왔다.

"정말 남화성의 성주일까?"

길 주변으로 몰려온 신마성의 전사 중 한 명이 동료에게 나직하게 물었다.

"그럼 누구겠나. 저렇게 단단히 갇혀 있는 사람이. 소문에는 신마후 세 분이 함께 저자를 사로잡았다고 하더라고."

"대단하군. 남화성의 성주가 누구야. 이왕 중 한 명이 아닌가.

그런데 그를 사로잡다니."

"뭐, 무공으로는 그보다 강하다고 알려진 북천성의 성주는 죽었는데."

"그야 성주께서 직접 상대하셨다고 하니까."

"정말 성주께서 직접 그를 죽이셨을까?"

"그럼 누가 그와 같은 자를 죽일 수 있겠나."

"음, 그럼 역시 성주께서 이왕사후보다 강하단 뜻이지?"

신마성의 전사가 확인하듯 물었다.

그러자 그와 대화를 나누던 전사가 어이없다는 듯 대답했다.

"그걸 지금 말이라고 하나? 성주님의 강함은 과거의⋯ 흑라에 비교되잖아? 아마 십이신무종의 최고수들도 성주님의 상대가 되지 못할 거야."

"음⋯ 그럴까? 그래도 십이신무종인데. 그들은⋯ 이 땅 무공의 원류잖아?"

"모두가 그렇다고 알고 있지만, 사실 세상에 알려지지 않은 놀라운 무종들이 많다는 건 자네도 알고 있잖아."

"하긴⋯ 그런데 정말 성주님의 어느 무종의 사람이실까? 정말 흑라의⋯⋯."

"이 사람 죽고 싶어? 감히 그런 말을!"

"아, 아닐세. 못 들은 걸로 하게. 허헐! 그나저나 남화성 성주의 얼굴은 안 보여주는 건가?"

동료의 질책에 놀란 신마성의 전사가 얼른 화제를 돌렸다.

그러자 그의 동료가 그를 한 번 흘겨보고는 검은 마차를 바라보며 말했다.

"그러게 나도 한번 보고 싶긴 한데……."

하지만 두 전사의 바람은 끝내 이뤄지지 않았다. 어느새 마차가 신마성의 성문 앞에 다다라 있었던 것이다.

"문을 열어라!"

갈단이 짧게 명을 내렸다.

그러자 준비를 하고 있던 전사들이 무거운 성문을 좌우로 활짝 열어젖혔다.

갈단이 뒤를 따르는 전사들에게 가볍게 손짓을 했다.

그러자 그의 수하들이 마차를 호위하듯 성문 안으로 들어갔다.

"어서 오시오. 갈단 신마후! 고생하셨소이다."

성문 안쪽에서는 다얀이 갈단을 기다리고 있었다.

"돌아왔다는 소식은 들었소. 다얀 신마후께서도 수고하셨소이다."

"나야 전쟁터에서 싸운 사람들과 같겠소? 그저 여행이나 하고 돌아온 것인데. 그런데 그 안에 그가 있소?"

다얀이 물었다.

"그렇소."

갈단이 무겁게 고개를 끄떡였다.

그러자 다얀이 감개무량한 표정으로 말했다.

"후우… 정말 그를 이렇게 보게 되는구려."

"보시겠소?"

갈단이 다얀에게 물었다.

그러자 다얀이 고개를 저었다.

"아니오. 나중에… 성주님께서 먼저 보셔야 하지 않겠소? 성주께서 그를 금옥에 가두어두라 명하셨소. 그리고 갈단 님께서는 먼저 대전으로 오라는 명이시오."

다얀이 신마성주의 명을 전했다.

"알겠소. 마차를 금옥으로 가져가라! 난 성주님을 뵈러 가겠다."

갈단이 수하들에게 명을 내리고 다얀과 함께 신마성주가 있는 대전으로 걸음을 옮겼다.

신마성주는 어둠 속에 앉아 있었다.

고독이 숙명인 사람처럼 너른 대전에 오직 그 한 명만이 존재했다.

남쪽으로 열어놓은 창은 더 이상 빛을 들이지 못했다. 늦은 밤이기에 창은 바람을 전하는 일 말고는 아무것도 할 수 없었다.

보통의 경우 밤이 되면 창을 닫게 마련이지만 오늘은 신마성주의 명에 의해 깊은 밤에도 불구하고 창이 열려 있었다.

신마성주의 시선은 어둠을 꿰뚫고 창을 지나 남동쪽을 바라보고 있었다.

먼 곳이지만, 그 방향으로 나아가면 언젠가 육주에 닿을 수 있었다.

"포기하는 것이 옳은 일이다."

문득 신마성주가 혼잣말을 중얼거렸다. 짙은 아쉬움이 느껴지는 말투다. 그리고 다시 침묵에 빠졌다. 그 침묵은 일각 이상 이어졌다.

"돌아가 그곳을 본다면, 그리고 그 아이가 없음을 내 눈으로 확인하게 된다면 난 결코 흑라의 기운을 이겨내지 못할 것이다. 복수의 감정이 날 지배하게 될 것이고, 난 제이의 흑라가 되어 육주를 피로 물들일 것이다. 그건… 결국 내가 흑라와의 싸움에서 패하는 일이다. 후욱!"

신마성주가 갑자기 크게 숨을 들이마셨다.

그리고 한 손으로 자신의 심장 부근을 눌렀다.

어두운 석실에 홀로 있을 때 고통을 견뎌내며 하던 행동이다.

"후우우… 점점 심해지는구나. 작은 감정의 흔들림에도 어김없이 파괴의 욕망이 솟구치고 있어. 빨리 마정으로 돌아가야겠어."

애써 뛰는 가슴을 가라앉힌 신마성주가 중얼거렸다.

그런데 그때 대전의 문 쪽에서 사람들의 인기척이 들렸다.

늦은 밤 신마성주를 찾아올 사람은 그리 많지 않다. 그 자격을 갖춘 사람도, 그럴 용기를 가진 사람도…….

저벅저벅!

대전에 들어온 사람들은 최대한 조심해서 걸음을 옮겼으나 워낙 조용한 대전이라 그들의 발소리가 천둥처럼 크게 느껴졌다.

대전에 들어온 사람은 모두 세 명이었다. 그들은 조심스럽게 신마성주 앞까지 다가가, 계단 아래서 신마성주에게 가볍게 고개를 숙여 보였다.

"성주님!"

"오서들 오시오."

신마성주가 자리에서 일어났다. 그리고 천천히 걸음을 옮겨 계단 아래로 내려왔다.

그러자 어둠 속에서도 세 사람의 얼굴이 드러났다.

신마후 갈단과 다얀 그리고 검은 선장을 든 승려 아불이다.

"늦었지만 모두 수고했소."

신마성주가 세 사람에게 말했다. 아마도 육주 원정대와의 전쟁을 승리로 이끈 것에 대한 치하 같았다.

그런데 이상한 일이었다. 그런 이야기라면 일곱 명, 아니, 이제는 석중귀가 빠져 여섯 사람의 신마후를 모두 불러 할 이야기였다.

그런데 이렇게 깊은 밤, 특별히 세 명의 신마후만을 불러들여 전쟁에서의 노고를 치하하는 것은 특별한 일이었다.

더군다나 신마성주가 세 사람을 대하는 태도 역시 다른 때와는 달랐다.

보통의 경우 이들 세 사람은 신마성주와 제대로 눈도 마주치지 못했다. 그들이 비록 신마후라 해도 그랬다.

그런데 지금은 여전히 신마성주를 존중하고 있지만, 신마성주 역시 세 사람의 신마후를 다른 때보다 훨씬 존중하는 듯 보였다.

"모든 일이 성주님이 계획하신 대로 되었습니다. 저희들이야 성주님의 계획대로 움직인 것이 전부고……."

아불이 대답했다.

"그렇다 한들… 육주 원정대와 싸우는 일이 쉽지는 않았을 것이오."

"그야……."

아불이 말꼬리를 흐렸다.

"그래도 모두 마기를 통제할 수 있어서 다행이었소. 그렇지 않왔다면… 아마도 더 많은 죽음, 더 많은 피가 흘렀을 것이오."

신마성주가 말했다.

"역시 아직은 방법을 찾지 못하신 겁니까?"

다시 아불이 물었다.

"글쎄… 빛의 술사의 유적에서 뭔가를 얻었어야 하는데 별 소득이 없으니. 그래서 일단은 마정으로 돌아가야 하오."

"괴물이 되지 않으려면 그래야지요."

아불이 대답했다.

앞서 반융과 함께 전쟁에서 이기고도 파나류의 깊은 곳, 신마제일성으로 물러나는 것에 반대하는 듯한 태도를 취했던 다얀조차도 지금은 순순히 신마성주의 말에 수긍하는 듯했다.

"그런데 이곳에는 새로운 성들을 세우실 생각이시라고 들었습니다만……."

갈단이 물었다.

"그렇소."

"신마후들에게 맡기실 생각이십니까?"

"원하는 사람이 있다면 그들을 중심으로 하는 것이 맞는 것 같소. 그들이야말로 진정한 파나류 사람들이니까."

"그렇기는 하지요. 후우… 그러고 보면 여전히 저희는 갈 곳이 없는 사람들입니다. 이 거대한 전쟁에서 이겼음에도."

갈단이 씁쓸한 표정으로 말했다.

"인간이 아무리 대단하다 한들 운명을 어쩌하겠소, 이것이 우리에게 주어진 운명이라면 받아들일 수밖에. 하지만!"

신마성주가 갑자기 싸늘한 살기를 드러냈다.

순간 다른 때와 달리 신마성주를 조금 편하게 대하던 세 신마후가 두려운 빛을 드러내며 자신들도 모르게 한두 걸음 뒤로 물러났다.

"음… 미안하오. 나도 모르게!"

신마성주가 자신이 살기에 놀라 뒤로 물러난 신마후들을 보며 사과했다. 이 또한 신마성의 전사들은 전혀 보지 못한 모습이다.

"아닙니다. 오히려 저희들이 성주님을 불편하게 해드린 것 같습니다. 사죄드립니다."

갈단이 정중하게 고개를 숙였다.

"사죄는 무슨! 아무튼… 다른 모든 것은 운명이라 받아들일 수 있지만, 그들은 결코 용서할 수가 없소. 그래서 이렇게 세 사람을 밤늦게 부른 것이오."

"만나시겠습니까?"

갈단이 물었다.

"그래야지 않겠소?"

"그럼… 혹시?"

"그렇소. 그들도 자신들에게 무슨 일이 일어났는지 알아야 되지 않겠소? 그리고… 고통을 느끼게 될 것이오. 우리가 겪은 그 고통의 크기에 비할 수는 없겠지만……."

신마성주가 다시 한번 싸늘한 기운을 뿜어내며 말했다.

철컹!

거대한 쇠문을 잠근 자물쇠가 열렸다. 자물쇠에 묶어놓았던 쇠사슬이 거친 소리를 내며 흘러내렸다. 그리고 뇌옥의 문이 열렸다.

축축한 습기, 빛은 없었다.

신마성주와 신마후들을 따라온 신마성의 전사 한 명이 들고 있는 작은 호롱불이 뇌옥 안으로 겨우 흘러들어 가자 쇠사슬에 묶여 있는 두 사람이 보였다.

둘 모두 죽었는지 살았는지 고개를 푹 숙인 채 헝클어진 머리카락이 그들의 얼굴을 가리고 있었다.

"넌 그만 물러가거라."

호롱불을 들고 있던 전사에게 손을 내밀면서 신마후 갈단이 말했다.

"…알겠습니다."

감히 시선도 마주치지 못하는 사람의 명이다. 신마 전사는 급히 호롱불을 갈단에게 넘기고 뇌옥에서 멀어졌다.

뇌옥을 지키는 전사로부터 호롱불을 건네받은 갈단이 신마성주와 묵승 아불에 앞장서서 뇌옥 안으로 들어갔다.

그 뒤를 따라 신마성주와 묵승 아불이 뇌옥으로 들어갔다.

후우…….

작고 힘겨운 숨소리가 쇠사슬에 묶여 있는 두 사람에게서 흘러나왔다. 죽지 않고 살아 있음을 증명하는 숨소리다.

갈단이 뇌옥 안에 있던 물통을 들어 두 사람의 머리에 부었다.

"풋!"

"흐흡!!"

갑작스러운 물세례에 쇠사슬에 묶여 있던 자들이 다급하게 입안으로 들어온 물을 내뱉으며 고개를 들었다.

헝크러진 머리에 가려진 그들의 눈에서 그들의 상태와 어울리지 않는 강렬한 안광이 흘러나왔다.

"정신이 드나?"

갈단이 두 사람에게 물었다. 그의 손에는 여전히 물통이 들려 있었다. 만약 대답을 하지 않으면 다시 한번 그들의 얼굴에 물을 뿌려댈 생각인 모양이었다.

"이… 간악한 놈들! 감히 이런 모욕을 주다니. 차라리 죽여라!"

쇠사슬에 묶인 자가 이를 갈며 소리쳤다. 순간 그의 머리카락이 날리며 얼굴이 드러났다.

남화성의 성주 적인황이다.

세상에서 가장 고귀한 자였다고는 상상할 수 없는 몰골로 남화성주 적인황이 신마성주와 두 신마후를 마주하고 있는 것이다.

그의 옆에서 적인황과 마찬가지로 극도로 분노한 백련성의 성주 화검유가 신마성주와 신마후들을 노려보고 있었다.

"모욕? …그야말로 당신들에게 어울리는 말이다. 당신들 따위가 감히 명예롭게 죽기를 바란단 말이냐?"

갈단이 남화성주 적인황을 바라보며 말했다.

"전쟁에서 패한 자를 죽이지 않고 모욕하는 것은 과거 흑라의 무리도 하지 않던 짓이다."

적인황이 소리쳤다.

"잡혀봤느냐?"

"……?"

갈단의 엉뚱한 질문에 적인황이 대답할 말을 찾지 못했다.

틱!

"네가 흑라의 마인들에게 잡혀본 적이 있느냐 말이다. 그들이 사로잡은 적을 명예롭게 죽였는지 아니면… 오물 속에 던져 넣은 벌레처럼 대했는지 네가 네 눈으로 확인했느냔 말이다?"

갈단이 적인황의 멱살을 부여잡으며 물었다. 적인황을 부르는 말투조차 사납게 변했다.

"컥!"

갈단에게 멱살을 잡힌 적인황에 대답은커녕 숨도 제대로 쉬지 못하고 컥컥거렸다.

"그만하시오."

분노하는 갈단 뒤에서 신마성주가 말했다.

그러자 갈단이 아쉬운 표정을 지으면서도 적인황의 멱살을 놓아주고 뒤로 물러났다.

"대체… 왜 이렇게까지 하는 것이냐? 단지 전쟁의 상대였단 것만으로 이렇게까지 모욕을 주는 것은 지나친 것이 아니냐? 아무리 마인이라 해도……"

적인황이 분노를 누르고 물었다. 그로선 이해할 수 없는 상황이기는 했다.

보통의 경우라면 그냥 성 밖으로 끌어내 신마 전사들이 보는 앞에서 목을 치는 것으로 전쟁의 승리를 기념하는 것이 승자가 취할 수 있는 가장 큰 영광일 것이다.

그것이 승자에게도, 패자에게도 어울리는 전통이었다.

그런데 그런 승리의 의식 대신 어둡고 습한 뇌옥에 쇠사슬로 묶어 가둬두고 인간 이하의 취급을 하는 것은 전쟁에 패한 적장을 다루는 행동치고는 지나친 면이 있었다.

그의 말대로 그 주인공이 비록 마인이라도.

"모욕과 마인… 이제 그게 날 증명하는 말이 되었군."

신마성주 전마 치우가 우울한 표정으로 말했다.

그러자 이번에는 백련성주 화검유가 물었다.

"신마성주! 대체 그대의 정체가 뭔가?"

세상 모든 사람들이 알고 싶어 하는 질문이 화검유의 입에서 흘러나왔다.

세상은 여전히 이왕사후의 원정대를 궤멸시킨, 이 파나류의 새로운 지배자의 정체를 정확하게 모르고 있었다.

화검유의 질문에 신마성주가 잠시 두 사람을 바라보다 입을 열었다.

"그대들이 이런 모욕을 견뎌야 하는 이유가 있다."

"…우리와 원한이 있다는 뜻인가?"

화검유가 되물었다.

그러자 갑자기 신마성주의 몸에서 검은 기운이 강하게 일어나기 시작했다.

"흡!"

그 강렬하고 서늘한 기운에 적인황과 화검유는 숨이 막힐 지경이었다.

그런데 어느 순간 신마성주를 휘감고 있던 검은 기운 속에서 전혀 어울리지 않는 투명한 광채가 만들어졌다.

그 광채는 신마성주의 눈으로부터 시작해, 두건으로 반쯤 가린 얼굴 안쪽으로 번져갔다.

여전히 신마성주의 몸은 검은 기운에 휩싸여 있었지만, 그의 얼굴만큼은 밝고 투명한 빛이 어둠을 밀어내고 있었던 것이다.

적인황과 화검유는 변하는 신마성주의 모습에 놀라면서도 밝은 빛을 발하는 그의 얼굴을 좀 더 자세히 보려고 눈을 부릅떴다.

그런데 그 순간 신마성주가 갑자기 얼굴의 반을 가리고 있던 두건을 벗었다.

그러자 그의 얼굴이 또렷하게 드러났다.

순간 적인황과 화검유의 눈이 터질 듯이 커졌다. 그리고 그들의 입에서 귀신을 본 것 같은 당혹스러운 목소리가 흘러나왔다.

"헉!"

"다, 당신은⋯⋯!"

얼굴 가득한 상처, 세상을 단지 눈빛만으로 태워 버릴 것 같은 안광, 그리고 수시로 어둠과 빛이 교차하는 얼굴빛. 그러나 그를 알고 있는 사람이라면, 도저히 잊을 수 없는 얼굴을 가진 신마성주다.

"다⋯ 당신이 어떻게?"

적인황이 눈앞의 사실을 도저히 현실로 받아들일 수 없다는 듯 중얼거렸다.

"고맙군. 날 기억해 주다니. 난 그대들이 자신들의 기억 속에서 나라는 사람을 완전히 지워 버렸을 것이라고 생각했는데⋯⋯."

"정말⋯ 당신⋯ 이오?"

적인황이 더듬거리며 물었다.

"그래⋯ 배신당한 영혼, 버림받은 이름⋯ 아들을 지키지 못한 아비! 내가 바로 그다."

신마성주의 대답에 적인황과 화검유가 부르르 몸을 떨었다.

두려움 그 이상의 무엇이 그들의 얼굴에 드러났다.

수치심, 모멸감… 그들 스스로가 그들 자신에게 느끼는 감정들이었다.

그래서 그들은 감히 신마성주의 눈을 볼 수 없었다. 적인황과 화검유의 시선이 무의식적으로 땅으로 향하고 그런 그들의 얼굴을 흘러내린 머리카락이 덮었다.

그런 두 사람을 향해 신마성주가 다시 입을 열었다.

"그대들이 받은 것은 모욕이 아니다. 그대들이 당하는 것은 고통이 아니다. 또한… 그대들은 감히 그 입으로 누군가를 향해 마인이라고 멸시할 수는 없다. 동의하느냐?"

신마성주가 물었다.

그러자 적인황이 입술을 피가 나도록 깨물었다. 그의 입꼬리에 피가 묻어났다. 그러면서도 결국 입을 열어 변명했다.

"그때 우린… 우리도 어쩔 수 없었소."

순간 신마성주의 얼굴에서 빛이 완전히 사라졌다. 그의 얼굴과 몸이 다시 완전한 어둠에 휩싸였다.

그리고 그 어둠 속에서 손이 뻗어 나왔다.

콱!

"윽!"

신마성주의 손이 적인황의 머리카락을 움켜쥐고 그의 얼굴을 들어 올렸다.

철렁!

신마성주의 손에 들려 올라가면서 적인황을 묶은 쇠사슬이 요란한 소리를 냈다.

"끄윽!"

자신의 체중을 머리카락으로 지탱해야 하는 적인황이 머리카락이 모두 뽑혀 나가는 듯한 고통에 신음했다.

"어쩔 수 없었다… 모든 인간들이 결국에는 그 변명을 하지. 어쩔 수가 없었다고. 그래서 그건 결국 변명이 되지 못한다. 그대도 알고 있겠지만."

신마성주가 적인황을 보며 말했다.

그러자 적인황이 차마 신마성주의 눈을 바로 보지 못하고 시선을 회피했다. 그러면서 나직하게 말했다.

"죽여주시오. 그것으로 복수하시오."

"그것으로 끝날 것 같은가?"

신마성주가 물었다.

"…육주로 가겠다는 것이오? 이왕사후의 뿌리를 뽑으려고? 그건… 미안하지만 불가능한 일이오. 우리 네 사람이 죽는다고 해서 이왕사후의 왕국이 무너지지는 않소. 그러니 우릴 죽이는 것으로 복수를 끝내시오. 그게 그대를 위해서도. 컥!"

한순간 적인황의 입에서 비명 소리가 터져 나왔다. 신마성주의 다른 손이 그의 목을 움켜쥐었기 때문이다.

"더 듣고 있을 수가 없군. 어리석구나. 너희 이왕사후가 죽고, 정예 전사들이 몰살당했다. 그런데도 너의 왕국이 무사할 거라 생각하느냐? 네가 원하는 대로 난 육주로 가지 않는다. 아니, 오히려 내가 온 곳으로 돌아갈 것이다. 왠 줄 아느냐?"

신마성주가 물었다. 하지만 그에게 목이 잡혀 있는 적인황은 입을 열어 말을 할 수가 없었다.

　그러자 신마성주가 다시 입을 열었다.

　"왜냐하면 왕과 전사가 사라진 성은 가장 먼저 야심가들에게 공격당하기 때문이다. 너희 이왕사후의 패주 소식이 전해지는 순간, 육주의 야심가들은 가장 먼저 너의 성과 너의 가족을 공격할 것이다. 그렇게… 이왕사후의 시대는 가는 거지."

　신마성주의 말에 적인황이 부르르 몸을 떨었다.

　신마성주의 말이 틀리지 않다는 걸 알기 때문이었다. 그 하나만 죽는다면 모르지만, 그가 데리고 온 남화성의 정예 전사들까지 몰살당한다면 육주의 남화성은 절대 야심가들의 공격을 버텨내지 못할 것이다.

　"두렵나? 두려울 것이다. 세상에서 가장 두려운 것이 자신의 혈육이 나락의 구렁텅이로 떨어지는 것이니까. 그런 의미에서 너희들은 최소한 그 아이를 지켜야 했어. 그랬다면… 나도 최소한 너희들의 아이들은 지켜줬을 테니까."

　신마성주의 말에 적인황이 다시 신마성주의 시선을 회피했다.

　이제야 그는 자신들이 과거 그에게 했던 배신보다 더 큰 잘못을 저질렀다는 것을 깨달았다.

　그리고 뒤늦은 후회가 몰려왔다. 적어도 그의 아들은 지켜줬어야 했었다는.

　하지만 그때는 설마 자신들이 배신했던 신마성주가 살아 있을 거라고는 생각지 못했었다.

　그래서 당시 그들에게는 죽은 자의 아들을 보살필 이유가 없었다. 그에게 동정심이나 죄책감도 없었으므로……

"철사자… 부디 아량을 베푸시오. 우리 이왕사후가 죽는 것으로 우리의 죄를 물어주시오. 육주의 가족들은……"

문득 옆에서 백림성의 화검유가 영혼이 빠져나간 사람처럼 중얼거렸다.

철사자……

화검유의 입에서 위대한 영웅의 별호가 흘러나왔다.

철사자 무곤, 육주 역사상 가장 위대한 영웅의 이름이다. 역사상 가장 극악했다는 대마인 검은 마종 흑라를 죽인 자, 그를 죽이기 위해 자신의 목숨을 기꺼이 바친 대영웅. 그 대영웅의 이름을 화검유가 신마성주를 보며 뱉어낸 것이다.

어떤 사람이라도 그의 말을 들었으면 경악했을 테지만, 신마성주와 삼 인의 신마후는 전혀 놀라는 기색이 없었다. 그건 곧 그들이 화검유의 말을 인정한다는 뜻이다.

육주의 대영웅 철사자 무곤이 살아 있었다.

그것도 과거 그의 삶과는 완전히 정반대의 존재로서.

신마성주 전마 치우, 그것이 흑라와 함께 죽었다고 알려진 대영웅 철사자 무곤의 현재 이름이었다.

자신의 옛 이름을 언급하며 동정을 구하는 화검유를 신마성주가 차가운 눈으로 바라봤다. 그러다가 아무런 감정이 느껴지지 않은 목소리로 입을 열었다.

"이미 말했지만 난 육주로 가지 않는다. 당연히 내 손으로 너희들의 일족을 멸하는 일도 없다. 다만… 너희들이 내 아들에게 그랬듯이 너희 일족은 방치될 것이고, 육주의 수많은 야심가들에 의해 조금씩 힘을 잃고 죽어갈 것이다. 모르겠군. 그들에게 최후의 순간 스스로 바다에 몸을 날려 자신의 자존감을 지켜낸 내 아들과 같은 용기가 있을지……."

신마성주가 슬픔이 묻어나는 목소리로 말했다. 그때만큼은 그의 얼굴에서 사라졌던 투명한 빛이 잠시 나타났다가 다시 사라졌다.

신마성주의 말에 적인황과 화검유가 아무런 대답도 하지 못했다.

그들 역시 알고 있었다. 신마성주가 자신의 말대로 육주로 가지 않을 것이란 사실을. 그들이 알고 있는 철사자 무곤은 자신의 한 말은 반드시 지키는 사람이라는 것을.

죽어가는 고목 같은 모습으로 흐트러져 있는 적인황과 화검유를 바라보던 신마성주가 다시 무심하게 말했다.

"겨우 이런 자들을 위해 열두 명의 영웅들이 죽음을 각오했다는 것이 우울하군. 하긴 겨우 이런 자들이었으니 배신을 했겠지만. 그만 돌아가겠소. 해야 할 일을 하시오."

신마성주가 세 명의 신마후에게 말했다.

"알겠습니다."

갈단이 대답했다.

"제가 모시겠습니다."

악불이 신마성주를 따라나서며 말했다.

"이들의 최후를 보고 싶지 않다는 것이오?"

신마성주가 악불에게 물었다.

"이래 봬도… 불산 소림의 무종을 가진 사람입니다. 제가."

악불이 씁쓸하게 미소를 지었다.

"그렇군. 징글징글하지. 뿌리라는 것은 참… 갑시다."

신마성주가 고개를 끄떡이고는 사라지듯 뇌옥을 벗어났다.

쿵!

뇌옥 문이 닫히자 호롱불을 들고 있던 갈단이 바닥에 호롱불을 내려놓고 적인황 앞으로 다가갔다.

그러자 적인황이 갈단을 바라봤다.

갈단이 신마성주가 그랬던 것처럼 적인황 앞에서 얼굴을 반쯤 가렸던 두건을 벗었다.

그러자 그 옆에 서 있던 신마후 다얀 역시 호롱불 아래 자신의 얼굴을 드러냈다.

"……?"

적인황과 화검유는 거의 동시에 자신들에게 얼굴을 드러낸 두 사람을 의문을 품은 눈으로 바라봤다.

"역시… 알아보지 못하는군. 앞으로는 얼굴을 가리고 다닐 필요가 없겠소. 괜한 걱정을 했었나 보군."

갈단이 다얀을 보며 말했다.

"그건 이자들의 눈썰미가 형편없기 때문일 수도 있지요."

다얀이 말했다.

그러자 두 사람의 대화를 듣고 있던 적인황이 물었다.

"당신들은 또 누군가?"

"모르겠나?"

갈단이 되물었다.

"……."

적인황과 화검유가 갈단의 물음에 침묵했다. 그들의 기억 속에 갈단과 다얀은 존재하지 않았다.

 "육주 제일의 기행승이었던 선승 묘, 육주의 어느 성에도 속하지 않았지만, 제일의 전사로 불렸던 폭풍검 공훌, 그리고 천 개의 화살을 동시에 쏠 수 있다고 알려졌던 궁술의 달인 천궁 가람……."

 갈단의 입에서 누군가의 이름과 내력이 흘러나올 때마다 적인황과 화검유의 눈이 철사자 무곤을 만났을 때만큼이나 커져갔다.

 하나의 죽음을 잘못 볼 수는 있다. 그러나 네 개의 죽음을 착각할 수는 없다.

 적인황과 화검유에게 신마후 갈단이 말한 이름들은 분명 죽은 자들이 이름이었다. 그것도 그 죽음의 광경을 자신들의 눈으로 확인한 사람들이었다.

 "믿을 수 없다. 어떻게……?"

 화검유가 혼이 빠진 사람처럼 중얼거렸다.

 "십이영웅 모두가 살아 있는 것인가?"

 적인황이 애써 마음을 진정시키며 물었다.

 "아니, 성주님을 포함해 넷만 살아남았지. 물론 모든 것은 성주님의 희생 덕분이지만."

 갈단이 말했다.

 "대체 어떻게 살아남을 수 있었단 말인가? 분명 당신들은 검은 마종 흑라의 마기에 휩쓸려 검게 타 죽었는데……."

 화검유가 중얼거렸다.

 "그 마기가 우리를 죽였고, 또 그 마기가 우리를 살렸다!"

 갈단이 말했다.

그러자 적인황이 소리쳤다.

"흑라가 살아 있는 것인가?"

흑라의 마기가 십이영웅 중 일부를 살렸다면, 흑라가 살아 있다는 뜻이다.

적인황으로서는 경악할 수밖에 없었다.

"아니, 그는 죽었다. 다만 그의 기운은 살아 있지. 한 사람의 몸속에……"

"설마 그럼……"

적인황이 무서운 예감에 몸서리를 치면서 되물었다.

"그 이야기를 해줄까? 너희들의 배신이 어떤 결과를 가져왔는지. 이 모든 일이 너희들로부터 시작된 일이라는 것을 알려주겠다. 그럼 이 죽음에 대해 너희들은 기꺼이 수긍할 것이다."

갈단이 차가운 눈으로 적인황과 화검유를 보며 말했다.

그리고 그의 이야기가 시작됐다.

한 영웅의 위대한 죽음 뒤에 숨겨진 놀라운 진실에 대한 이야기를.

제10장

각자의 귀향

모든 것이 검게 물든 땅이 있었다.

검은 기운은 늪처럼 모든 것을 죽음으로 빨아들였다. 그 기운에 닿은 모든 생명체는 순식간에 생명력을 잃고 검은 화석으로 변해 버렸다.

그 두렵고, 강렬하며, 그래서 한편으로는 신비하기까지 한 검은 기운의 원천은 놀랍게도 한 인간이었다.

그런데 그렇게 사방을 죽음으로 물들이고 있는 그 자신도 죽어가고 있었다.

검은 기운의 주인은 자신의 생명을 내던진, 죽음을 각오한 한 위대한 전사의 검에 심장이 찔린 채 죽어가고 있었다.

물론 죽음의 시원(始原) 같은 그의 심장에 검을 꽂은 위대한 전사 역시 죽어가고 있었다.

위대한 전사를 돕기 위해 사지로 들어온 열한 명의 영웅들은 이미 죽음의 늪에 누워 있었다.

그의 손은 위대한 전사의 가슴을 파고 들어가 심장을 움켜쥔 상태였다.

사실 죽음의 순서로 따지면 위대한 전사의 숨이 먼저 끊어져야 할 상황이었다.

그런데 서로가 서로를 죽이던 그 순간, 검은 기운의 주인은 위대한 전사에게 놀라운 제안을 했다.

"네가 지키고자 하는 것들이 널 희생할 가치가 있다고 생각하느냐?"

"물론. 세상의 모든 생명은 지킬 가치가 있다."

"후후, 저들이 널 배신해도?"

검은 기운의 주인이 수백 장 밖, 그의 기운이 미치지 않는 곳에 서 있는 일백 여명의 전사들을 가리켰다.

"배신? 그들은 세상을 위해 죽음의 사지로 들어온 영웅들이다. 감히 그들을 모욕치 말라."

"좋아. 그럼 한 가지 내기를 하자."

"흑라! 너의 죽음은 이미 정해져 있다. 나 역시 이미 나의 죽음을 받아들였다. 그러니 네가 살아날 기회는 없다. 어떤 경우에도!"

위대한 전사 철사자 무곤은 흑라의 제안이 자신의 목숨을 구하기 위한 간교한 계책이라고 생각했다. 그래서 흑라의 제안을 받아들일 마음이 전혀 없었다.

그러나 검은 마종 흑라는 철사자 무곤의 의사와 상관없이 내기를 시작했다.

"흐흐. 오해했군. 내가 살기 위해 내기를 하자는 것이 아니다. 다만 네 삶을 건 내기를 하자는 것이다."

검은 마종 흑라의 말에 철사자 무곤의 눈에 의문이 떠올랐다. 흑라가 하고자 하는 내기가 무엇인지 이해할 수 없었기 때문이었다.

그러자 흑라가 다시 말했다.

"넌 인간의 선함을 믿고, 그 선함을 지키기 위해 이곳에 왔다. 하지만 난 인간의 선함을 믿지 않는다. 그래서 저들에게 널 구할 기회가 있어도 널 구하러 오지 않을 거라고 확신한다. 저들은 욕망의 화신들이다. 네가 살아남아 이 세상에서 가장 위대한 전사로 추앙되는 것보다 죽은 영웅이 되길 원할 것이다. 어떤가? 저들의 마음을 두고 내기를 해보지 않겠나?"

"…그들의 마음을 시험할 이유 따위는 없다. 넌 그냥 이대로 죽으면 족하다. 나와 함께."

철사자 무곤이 차갑게 말했다.

그러자 흑라가 키득거리며 다시 입을 열었다.

"크크. 네가 싫든 좋든 내기를 해야겠다. 이제 난 나의 기운을 거둬들여 저들이 이곳으로 올 수 있는 길을 열어줄 것이다. 그들이 널 구하러 오면 내가 지는 것으로 하겠다. 그럼 난 널 저들의 손에 넘겨주고 조용히 죽어주겠다. 반면 널 구할 수 있음에도 저들이 오지 않는다면, 이 내기는 내가 이기는 것이다."

"그래서 흑라, 그대가 얻는 것은 무엇인가? 저들이 오지 않아도 내 검은 너의 심장에 박혀 있을 것인데."

무곤이 물었다.

"내 죽음이 정해져 있다는 것을 안다. 그리고 애초에 난 죽음 따위는 두려워하지 않았다. 아니, 오히려 죽음을 친숙하게 느끼는 사람이지. 하지만 그럼에도 이 갑작스러운 죽음이 날 당황시키긴 했다. 왜냐하면 위대한 전설의 후인을 남기지 못하고 죽게 되었으니까. 그래서… 내기를 하자는 거다. 넌 내가 찾던 위대한 어둠의 전설을 이어갈 완벽한 인간이다. 그러니 내가 내기에서 이기면 나의 전설을 네가 이어받는 거다. 네 남은 삶을 나의 후계자로서 살아가는 것이지."

순간 철사자 무곤의 눈썹이 꿈틀거렸다.

"감히 나 무곤에게 사악한 너의 후계자가 되라는 제안을 하는가? 그런 모욕을 내가 수락할 것이라고 생각하느냐?"

철사자 무곤이 잡고 있던 검을 비틀며 소리쳤다.

하지만 흑라는 심장에 꽂힌 검이 움직여도 어떤 고통도 느끼는 것 같지 않았다.

오히려 그의 입가에는 비릿한 미소가 떠올랐다.

"말했지만 이 내기에서 너에겐 선택권이란 없다. 장담컨대 어둠의 전설의 실체가 네게 전해지면 넌 반드시 살게 될 것이다. 왜냐하면 네가 지켜야 할 것과 네 자신이 변할 수 있는 가능성을 보게 될 테니까. 흐흐흐, 그럼 이제 확인해 보자. 네가 믿는 영웅이라는 자들의 속마음을!"

쿠오오!

순식간에 어둠이 밀려나고 길이 열렸다. 사방 수백 장을 물들였던 검은 기운의 일부가 사라졌다.

그러자 어둠에 묻혀 있던, 세상에서 가장 위험한 마인과 세상에서 가장 위대한 영웅 두 사람의 모습이 명확하게 드러났다.

서로의 심장에 검과 손을 찔러 넣은 채 차가운 대지에 무릎을 꿇고 있는 모습이었다.

그들 주변에 살아 있는 것은 아무것도 없었다.

검은 마종 흑라를 지키던 마인들은 모두 죽어 있었고, 그들을 몰살시킨 위대한 열한 명의 전사도 죽은 채 쓰러져 있었다.

땅에 쓰러지지 않은 존재는 흑라와 철사자 무곤밖에 없었다.

닿기만 해도 죽음에 이르는 죽음의 검은 기운이 길을 열었으므로 십이영웅의 뒤를 따라온 육주의 전사들이 당장 달려가 흑라를 죽이고 철사자 무곤을 구할 때였다.

만약 철사자 무곤이 이미 죽었다면, 그와 다른 열한 명의 위대한 영웅들의 시신이라도 수습해야 할 때였다.

그런데 놀랍게도 십이영웅은 움직이지 않았다.

그들은 충분히 철사자 무곤에게 달려갈 수 있음에도 움직이지 않았던 것이다.

"크크크, 봤느냐? 그들은 오지 않았다."

"여전히 그대를 두려워하고 있으니까."

철사자 무곤이 변명하듯 말했다.

"그럼 좀 더 명확하게 해주지!"

쿵!

한순간 흑라가 무너지듯 땅에 쓰러졌다. 그러자 철사자 무곤이 그의 몸을 깔고 앉아 그의 심장에 검을 꽂아 넣고 있는 자세가 되었다.

누가 봐도 흑라의 죽음이 분명해 보이는 상황이었다.

그리고 다음 순간 철사자 무곤의 몸도 옆으로 기울어졌다.

쿵!

흑라의 가슴에 검을 꽂은 채, 그리고 자신의 심장을 흑라의 손에 맡긴 채 철사자 무곤도 쓰러진 것이다.

두 사람은 동시에 죽어가고 있는 것이 분명했다.

그런데 그럼에도 불구하고 육주의 전사들은 움직이지 않았다.

그들은 그저 멀리서 두 사람이 죽어가는 모습을 지켜보고 있을 뿐이었다.

"이제 인정하나? 이 내기는 내가 이겼다."

흑라가 내기의 승리를 선언했다.

그러자 무곤이 힘이 빠진 목소리로 대답했다.

"애초에 내기 따위는 하지 않았다."

"후후, 아니, 우린 내기를 한 거다. 내가 했으니까. 자, 이제 약속대로 네게 어둠의 전설이 가진 힘을 주겠다. 네가 전혀 경험해 보지 못했던 그 무엇… 그 위대한 힘의 전설을 알게 될 것이다. 그리고 그것만으로도 넌 이 내기의 진정한 승자라고도 할 수 있을 것이다. 받으라. 너의 운명을!"

"컥!"

한순간 철사자 무곤의 입에서 고통스러운 신음 소리가 터져 나왔다.

그의 심장을 쥐고 있던 흑라의 손에 힘이 들어갔던 것이다.

심장을 움켜쥔 흑라의 손에 힘이 들어가자 무곤의 정신이 아득해지기 시작했다. 피가 제대로 공급되지 못한 뇌는 정상적인 기능을 할 수 없었다.

그럼에도 불구하고 흑라의 심장에 꽂아 넣은 검을 쥔 무곤의 손에는 오히려 더 강한 힘이 들어갔다.

어떤 경우라도, 자신이 죽더라도 절대 검을 놓지 않겠다는 듯.

순간 흑라의 눈이 더욱더 검게 변하기 시작했다. 그러다가 급기야 그의 눈 안이 텅 빈 것 같은 상태가 되었다.

그리고 갑자기 흑라의 검고 투명한 동공에서 검은 기운이 흘러나와 다시 세상을 검게 물들이기 시작했다.

히히힝!

빠른 속도로 퍼져 나가는 검은 기운에 놀라, 멀리서 두 사람을 지켜보고 있던 육주의 전사들이 탄 말들이 동요하기 시작했다.

그러자 철사자 무곤이 믿었던, 육주의 권력자들이 쫓기듯 후퇴하기 시작했다.

그 어떤 공격도 없이, 다만 흑라에게서 흘러나오는 검은 기운에 밀리듯 그렇게 육주 최정예 전사들이 열두 명의 영웅을 죽음의 늪 속에 남겨둔 채 물러나기 시작한 것이다.

그리고 이번에는 그들이 서 있던 땅조차 순식간에 흑라의 기운에 물들었다. 흑라의 검은 기운은 마치 세상 끝까지라도 뻗어

갈 것처럼 사람의 시선이 닿지 않는 거리까지 퍼져 나갔다.

그리고 그날 이후 흑라의 본거지가 있었던 곤모산 남동쪽 마정(魔井) 일대의 땅은 죽음의 사지로 변해 사람의 접근이 불가능한 땅이 되었다.

스윽스윽!

흑라의 검은 기운이 사방으로 퍼져 나가고 있는 와중에, 흑라의 텅 빈 동공으로부터 흘러나온 또 다른 검은 기운이 철사자 무곤의 몸을 쓰다듬듯 감싸기 시작했다.

그 기운 중 일부는 무곤의 입과 코를 통해 그의 몸속으로 들어가기도 했는데, 끊임없이 검은 기운을 쏟아내는 흑라는 사실 이미 죽어 있었다.

그래서 죽은 흑라의 몸에서 벗어나 무곤의 몸으로 향하는 검은 기운은 마치 흑라의 영혼이 육신의 탈을 벗고 새로운 육신을 찾아 움직이는 것 같았다.

그리고 죽음의 기운으로 가득 찬 땅은 침묵 속에서 밤낮의 변화를 이어가기 시작했다.

*   *   *

꿈틀!

흑라의 검은 마기가 마정 부근 수십 리를 검은 땅으로 만들기 시작한 지 삼 일이 지났을 때, 갑자기 죽은 자들의 시신 중 하나가 꿈틀거리기 시작했다.

스윽스윽!

시신이 꿈틀대자 시신을 덮고 있던 검은 기운이 더욱 빠르게 시신을 어루만졌다.

그리고 한순간 죽은 자가 눈을 떴다.

텅 빈 밤하늘 같은 동공이 곧 그 깊은 곳에 외로운 북극성 하나를 만들었다.

그리고 시체의 입이 벌어지면서 막혔던 숨을 토해냈다.

"커헉! 헉!"

거칠게 숨을 토해낸 시체가 벌떡 일어났다.

그리고 손으로 자신이 심장 부근을 움켜쥐었다.

"크으으!"

시체가 고통스러운 신음 소리를 흘려냈다. 심장이 있는 그의 가슴 부위는 불에 지진 것처럼 검은 흉터가 남아 있었다. 흉터 주위로 검게 말라 버린 혈흔이 덕지덕지 붙어 있었다.

"모두 죽이겠다!"

갑자기 시체가 벌떡 일어났다.

그러자 땅에 버려져 있던 그의 검이 살아 있는 생물처럼 허공으로 떠올라 그의 손아귀로 들어갔다. 그리고 검을 든 시체가 달리기 시작했다.

시체, 정확하게는 흑라의 손에 심장을 잡혀 죽은 무곤은 쉬지 않고 동쪽을 향해 달렸다.

흑라가 만들어놓은 죽음의 검은 땅을 벗어난 뒤에도 그는 계속 달렸다.

잠도 자지 않았다. 그는 마치 달리기 위해 다시 살아난 사람처럼 폭풍같이 파나류의 검은 대지를 질주했다.

그렇게 그의 질주가 며칠간 이어졌다.

그리고 드디어 파나류 북부를 흘러 무산해협으로 이어지는 흑룡강변에 도착했다.

그곳에서 그는 흑라와 십이영웅의 죽음을 뒤로 하고 도망치듯 마정을 떠난 육주의 전사들을 따라잡았다.

마정에서 물러난 육주의 전사들은 흑룡강변 깊은 숲에 숨겨놓았던 전선을 타고 막 강변을 떠나 강의 중심으로 나아가고 있었다.

검은 기운에 휩싸인 철사자 무곤은 떠나는 육주의 전선들을 향해 무섭게 질주했다.

당장에라도 배에 날아올라 배에 탄 모든 사람들을 죽일 것 같은 질주였다.

달리는 그의 몸을 검은 기운이 에워싸고 있어서 설혹 누가 그를 보았다고 해도 그의 정체를 알아볼 수는 없었다.

그런데 무곤이 몸을 날려 흑룡강으로 뛰어드는 순간 갑자기 거짓말처럼 무곤이 움직임을 멈췄다.

마치 물에 닿으면 돌로 변하는 사람처럼, 그는 물에 들어서는 순간 모든 움직임을 멈춘 것이다.

그리고 그의 시선은 더 이상 떠나는 육주의 전선들을 보고 있지 않았다. 대신 그는 물속에 비친 자신의 모습에서 눈을 떼지 못했다.

그렇게 그는 해가 지고 밤이 찾아와 더 이상 자신의 모습을 물에 비춰볼 수 없을 때까지 물속에서 움직이지 않았다.

그러다 깊은 밤의 어둠이 찾아왔을 때 무곤이 죽은 자처럼 입을 열어 중얼거렸다.

"괴물이 되어버렸구나."

＊　　　　＊　　　　＊

"결국 그가 흑라가 된 거요?"

질문을 하는 적인황의 몸이 부들부들 떨렸다.

"많이 변하셨지만, 어떻게 변하시든 그분은 여전히 철사자시다. 하지만 흑라의 기운이 전해지면서 그분의 성정이 변하신 것은 분명하지. 그것이 그대들에게는… 악몽이 된 것이고. 사실대로 말하자면 성주께서는 지금도 끊임없이 흑라와 싸우고 계신다. 흑라의 기운이 완전히 성주님을 잠식하지 않도록 모든 힘을 다해 싸우고 계시지. 만약 그렇지 않았다면… 너희들의 죽음도 이렇게 간단하지 않았을 것이고, 육주 전체가 피에 잠겼을 것이다."

갈단이 생각하기 싫다는 듯 두려운 음성으로 말했다.

그 두려움이 적인황에게도 전해졌는지 적인황이 더 이상 신마성주 철사자 무곤에 대해 묻지 않고 대신 다른 질문을 했다.

"그대들은 어떻게 살아남게 된 것이오?"

적인황이 물었다.

그의 눈앞에 있는 사람들이 과거 자신과 이왕사후의 간곡한 요청으로 육주를 위해 목숨을 던져 흑라를 공격했던 십이영웅들이라는 사실을 아는 순간, 적인황은 감히 이들에게 분노를 드러낼 수 없었다.

배신한 자의 굴레였다.

그와 이왕사후가 흑라와 함께 죽어가던 철사자 무곤을 구했다면, 그리고 쓰러졌던 십이영웅 중 숨이 붙어 있던 이들을 구했다면 오늘의 이 대전쟁은 없었을 것이다.

아니, 목숨이 아닌 그들의 시신만이라도 소중하게 수습했다면 누군가가 제이의 흑라가 되는 일은 막을 수 있었을 것이다.

그러나 후회는 아무리 빨라도 늦는 법이다.

"당시 철사자께서는 흑룡강에 비춘 자신의 모습을 보시고 흑라의 검은 기운이 몸에 들어왔다는 것을 아셨소. 그리고 그 순간 너희들에 대한 추격을 멈추셨다. 그대로 분노를 폭발시켰다가는 그 즉시 철사자가 아닌 흑라의 분신이 되어, 스스로를 통제할 수 없는 대마인이 될 것을 깨달으셨기 때문이다. 그래서 너희들을 놓아준 후 다시 마정으로 돌아오셨다. 마정에서는 어느 정도 그 기운을 통제할 수 있다는 것을 본능적으로 깨달으셨기 때문이다."

갈단이 과거를 회상하며 감상에 빠진 듯 잠시 말을 멈췄다. 그러다 다시 입을 열었다.

"마정은… 신비한 힘이 깃든 곳이다. 흑라가 가졌던 거의 무한대의 생명력을 제공한 장소가 마정이다. 또한 그 생명력이 마기 이상의 그 무엇, 마기조차 통제되는 순수한 기운을 품고 있는 곳이었다. 아무튼 마정으로 돌아오신 철사사께서는 마정과 흑라에게서 전해진 어둠의 힘으로 우리 세 사람을 살려내셨다. 호흡이 멎고 맥이 뛰지 않았지만, 우리의 심장에 작은 불씨처럼 남은 온

기가 있다는 것을 아시고 되살려 내신 것이다. 우리 삼 인 외에 다른 사람들은 철사자님의 힘으로도 살려낼 수 없었고."

"음……."

"후우……."

갈단의 말에 적인황과 화검유가 동시에 한숨이 섞인 신음 소리를 냈다.

죽은 사람까지 살려내는 혹라의 힘이 새삼스럽게 두렵게 느껴진 것이다.

그리고 그런 힘이 이제는 그들이 배신한 한 명의 위대한 영웅에게 전해져 있었다.

"물론 죽음에서 살아난 부작용은 컸다. 우리의 얼굴이 이렇게 과거와 전혀 다른 모습으로 변한 것도 우리를 살려내는 과정에서 일어난 부작용이다. 사람의 골격마저 변화시키는 힘… 물론 결과적으로는 그게 아주 나쁜 것은 아니었다. 과거와 전혀 다른 사람으로 살 수 있는 기회를 주었으니까. 물론… 눈 밝은 사람이 며칠 동안 우릴 관찰하면 과거의 우리를 떠올릴 수도 있겠지만, 우린 이미 세상에서 잊힌 존재니까 그럴 만한 사람은 없을 테고……."

갈단의 목소리에 씁쓸한 회한이 느껴진다.

신마성의 신마후로서 새로운 인생을 살고는 있지만, 과거 육주에서 위대한 전사로 추앙받던 시절에 대한 그리움이 아주 사라진 것이 아닌 것 같았다.

그런 갈단의 감정 변화를 적인황이 놓치지 않았다. 그리고 그 감정을 확인하는 순간 그에게 일말의 기대가 생겼다.

그의 기억 속에 있는 십이영웅은 자신을 희생해 약자를 구하는 선한 전사였다. 만약 그 감정을 조금이라도 되살릴 수 있다면 살길이 생길 수도 있었다.

그래서 그는 신마후 갈단이 아닌, 과거의 위대한 전사 폭풍검 공휼에게 간청했다.

"폭풍검, 과거 우리 잘못을 부인하지 않겠소. 우리 이왕사후의 행동은 지금 생각하면 역겨운 배신이었소. 하지만… 우린 모두 완벽하지 못한 인간이지 않소. 물론 그래도 십이영웅을 배신한 우리를 용서해 달라는 말을 차마 하지 못하겠소. 하지만 우리의 잘못으로 인해 육주가 피로 가득 차고, 결국에는 사자의 섬처럼 죽은 자들의 섬이 되는 것은… 한 번의 기회를 주시면 육주로 돌아가 이 모든 것을 바로잡겠소. 육주를 이왕사후가 아닌 위대한 십이영웅의 왕국으로 만들어 드리겠소. 부디… 철사자께 나의 이런 뜻을 한 번만 전해주시구려."

적인황의 말이 진심인지 아닌지는 알 수 없었다.

아니, 당연히 진심이 아니다. 아마 이들을 돌려보내는 순간, 적인황은 육주의 사람들에게 철사자가 흑라의 후계자가 되어 육주를 멸하려 한다고 경고할 것이다.

그리고 사람들이 느끼는 그 두려움을 이용해 육주를 더 강력하게 지배하려 할 것이다.

그런 적인황의 속마음을 모를 리 없는 갈단이다. 그러나 갈단은 그런 적인황에게 분노하지 않았다. 다만 그는 초금 측은한 시선으로 자신에게 간청하고 있는 적인황을 바라볼 뿐이었다.

그리고 잠깐의 침묵 후 흘러나온 그의 목소리는 예상외로 부

드러웠다.

말투만 보면 마치 그가 폭풍검 공휼인 것 같았다.

"애쓰지 마시오. 아무 소용 없는 일이오. 당신의 제안이 허락될 일은 절대 없소."

"내 마음은 진심이오. 어떤 거짓도 없소. 정말 육주를 철사자와 위대한 십이영웅의 땅으로 만들어 드리겠소. 한 번만 날 믿어주시오. 사실 과거 우리 이왕사후가 십이영웅을 배신한 것도 사해상가주 노백의 간교한 부추김에 놀아났기 때문이오. 우리도 훗날 그 일을 적지 않게 후회했소, 그러니… 제발 내 진심을 믿어주시오."

적인황은 조금 더 절실하게 말했다.

그러자 갈단이 고개를 저었다.

"이건 믿음의 문제가 아니오."

"그럼… 어떻게 하면 믿어주겠소? 일단 돌아가기만 하면 육주의 권력과 사해상가의 부, 그 모든 것을 철사자님과 그대들에게 바치겠소. 그래도 안 되겠소?"

"후우… 믿음의 문제가 아니라고 하지 않았소. 세상의 일이란 게 다 운명에 따라 결정되는 것이오. 성주님과 우리는 과거의 우리로 돌아갈 수 없는 운명이오. 그대의 죽음과 육주 이왕사후 왕국이 몰락 역시… 그리고 그 모든 것은 당신들의 배신이 아니라, 후일 벌어진 다른 한 가지 사건으로 인해 변할 수 없는 일이 된, 절대 돌이킬 수 없는……."

"무슨 일이기에……?"

"잊었소? 한 어린 소년의 외롭고 쓸쓸한 죽음을……."

"음… 작은 사자의 죽음……?"

"잘 알고 있구려. 그 아이의 죽음으로 그대들의 운명은 결정된 것이오. 무엇으로도 바꿀 수 없는… 당신들에게 죽기 전의 작은 사자는 조롱의 대상이었겠지만, 사실 그 아이는 당신들에게 가장 중요한 존재였던 것이오. 만약 당신들이 우리 십이영웅에 대해 죄책감을 가지고 작은 사자를 잘 돌봤다면… 이런 전쟁조차 일어나지 않았을 것이오. 그랬다면 성주께서는 복수 대신, 흑라의 마기에서 벗어나기 위한 싸움에 힘을 집중하셨을 테니까."

갈단이 그 말을 끝으로 몸을 일으켰다.

적인황의 시선이 높아진 갈단의 얼굴을 따라 올라왔다. 그런 적인황의 눈앞에 갈단이 검을 드리웠다.

"이, 이보시오. 폭풍검!"

적인황이 당황한 표정으로 갈단을 불렀다.

살 가능성이 없을 때는 죽음 앞에 그나마 당당할 수 있었다. 하지만 신마후 중 일부가 과거 흑라를 죽이기 위해 떠났던 십이영웅이라는 사실을 알고 난 이후부터 적인황은 삶에 대한 강한 애착을 느끼고 있었다.

그에게 신마후 갈단은 마인이 아니라, 과거 십이영웅으로서의 느낌이 더 강하기 때문이었다.

물론 그건 온전히 그만의 느낌이었다. 갈단은 이미 과거를 버린 사람이었다. 그래서 적인황을 죽이는 데도 어떤 거리낌도 없었다.

"뿌린 대로 거두는 것이 삶의 이치 아니겠소? 잘 가시오. 편히 보내주겠소."

슥!

갈단의 검이 적인황의 목 언저리를 베었다.

그러자 적인황의 목에서 붉은 피가 솟구치더니 한순간에 그의 몸이 뇌옥 바닥에 무너졌다.

"이… 간악한! 컥!"

적인황의 갑작스러운 죽음에 경악해 욕설을 내뱉던 화검유의 가슴을 화살 하나가 꿰뚫었다.

과거 천궁 가람으로 불리던 신마후 다얀의 화살이었다.

"끄으윽!"

화검유의 죽음은 적인황보다는 고통스러웠다.

병기의 차이일 수도 있고, 또 상대에 대한 갈단과 다얀의 마음의 차이일 수도 있었다. 그러나 화검유 역시 이내 차가운 뇌옥에 쓰러졌다.

툭!

죽은 자의 시신은 살아 있을 때의 명성과는 아무런 관계가 없었다. 적인황과 화검유의 죽음 위에 과거 육주의 지배자였던 위대함 따위는 없었다.

"끝났구려."

다얀이 적인황과 화검유의 시신을 보며 중얼거렸다. 공허함이 느껴지는 목소리다.

"해신성주와 오사성주가 살아 있소."

갈단이 말했다.

"그들은……."

다얀이 말꼬리를 흐렸다. 살려줘도 되지 않느냐는 말투다.

"해신성주야 그렇다 쳐도… 오사성주는 죽어야 할 거요."

갈단이 차갑게 말했다.

"그의 부인 때문이라면, 성주께서는 이미 주란이란 여인을 잊은 것 같소이다만."

다얀이 말했다.

"그럴 것 같소? 아니오. 오히려 가장 처절한 복수를 원하실 것이오. 아드님을 지키지 않았고, 사자림을 파괴했으니까. 그래서 결국 아드님이 스스로 바다에 몸을 던진 것 아니오. 알아보니 그날 성주님을 기리는 비석이 기단 채 사해상가로 팔려갔다고 하더구려. 비석을 판 사람은 당연히 그녀였고……."

"음… 그 수치심을 작은 사자께서 견디지 못하셨다는 것이구려."

다얀이 어둠 속에서 중얼거리듯 말했다. 그러다가 고개를 갸웃하며 갈단에게 물었다.

"그런데 그렇다면 왜 성주께서 오사성주를 살려 보냈는지 모르겠구려. 죽이려면 당장 죽일 수 있었을 텐데……."

"나도 잘 모르겠소. 팔 하나를 잃고. 다리 한쪽을 못 쓰게 된 오사성주를 굳이 살려 보내신 이유를……."

갈단이 고개를 가로저었다.

그러자 다얀이 잠시 생각에 잠겼다가 입을 열었다.

"어쩌면 그런 상태의 오사성주가 살아 돌아가는 것이 주란이란 여인을 더 고통스럽게 할 것이라 생각하셨을 수도 있겠구려.

주란 그녀에게 나약한 오사성주는 짐이 될 테니까."

다얀이 말했다.

"그렇기도 하겠구려."

갈단도 고개를 끄떡였다.

"그런데 사해상가는 왜 그냥 놓아두려 하시는지 모르겠소."

다얀이 다시 고개를 갸웃하며 말했다.

"나도 그게 의문이기는 하오. 사해상가가 과거 십이영웅의 죽음에 깊숙이 개입한 것을 모르시지 않을 텐데. 사해상가주 노백이 이왕사후에게 십이영웅의 귀환을 막으라고 부추긴 것은 분명한 사실이고. 그런데 왜 그에 대해 아무런 죄도 묻지 않으시는 건지……."

갈단이 의문을 담은 표정으로 중얼거렸다.

"분명 뭔가는 하실 것이오. 사해상가는 작은 사자님의 죽음과 직접 연관이 있지 않소. 그 마지막 날의 일은 결국 사해상가주가 한 일이니."

다얀이 대답했다.

그러자 갈단이 다시 말했다.

"정말 궁금하구려. 대체 성주께서는 사해상가주를 어떤 방식으로 벌주려 하시는 것인지……."

"후우… 일단, 일단 성주님을 따라 신마제일성으로 돌아갑시다. 우리도… 마정의 힘이 필요한 때인 것 같소. 이대로 몇 달 더 있다가는 마기의 힘에 완전히 잠식되어 살인마가 되고 말 것 같으니까."

다얀이 한숨을 쉬며 말했다.

"정복지에 새로운 성들을 세운다고 하셨소. 성 하나 갖고 싶지 않소?"

갈단이 물었다.

그러자 다얀이 씁쓸한 표정으로 고개를 저었다.

"아니, 난 원치 않소. 난 영원히 성주 곁에 머물 생각이오. 갈단 신마후께서는……?"

"글쎄… 난 모르겠소. 어차피 육주로 돌아가지 않을 것이라면 이곳에 새로운 터전을 만드는 것도 나쁘지 않다고 생각하오."

"후후, 갈단 님이라면 굉장한 왕국을 만드실 것이오. 기대하겠소."

"왕국까지야. 그저… 늙어 편히 죽어갈 내 집을 갖고 싶은 것뿐이오."

갈단이 가볍게 미소를 지었다.

"갑시다. 이 뇌옥은 한동안 폐쇄하는 것이 좋겠소. 아니, 아예 허물어 버립시다."

다얀이 말했다.

그러자 갈단이 대답했다.

"그럽시다. 우리의 과거를 묻듯."

*   *   *

철썩 철썩!

검은 파도가 거칠게 항구로 밀려왔다. 을씨년스러운 흐린 날이 며칠 째 계속 되고 있었다.

포구는 짙은 침묵에 빠져 있었다.

포구에 모인 전사들의 숫자는 처음 이 땅에 도착했을 때의 삼분지 일도 되지 않았다. 그나마도 부상을 당한 자가 절반이 넘었다.

처절한 패배, 재기 불능의 상태에 빠진 것은 분명했다. 그래서 이 땅에서는 다시 반격을 하거나 혹은 일정한 지역을 장악한 후 재기를 노릴 수 없었다.

검은 대륙 파나류에 남아 있다가는 아마 한 달도 버티지 못하고 신마성의 극악한 신마 전사들에게 전멸을 당하고 말 것이다.

그 사실을 모르는 사람은 없었다. 그래서 그들이 선택할 수 있는 가장 현명한 방책은 하루라도 빨리 이 검은 대륙을 떠나는 것이었다.

그러나 그럼에도 불구하고 금하강 하구, 육주 원정대의 본진이 있는 포구에 모여든 전사들은 쉽게 포구를 떠나지 못했다.

배가 없는 것은 아니었다. 그들이 육주에서 타고 온 전선들은 여전히 포구 앞바다에 그대로 떠 있었다.

그 숫자만 해도 일백 척이 넘어서, 퇴각을 하자면 포구에 있는 육주 전사들이 한 번에 퇴각하고도 남았다.

그러나 육주의 전사들은 신마성의 위험이 시시각각 다가오고 있음에도 불구하고 퇴각을 미뤘다.

그들이 두고 갈 수 없는 사람들이 아직 오지 않았기 때문이었다.

이왕사후!

이 고귀한 자들을 적진에 남겨두고 파나류를 떠날 수는 없었다.

솔직히 말하면 그들에 대한 깊은 충성심 따위는 없었다. 그것보다는 두려움 때문이었다.

그들을 남겨두고 파나류를 떠나 육주로 돌아가면, 그 이후에 어떻게 살아갈 수 있을 것인가.

육주 자체가 이왕사후의 땅이었다. 그곳에는 이왕사후의 성과 그들의 혈족, 그리고 그들의 전사들이 남아 있었다.

그들에게 어떻게 이왕사후를 남겨두고 자신들만 돌아왔다고 말할 수 있을 것인가. 아마도 그 순간 그들은 비겁한 배신자로 낙인 찍혀 성에서 쫓겨나거나, 혹은 죽을 수도 있었다.

그래서 어떤 위험이 있더라도 그들은 이왕사후를 기다려야 했다.

적어도 그들의 죽음이 확인될 때까지는!

"으음……."

고통스러운 신음 소리와 함께 오사성의 성주 사중산이 몸을 일으켰다.

한 팔이 없었고, 한쪽 다리도 신경이 끊어져 마음대로 움직이지 않았다.

철썩!

창문 밖으로 흐린 바다와 파도치는 검은 바다가 보였다.

"성주님!"

그가 일어나는 기척을 알아챘는지 문밖에서 대기하고 있던 대전사 호무덕이 문을 열고 들어왔다.

일차 원정대에 속했던 그는 이번 싸움 중에는 량산 진영에 머물렀기 때문에 무사히 포구로 돌아올 수 있었다.

"내가 깨기를 기다렸소?"

자신이 깨자마자 들어온 호무덕을 보며 사중산이 물었다.

"그렇습니다."

"무슨 일이라도 있소?"

"이제 떠나야 할 것 같습니다."

호무덕이 말했다.

"그들의 소식이 왔소?"

사중산이 그늘진 표정으로 물었다.

"시신을 확인된 것은 북천성주뿐이지만, 남화성주와 백련성주 역시 죽은 것이 확실합니다. 아니, 죽는 것이 나을 테지요. 그들은 큰 부상을 입고 신마성으로 끌려갔다고 합니다."

"음......"

사중산이 신음 소리를 흘렸다.

예상은 했지만 한 팔과 한쪽 다리를 잃은 자신이 오히려 운이 좋게 느껴지는 소식이었다.

"이제 떠나셔야 합니다. 적이 근방에 모습을 보이고 있습니다. 언제라도 공격해 올 수 있습니다."

"해신성주와 화림성주는?"

"정확한 소식은 아닙니다만 해신성주는 무산해협 쪽으로 무사히 탈출하신 것 같습니다. 그리고 화림성주는......"

"죽었소?"

사중산이 무심하게 물었다. 죽었다 해도 이젠 충격도 없는 소식이다.

"아마도……."

"아마도?"

"마지막 목격되었을 때 온몸에 화살을 맞은 후 협곡 아래로 떨어졌다고 합니다. 이후 돌아오지 않은 것으로 보면."

"죽었을 확률이 많다는 뜻이군."

"그렇습니다."

호무덕이 대답했다.

하지만 그의 대답 속에는 반드시 그가 죽었을 거란 확신이 들어 있었다.

"후우… 언제까지 이곳에 머물 수는 없지. 좋아. 오늘 출발합시다."

"예, 성주!"

호무덕이 기다렸다는 듯 대답했다.

"그런데 다른 대전사들이 동의하겠소?"

사중산이 물었다.

그도 알고 있었다. 이제 더 이상 그가 이 원정대에서 이왕사후로서의 권위를 가질 수 없다는 것을. 이왕사후 각 성에서 온 전사들, 특히 살아남은 대전사들이 예전과 같이 그의 명에 복종할 가능성은 거의 없었다.

"그들의 동의가 필요한 일이 아닙니다. 어떤 경우든 그들은 이제 각자의 뜻에 따라 움직일 겁니다. 하지만 그들도 이번만큼은 성주님의 명을 기다리고 있을 겁니다. 사실 그들에게 필요한 것은 이곳을 떠날 명분이니까요."

호무덕이 냉정하게 말했다.

"그렇군. 명분… 주군의 죽음을 두고 떠날 수 있는 명분… 그럼 내가 그들이 원하는 명분을 주지. 명을 전한다. 모든 원정대는 오늘 부로 이곳을 떠나도 좋다고!"

"예, 성주! 전사들이 모두 고마워할 것입니다."

호무덕이 고개를 숙여 보였다.

그날 육주의 전사들은 수개월간 머물렀던 금하강 하구의 포구를 떠났다.

그들이 가져왔던 대부분의 병장기는 포구에 그대로 버려졌다. 특히 공성전에 쓰이는 투석기 등 덩치가 큰 병장기는 단 하나도 배에 실리지 않았다. 혹시라도 적의 추격이 있을 경우 배의 속도를 줄일 수 있기 때문이었다.

사중산은 한 팔과 한 다리를 잃었음에도 목발을 짚고 스스로 걸어서 배에 올랐다.

그로서는 전사들의 등에 업혀 배에 오르는 수모만큼은 피하고 싶었던 모양이었다.

육주의 전사들이 떠난 포구는 오랫동안 비어 있었던 것처럼 순식간에 폐허로 변했다.

그리고 그 폐허 속에 한 사람이 남았다. 사해상가의 대공자 노만이었다.

"공자님 아무래도 좋은 생각 같지가 않습니다."

대행수 도제가 불안한 표정으로 말했다.

"이대로 돌아갈 수는 없습니다."

"하지만……."

"신마성… 그들이라고 먹지 않고 입지 않고 산답니까. 이렇게 된 이상 그들과 거래를 시도해 보겠소."

"이 전쟁이 그들이 사해상가의 철광산을 공격해서 일어난 전쟁입니다. 그런데 과연 그들이 거래에 응하겠습니까?"

"아시지 않습니까? 아버님도 흑라의 시대, 흑라의 세력과 거래를 한 것을."

"그… 그야."

"장사꾼은 그런 겁니다. 이득이 된다면 신마성인들 무슨 상관입니까. 그리고… 이대로 돌아가면 막내가 가주가 되는 꼴을 앉아서 지켜봐야 하는데. 그건 이 노만의 자존심이 절대 허락할 수 없는 일이지요."

"……."

"걱정 마세요. 최악의 경우라도 죽지는 않을 테니까."

파나류에서 그의 아버지 노백조차 어쩔 수 없는 거대한 상권을 꿈꿨던 노만은 이왕사후의 몰락 후에도 검은 대륙 파나류에서의 성공에 대한 꿈을 버리지 않고 있었다.

*　　　　　*　　　　　*

며칠간 흐리던 바다의 날씨가 오늘 아침에는 거짓말처럼 개었다.

오랜만에 모습을 드러낸 눈부신 태양이 흐린 날씨와 오랜 항해로 젖어 있던 갑판을 바짝 말려갔다.

사람들도 오랜만에 모두 갑판으로 나와 투명한 아침 햇살을 즐기고 있었다.

파나류를 떠나 잠시 기착했던 이릉섬에서 하루를 보낸 후, 다시 바다로 나온 것이 보름 전이었다. 대양에서 더 속도를 낼 수 있는 배였으므로 무산해협 횡단은 거의 끝나가고 있었다.

하루 이틀이면 봄섬 외곽을 흐르는 격류와 마주하게 될 것이다.

봄섬은 소룡들에게는 고향과 같은 곳이다. 그래서 봄섬으로 돌아간다는 생각만으로도 소룡들은 생기를 되찾는 느낌이었다.

반면 그들과 다른 감정을 느끼는 사람도 있었다.

해신성주 궁마천과 그의 아들, 그리고 대전사 황검충 등 해신성의 사람들이었다.

봄섬이 무산열도의 서쪽에 있었으므로, 거리로 보자면 해신성이 있는 육주 최남단으로부터는 오히려 더 멀어졌다고 볼 수 있었다.

그들에게는 해신성에 돌아갈 날을 짐작하기 어려운 여행이 되고 있었다.

"도문! 밥은?"

오랜만의 햇살에 몸을 맡기고 있던 하연이 사내처럼 소리쳤다.

"조금만 기다려!"

주방 안에서 일행의 식사를 책임지고 있는 자칭 요리사 왕도문의 목소리가 들려왔다.

"뭐 하는 거야? 배고파 죽겠는데."

하연이 소리쳤다.

"젠장 그럼 네가 하든지!"

"주방은 자기가 주인이라면서 들어오지도 못하게 한 사람이 누군데! 빨리 내와!"

하연이 다시 소리쳤다.

"젠장, 좋아! 끝물이라 요리다운 요리를 선물하려 했더니… 그렇게 재촉하니 일각 안에 내가지. 대신 맛있는 요리 따위는 기대하지 마."

"얼씨구, 무슨 대단한 요리사라고. 얼른 가져오기나 해라."

하연이 다시 하인을 부리듯 소리쳤다.

왕도문은 정말 그가 할 수 있는 가장 간단한 아침 식사를 내왔다.

대나무로 엮은 평평한 광주리에 소금과 약간의 육포를 섞어 만든 주먹밥을 담아 나온 것이다.

"자, 그렇게 배가 고프다니 처들 먹어라!"

탁!

왕도문이 광주리를 사람들이 모여 있는 갑판 위에 던지듯 내려놓았다.

"이게 뭐냐?"

하연이 따지듯 왕도문에게 물었다. 배고픔을 기다린 대가치고는 너무 허접한 음식이기 때문이었다.

"배고파 죽겠다며? 아무거나 가져오라고 말한 사람이 누구냐?"

"젠장, 그렇다고 달랑 주먹밥이야? 물이라도 가져와야지!"

하연이 소리쳤다.

"이보쇼. 하연 공주님! 난 요리사지, 하인이 아닙니다. 물 따위는 공주께서 직접 가져다 드시라고요! 누굴 자기 시종으로 알고 있어!"

우적!

왕도문이 자신이 가져온 주먹밥 하나를 입에 넣고 씹으며 퉁명스럽게 말했다.

"요리사는 무슨… 칸아! 사랑하는 사제 칸아! 이 누님께 물 좀 가져다 줘라!"

하연이 이번에는 무한에게 소리쳤다.

"예, 가져올게요."

무한이 얼른 일어나 주방으로 달려갔다.

"하여간 자기는 아무것도 하지 않고. 칸 좀 그만 부려먹어. 사막에서 고생한 아이를……."

왕도문이 투덜거렸다.

"흥, 그게 언제 일이라고. 이미 한 달도 넘은 일이야. 또 칸은 그로 인해 훨씬 강해졌고. 좀 부려먹어도 된다고!"

하연이 어깨를 으쓱거리며 말했다.

그렇게 하연과 왕도문이 장난삼아 말씨름을 하고 있을 때, 무한이 어느새 물이 담긴 수통을 들고 나오고 있었다.

그런데 무한이 주방을 나서는 순간, 바다 먼 곳에서 은은한 나팔 소리가 들려왔다.

뿌우우!

순간 무한의 눈빛이 반짝였다.

"묵룡대선이다!"

시선을 수평선으로 돌리는 순간, 무한의 눈에 거대한 배가 들어왔다. 무한은 그 배를 세상 어느 곳, 아무리 먼 거리에서 보아도 알아볼 수 있었다.

묵룡대선!

세상의 모든 바다를 항해한 위대한 대상선 묵룡대선의 깃발이 펄럭이고 있기 때문이었다.

그리고 그건 빛의 전설을 찾아 떠났던 무한과 소룡오대의 여행이 끝나고, 그들이 집에 돌아왔음을, 그리고 이제 그들이 소룡이 아니라 묵룡대선의 용전사가 되었음을 의미하는 것이기도 했다.

『사자의 아들: 칸의 여행』 7권에 계속…